不甘沉沦的汉子

Selected Works of Yu Dafu

郁达夫 著

大雅堂 编

时代出版传媒股份有限公司

安徽文艺出版社

图书在版编目（CIP）数据

不甘沉沦的汉子/郁达夫著. —合肥：安徽文艺出版社，2012.3
（理想图文藏书·大师新编）
ISBN 978-7-5396-4046-4

Ⅰ．①不… Ⅱ．①郁… ②大… Ⅲ．①中国文学：现
代文学－作品综合集 Ⅳ．①I216.2

中国版本图书馆CIP数据核字(2012)第017745号

出 版 人：朱寒冬　　　丛书统筹：岑　杰
特约编辑：张秀琴　　　责任编辑：岑　杰
图片解说：大雅堂　　　装帧设计：视觉共振工作室

出版发行：时代出版传媒股份有限公司　www.press-mart.com
　　　　　安徽文艺出版社　www.awpub.com
地　　址：合肥市翡翠路1118号　邮政编码：230071
营 销 部：(0551)3533889
印　　制：天津海德伟业印务有限公司　电话：022-29937888

开本：889×1194　1/32　印张：12.25　字数：250千字
版次：2012年5月第1版　　2021年5月第2次印刷
定价：39.00元

他憎恨无爱的人生，犹如厌弃无花的沙漠。在黑沉沉的铁屋里他带着觉醒后的悲愤和惶惑，大喊过爱的饥饿，反抗压在青年们头上的封建层岩，反抗冷漠、愚昧、狡诈、贫困的旧时代。他从不同流合污，只是面对严酷的现实，在看不到光明的时候，绝望颓唐之情不断来冲袭他。然而，作为抗菌素的现实主义精神又不断地诱导他穿过沼泽，走向坚实。

——刘海粟

代序 不甘沉沦的汉子
——漫说郁达夫

不是尊前爱惜身，佯狂难免假成真，

曾因酒醉鞭名马，生怕情多累美人。

劫数东南天作孽，鸡鸣风雨海扬尘，

悲歌痛哭终何补，义士纷纷说帝秦。

这样一首古体诗，让人以为是古代豪侠之士的慷慨悲歌之作。佯狂，曾经掩盖了多少古代中国人内心的隐痛。纵然有醇酒与美人，假如壮志未酬，也难免要悲歌痛哭。不过以上古体诗不是出自古人之手，其作者是我国现代著名作家郁达夫先生（1896—1945），一个曾经用笔歌唱、用笔哭泣也用笔战斗过的人。

"曾因酒醉鞭名马，生怕情多累美人。"很多人至今还在引用郁达夫这句名诗，很多人至今还在津津乐道郁达夫与杭州第一美女王映霞的情事，这都是情理之中的事儿。郁达夫的一生，重在一个"情"字。然而，若误以为郁达夫是一个纵情声色的人，便是大错特错。1921年日本政要尾崎行雄在东京帝国大学演讲，对中国人语多嘲讽，当时有个中国留学生站出来挑战尾崎，迫使尾崎当场道歉，那个留学生便是郁达夫。

诚然，在郁达夫的小说中，情爱占有极大的比重。他敢于写情爱，甚至不仅仅是男女之情。比如他的《茫茫夜》（1922年）和《她是一个弱女子》（1932年），分别涉及男性同性恋和女性同性恋，这在当时的中国是惊世骇俗的。难能可贵的是，郁达夫不是为了情爱而情爱。他以风云变幻的广大社会为背景，通过刻画人物的性行为与性心理，表现了当时中国的文人学子所受的深重压抑与扭曲。他的小说有颓废的表象，而他本人在骨子里却充满了悲悯的情怀。

郁达夫写情爱有很多独到之处。比如在《茫茫夜》中，质夫找不到一个可以抚慰他的身心的女人，萌生了同性恋的苗头，然而乱世使这种恋情也无果而终，这进而导致了他的性扭曲。他百般无奈之下，找来女人用过的针和旧手绢，通过用针扎自己的脸等做法获得变态的性快感。这样的描写让人看了真的心酸。与古典情爱小说《金瓶梅》等相比，郁达夫笔下的人物的个性更具质感与动感。

《茫茫夜》和《零余者》等小说一样，较早地在中国现代文学史上塑造了"零余者"（多余的人）的形象。《茫茫夜》中的质夫本是一个很受学生欢迎的教师，希望能在教学上有所建树，可是党派争斗祸及学校，闹事加停课，最后他只好搬出学校。即使性方面短暂的自我麻醉，都无法抚慰他痛苦的心灵，于是他觉得自己是一个living corpse，即行尸走肉。与鲁迅塑造的作为战士的"孤独者"相比，

"零余者"多了几分叹息。毕竟不是所有的人都能成为英雄，"零余者"的形象更具有普遍意义。

1921年出版的《沉沦》是郁达夫的代表作。该小说中有很多自我暴露、自我反省甚至自我赎罪的文字。这是一篇写留日中国学生的心灵历程的小说，切入点还是性，主人公没有名字，只是一个"他"。"他"无法融入日本社会，深感受到日本人的歧视（一方面真有歧视，另一方面自卑心理也加深了歧视导致的屈辱感）。他希望在日本能获得友情与爱情，但那谈何容易。作为弱国子民，他倍感孤独和空虚，成了"忧郁症"患者。由于性的饥渴，他不断以自慰寻求解脱，却陷入自责与懊悔中不能自拔。最后，"他"绝望地沉海自杀而终。

《沉沦》中的"他"，是中国文学史上前所未有的形象。"他"深感自己的遭遇是祖国贫弱所致，因此临死前悲愤地喊出："祖国呀祖国！我的死是你害我的！你快富起来，强起来吧！你还有许多儿女在那里受苦呢！"从前的中国小说写性，局限于性本身，往往落于俗套。而郁达夫却另辟蹊径，通过"他"的故事道出了"弱国子民不性感"的道理。也许有人认为性爱与爱国不搭界，其实关系很密切。在《沉沦》出版六七十年以后，很多中国女郎宁愿嫁给美国老头，不是由于老头如何英俊有为，而是因为美国是世界第一强国。和"弱国无外交"一样，"弱国子民不性感"至今仍然成立，由此可见郁达夫的先见之明。

郁达夫笔下的人物大多有多愁善感、心情抑郁的特点，他的小说笼罩着某种忧郁、感伤的氛围 。这样的小说当年能风靡中国，一方面是由于郁达夫具有刻画病态美的高超手段，另一方面是由于那个时代的中国人在心理上的确很不健康。《沉沦》这样的作品，描写了当时中国人的切肤之痛，也在命根子的层面表达了爱国之情，这样的文本除了有文学价值，理应还有历史价值。

郁达夫的作品很沉郁，这是他引人诟病之处，但他却的确是一个不甘沉沦的人。按中国古老的传统，命运多舛的仁人志士往往寄情山水以养性情，陶渊明"采菊东篱"，或林和靖"梅妻鹤子"，皆是如此，郁达夫也不例外。为了在乱世寻得片刻的内心安宁，他在为生计奔波的同时，游历大江南北，写下了很多堪称心灵之作的散文，如《故都的秋》、《钓台的春昼》、《江南的冬景》等。这样的文章，能让我们一窥郁达夫情感的纯粹与胸怀的旷达。

比山水文章更能显示郁达夫不甘沉沦的，是他在抗日战争时期的英勇表现。当时他流亡新加坡，主编《星洲日报》副刊，写了许多义正词严、掷地有声的抗日文章。新加坡沦陷后，他一度吃番薯叶、喝腐叶水，靠贩盐卖酱勉强度日，却始终没有放弃抗日。在被日军强迫拉去做翻译之后，他巧妙地与敌人周旋，暗中保护和营救了不少抗日志士，其中包括陈嘉庚。日本投降之后，他没有来得及回到祖国，便被日本宪兵秘密杀害在了荒野之中。　由于文学见解的不同，郁达夫早年曾退出过"左联"，理由是："我是作家，不是战士。"然而在敌寇横行之时，他却的确是一个不折不扣的战士。

人们常说"文如其人"，有趣的是，久久凝视"郁达夫"这个名字，我突然觉得也许还有"人如其名"的可能性。从作品风格、个人品质到人生历程，"郁达夫"这个名字似乎概括了我想说的一切：郁者，沉郁也；达，旷达也；夫者，汉子也，三者结合在一起，便成了"郁达夫"。的确，在郁达夫身上，苦闷、忧郁和感伤，与狂放、豪迈和英勇等是交融在一起的。他以《沉沦》等闻名，却是一个不甘沉沦的好汉！

2011年7月10日 于桂林

莫雅平

目录

第一辑

第二辑

第三辑

第四辑

第五辑

郁达夫

不甘沉沦的汉子

郁达夫 著

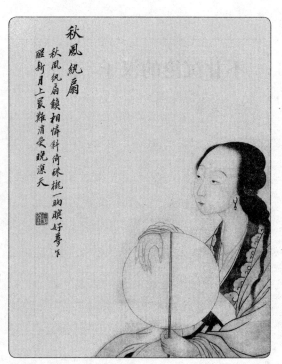

秋風紈扇

秋風紈扇鎮相憐，針倚珠櫳一晌眠。好夢
醒斯月上簾，難消受晚涼天。

《秋风纨扇图》｜清代｜改琦

第

一辑

沉　沦

一

他近来觉得孤冷得可怜。

他的早熟的性情，竟把他挤到与世人绝不相容的境地去，世人与他的中间介在的那一道屏障，愈筑愈高了。

天气一天一天的清凉起来，他的学校开学之后，已经快半个月了。那一天正是九月的二十二日。

晴天一碧，万里无云，终古常新的皎日，依旧在她的轨道上，一程一程的在那里行走。从南方吹来的微风，同醒酒的琼浆一般，带着一种香气，一阵阵的拂上面来。在黄苍未熟的稻田中间，在弯曲同白线似的乡间的官道上面，他一个人手里捧了一本六寸长的Wordsworth[1]的诗集，尽在那里缓缓的独步。在这大平原内，四面并无人影；不知从何处飞来的一声两声的远吠声，悠悠扬扬的传到他耳膜上来。他眼睛离开了书，同做梦似的向有犬吠声的地方看去，但看见了一丛杂树，几处人家，同鱼鳞似的屋瓦上，有一层薄薄的蜃气楼，同轻纱似的，在那里飘荡。

"Oh，you serene gossamer! You beautiful gossamer!"[2]

1　华兹华斯，英国诗人。

2　"你美丽的轻纱！你漂亮的轻纱！"

《花前月下》 | 日本 | 歌川广重 | 一八五四年

　　这样的叫了一声，他的眼睛里就涌出了两行清泪来，他自己也不知道是什么缘故。

　　呆呆的看了好久，他忽然觉得背上有一阵紫色的气息吹来，息索的一响，道旁的一枝小草，竟把他的梦境打破了，他回转头来一看，那枝小草还是颠摇不已，一阵带着紫罗兰气息的和风，温微微的喷到他那苍白的脸上来。在这清和的早秋的世界里，在这澄清透明的以太中，他的身体觉得同陶醉似的酥软起来。他好像是睡在慈母怀里的样子。他好像是梦到了桃花源里的样子。他好像是在南欧的海岸，躺在情人膝上，在那里贪午睡的样子。

　　他看看四边，觉得周围的草木，都在那里对他微笑。看看苍空，觉得悠久无穷的大自然，微微的在那里点头。一动也不动的向天看了一会，他觉得天空中，有一群小天神，背上插着了翅膀，肩上挂着了弓箭，在那里跳舞。他觉得乐极了。便不知不觉开了口，自言自语的说：

　　"这里就是你的避难所。世间的一般庸人都在那里妒忌你，轻笑你，愚弄你；只有这大自然，这终古常新的苍空皎日，这晚夏的微风，这初秋的清气，还是你的朋友，还是你的慈母，还是你的情人，你也不必再到世上去与那些轻薄的男女共处去，你就在这大自然的怀里，这纯朴的乡间终老了吧。"

　　这样的说了一遍，他觉得自家可怜起来，好像有万千哀怨，横亘在胸中，一口说不出来的样子。含了一双清泪，他的眼睛又看到他手里的书上去。

　　　　Behold her, single in the field,

　　　　You solitary Highland lass!

Reaping and singing by herself;

Stop here, or gently pass!

Alone she cuts, and binds the grain,

And sings a melancholy strain;

O, listen! for the vale profound

Is overflowing with the sound.

看了这一节之后，他又忽然翻过一张来，脱头脱脑的看到那第三节去。

Will no one tell me what she sings?

Perhaps the plaintive numbers flow

For old, unhappy, far-off things,

And battle long ago:

Or is it some more humble lay,

Familiar matter of today?

Some natural sorrow, loss, or pain,

That has been, and may be again?

这也是他近来的一种习惯，看书的时候，并没有次序的。几百页的大书，更可不必说了，就是几十页的小册子，如爱默生的《自然论》（Emerson's《On Nature》），沙罗的《逍遥游》（Thoreau's《Excursion》）之类，也没有完完全全从头至尾的读完一篇过。当他起初翻开一册书来看的时候，读了四行五行或一页二页，他每被那一本书感动，恨不得要一口气把那一本书吞下

《美国先哲爱默生》

肚子里去的样子，到读了三页四页之后，他又生起一种怜惜的心来，他心里似乎说：

"像这样的奇书，不应该一口气就把它念完，要留着细细儿的咀嚼才好。一下子就念完了之后，我的热望也就不得不消灭，那时候我就没有好望，没有梦想了，怎么使得呢？"

他的脑里虽然有这样的想头，其实他的心里早有一些儿厌倦起来，到了这时候，他总把那本书收过一边，不再看下去。过几天或者过几个钟头之后，他又用了满腔的热忱，同初读那一本书的时候一样的，去读另外的书去；几日前或者几点钟前那样的感动他的那一本书，就不得不被他遗忘了。

放大了声音把华兹华斯的那两节诗读了一遍之后，他忽然想把这一首诗用中国文翻译出来。

《孤寂的高原刈稻者》

他想想看，《The Solitary Highland Reaper》诗题只有如此的译法。

你看那个女孩儿，她只一个人在田里，

你看那边的那个高原的女孩儿，她只一个人冷清清地！

她一边刈稻，一边在那儿唱着不已；

她忽儿停了，忽而又过去了，轻盈体态，风光细腻！

她一个人，刈了，又重把稻儿捆起，

她唱的山歌，颇有些儿悲凉的情味；

听呀听呀！这幽谷深深，

全充满了她的歌唱的清音。

华兹华斯，英国「湖畔派」诗人，英国早期浪漫派诗歌的代表人物之一。文中所引为其名诗《孤独的刈禾女》及其中译。

《英国诗人华兹华斯》

有人能说否，她唱的究竟是什么？

或者她那万千的痴话，

是唱着前代的哀歌，

或者是前朝的战事，千兵万马；

或者是些坊间的俗曲，

便是目前的家常闲说？

或者是些天然的哀怨，必然的丧苦，自然的悲楚，

这些事虽是过去的回思，将来想亦必有人指诉。

他一口气译了出来之后，忽又觉得无聊起来，便自嘲自骂的说：

"这算是什么东西呀，岂不同教会里的赞美歌一样的乏味么？英国诗是英国诗，中国诗是中国诗，又何必译来对去呢！"

这样的说了一句，他不知不觉便微微儿的笑了起来。向四边一看，太阳已经打斜了；大平原的彼岸，西边的地平线上，有一座高山，浮在那里，饱受了一天残照，山的周围酝酿成一层朦朦胧胧的岚气，反射出一种紫不紫红不红的颜色来。

他正在那里出神呆看的时候，喀的咳嗽了一声，他的背后忽然来了一个农夫。回头一看，他就把他脸上的笑容改装了一副忧郁的面色，好像他的笑容是怕被人看见的样子。

二

他的忧郁症愈闹愈甚了。

他觉得学校里的教科书，味同嚼蜡，毫无半点生趣。天气清朗的时候，他每捧了一本爱读的文学书，跑到人迹罕至的山腰水畔，去贪那孤寂的深味去。在万籁俱寂的瞬间，在天水相映的地

方，他看看草木虫鱼，看看白云碧落，便觉得自家是一个孤高傲世的贤人，一个超然独立的隐者。有时在山中遇着一个农夫，他便把自己当作了Zarathustra[1]，把Zarathustra所说的话，也在心里对那农夫讲了。他的Megalomania[2]也同他的Hypochondria[3]成了正比例，一天一天的增加起来。他竟有接连四五天不上学校去听讲的时候。

有时候到学校里去，他每觉得众人都在那里凝视他的样子。他避来避去想避他的同学，然而无论到了什么地方，他的同学的眼光，总好像怀了恶意，射在他的背脊上面。

上课的时候，他虽然坐在全班学生的中间，然而总觉得孤独得很；在稠人广众之中，感得的这种孤独，倒比一个人在冷清的地方，感得的那种孤独，还更难受。看看他的同学看，一个个都是兴高采烈的在那里听先生的讲义，只有他一个人身体虽然坐在讲堂里头，心思却同飞云逝电一般，在那里作无边无际的空想。

好容易下课的钟声响了！先生退去之后，他的同学说笑的说笑，谈天的谈天，个个都同春来的燕雀似的，在那里作乐；只有他一个人锁了愁眉，舌根好像被千钧的巨石锤住的样子，兀的不作一声。他也很希望他的同学来对他讲些闲话，然而他的同学却都自家管自家的去寻欢乐去，一见了他那一副愁容，没有一个不抱头奔散的，因此他愈加怨他的同学了。

"他们都是日本人，他们都是我的仇敌，我总有一天来复仇，我总要复他们的仇。"

---

1 Zarathustra，即查拉图斯特拉。德国哲学家尼采有名著《查拉图斯特拉如是说》，本文所述情形应与尼采名著有关。

2 夸大狂。

3 疑病。

　　一到了悲愤的时候，他总这样的想的，然而到了安静之后，他又不得不嘲骂自家说：

　　"他们都是日本人，他们对你当然是没有同情的，因为你想得他们的同情，所以你怨他们，这岂不是你自家的错误么？"

　　他的同学中的好事者，有时候也有人来向他说笑的，他心里虽然非常感激，想同那一个人谈几句知心的话，然而口中总说不出什么话来；所以有几个解他的意的人，也不得不同他疏远了。

　　他的同学日本人在那里欢笑的时候，他总疑他们是在那里笑他，他就一霎时的红起脸来。他们在那里谈天的时候，若有偶然看他一眼的人，他又忽然红起脸来，以为他们是在那里讲他。他同他同学中间的距离，一天一天的远背起来，他的同学都以为他是爱孤独的人，所以谁也不敢来近他的身。

　　有一天放课之后，他挟了书包，回到他的旅馆里来，有三个日本学生系同他同路的。将要到他寄寓的旅馆的时候，前面忽然来了两个穿红裙的女学生。在这一区市外的地方，从没有女学生看见的，所以他一见了这两个女子，呼吸就紧缩起来。他们四个人同那两个女子擦过的时候，他的三个日本人的同学都问她们说：

　　"你们上那儿去？"

　　那两个女学生就作起娇声来回答说：

　　"不知道！"

　　"不知道！"

　　那三个日本学生都高笑起来，好像是很得意的样子；只有他一个人似乎是他自家同她们讲了话似的，害了羞，匆匆跑回旅馆里来。进了他自家的房，把书包用力的向席上一丢，他就在席上躺下了。他的胸前还在那里乱跳，用了一只手枕着头，一只手按着胸口，他便自嘲自骂的说：

"你这卑怯者！

"你既然怕羞，何以又要后悔？

"既要后悔，何以当时你又没有那样的胆量？不同她们去讲一句话？

"Oh, coward, coward! [1]"

说到这里，他忽然想起刚才那两个女学生的眼波来了。

那两双活泼泼的眼睛！

那两双眼睛里，确有惊喜的意思含在里头。然而再仔细想了一想，他又忽然叫起来说：

"呆人呆人！她们虽有意思，与你有什么相干？她们所送的秋波，不是单送给那三个日本人的么？唉！唉！她们已经知道了，已经知道我是支那人了，否则她们何以不来看我一眼呢！复仇复仇，我总要复她们的仇。"

说到这里，他那火热的颊上忽然滚了几颗冰冷的眼泪下来。

他是伤心到极点了。这一天晚上，他记的日记说：

　　我何苦要到日本来，我何苦要求学问。既然到了日本，那自然不得不被他们日本人轻侮的。中国呀中国！你怎么不富强起来，我不能再隐忍过去了。

　　故乡岂不有明媚的山河，故乡岂不有如花的美女？我何苦要到这东海的岛国里来！

　　到日本来倒也罢了，我何苦又要进这该死的高等学校。

---

1 懦夫

《禁果的味道好极了》│ 法国│JJ·格兰维尔

他们留了五个月学回去的人，岂不在那里享荣华安乐么？这五六年的岁月，教我怎么能挨得过去。受尽了千辛万苦，积了十数年的学识，我回国去，难道定能比他们来胡闹的留学生更强么？

人生百岁，年少的时候，只有七八年的光景，这最纯最美的七八年，我就不得不在这无情的岛国里虚度过去，可怜我今年已经是二十一了。

槁木的二十一岁！

死灰的二十一岁！

我真还不如变了矿物质的好，我大约没有开花的日子了。

知识我也不要，名誉我也不要，我只要一个安慰我体谅我的"心"。一副白热的心肠！从这一副心肠里生出来的同情！从同情而来的爱情！

我所要求的就是爱情！

若有一个美人，能理解我的苦楚，她要我死，我也肯的。

若有一个妇人，无论她是美是丑，能真心真意的爱我，我也愿意为她死的。

我所要求的就是异性的爱情！

苍天呀苍天，我并不要知识，我并不要名誉，我也不要那些无用的金钱，你若能赐我一个伊甸园内的"伊扶"，使她的肉体与心灵，全归我有，我就心满意足了。

三

他的故乡，是富春江上的一个小市，去杭州水程不过八九十里。这一条江水，发源安徽，贯流全浙，江形曲折，风景常新，唐朝有一个诗人赞这条江水说"一川如画"。他十四岁的时候，请了一位先生写了这四个字，贴在他的书斋里，因为他的书斋的小窗，是朝着江面的。虽则这书斋结构不大，然而风雨晦明，春秋朝夕的风景，也还抵得过滕王高阁。在这小小的书斋里过了十几个春秋，他才跟了他的哥哥到日本来留学。

他三岁的时候就丧了父亲，那时候他家里困苦得不堪。好容易他长兄在日本W大学卒了业，回到北京，考了一个进士，分发在法部当差，不上两年，武昌的革命起来了。那时候他已在县立小学堂卒了业，正在那里换来换去的换中学堂。他家里的人都怪他无恒性，说他的心思太活；然而依他自己讲来，他以为他一个人同别的学生不同，不能按部就班的同他们同在一处求学的。所以他进了K府中学之后，不上半年又忽然转了H府中学来；在H府中学住了三个月，革命就起来了。H府中学停学之后，他依旧只能回到那小小的书斋里来。第二年的春天，正是他十七岁的时候，他就进了大学的预科。这大学是在杭州城外，本来是美国长老会捐钱创办的，所以学校里浸润了一种专制的弊风，学生的自由，几乎被压缩得同针眼儿一般的小。礼拜三的晚上有什么祈祷会，礼拜日非但不准出去游玩，并且在家里看别的书也不准的，除了唱赞美诗祈祷之外，只许看新旧约书。每天早晨从九点钟到九点二十分，定要去做礼拜，不去做礼拜，就要扣分数记过。他虽然非常爱那学校近旁的山水景物，然而他的心里，总有些反抗的意思，因为他是一个爱自由的人，对那些迷信的管束，怎么也不甘心服从。住不上半年，那大学里的厨子，托了校长的势，竟打起学生来。学生中间有几个不服的，便去告诉校长，校长反说学生不是。他看看这些情形，实在是太无道理了，就立刻去告了

二十世纪初穿长袍的中国学生在教会学校学拉丁文

退，仍复回家，到那小小的书斋里去，那时候已经是六月初了。

　　在家里住了三个多月，秋风吹到富春江上，两岸的绿树，就快凋落的时候，他又坐了帆船，下富春江，上杭州去。却好那时候石牌楼的Ｗ中学正在那里招插班生，他进去见了校长Ｍ氏，把他的经历说给了Ｍ氏夫妻听，Ｍ氏就许他插入最高的班里去。这Ｗ中学原来也是一个教会学校，校长Ｍ氏，也是一个糊涂的美国宣教师；他看看这学校的内容倒比Ｈ大学不如了。与一位很卑鄙的教务长——原来这一位先生就是Ｈ大学的卒业生——闹了一场，第二年的春天，他就出来了。出了Ｗ中学，他看看杭州的学校，都不能如他的意，所以他就打算不再进别的学校去。

　　正是这个时候，他的长兄也在北京被人排斥了。原来他的长兄为人正直得很，在部里办事，铁面无私，并且比一般部内的人物又多了一些学识，所以部内上下，都忌惮他。有一天某次长的私人，来问他要一个位置，他执意不肯，因此次长就同他闹起意见来，过了几天他就辞了部里的职，改到司法界去做司法官去了。他的二兄那时候正在绍兴军队里作军官，这一位二兄军人习气颇深，挥金如土，专喜结交侠少。他们弟兄三人，到这时候都不能如意之所为，所以那一小市镇里的闲人都说他们的风水破了。

　　他回家之后，便整日整夜的蛰居在他那小小的书斋里。他父祖及他长兄所藏的书籍，就作了他的良师益友。他的日记上面，一天一天的记起诗来。有时候他也用了华丽的文章做起小说来，小说里就把他自己当作了一个多情的勇士，把他邻近的一家寡妇的两个女儿，当作了贵族的苗裔，把他故乡的风物，全编作了田园的清景；有兴的时候，他还把他自家的小说，用单纯的外国文翻译起来；他的幻想，愈演愈大了，他的忧郁病的根苗，大约也就在这时候培养成功的。

在家里住了半年，到了七月中旬，他接到他长兄的来信说：

"院内近有派予赴日本考察司法事务之意，予已许院长以东行，大约此事不日可见命令。渡日之先，拟返里小住。三弟居家，断非上策，此次当偕伊赴日本也。"

他接到了这一封信之后，心中日日盼他长兄南来，到了九月下旬，他的兄嫂才自北京到家。住了一月，他就同他的长兄长嫂同到日本去了。

到了日本之后，他的Dreams of the romantic age¹尚未醒悟，模模糊糊的过了半载，他就考入了东京第一高等学校。这正是他十九岁的秋天。

第一高等学校将开学的时候，他的长兄接到了院长的命令，要他回去。他的长兄就把他寄托在一家日本人的家里，几天之后，他的长兄长嫂和他的新生的侄女儿就回国去了。

东京的第一高等学校里有一班预备班，是为中国学生特设的。

在这预科里预备一年，卒业之后，才能入各地高等学校的正科，与日本学生同学。他考入预科的时候，本来填的是文科，后来将在预科卒业的时候，他的长兄定要他改到医科去，他当时亦没有什么主见，就听了他长兄的话把文科改了。

预科卒业之后，他听说N市的高等学校是最新的，并且N市是日本产美人的地方，所以他就要求到N市的高等学校去。

1　浪漫年纪的梦。

四

他的二十岁的八月二十九日的晚上，他一个人从东京的中央车站乘了夜行车到N市去。

那一天大约刚是旧历的初三四的样子，同天鹅绒似的又蓝又紫的天空里，洒满了一天星斗。半痕新月，斜挂在西天角上，却似仙女的蛾眉，未加翠黛的样子。他一个人靠着了三等车的车窗，默默的在那里数窗外人家的灯火。火车在暗黑的夜气中间，一程一程地进去，那大都市的星星灯火，也一点一点的朦胧起来，他的胸中忽然生了万千哀感，他的眼睛里就忽然觉得热起来了。

"Sentimental, too sentimental!"[1]

这样的叫了一声，把眼睛揩了一下，他反而自家笑起自家来。

"你也没有情人留在东京，你也没有弟兄知己住在东京，你的眼泪究竟是为谁洒的呀！或者是对于你过去的生活的伤感，或者是对你二年间的生活的余情，然而你平时不是说不爱东京的么？"

"唉，一年人住岂无情。"

"黄莺住久浑相识，欲别频啼四五声！"

胡思乱想的寻思了一会，他又忽然想到初次赴新大陆去的清教徒的身上去。

"那些十字架下的流人，离开他故乡海岸的时候，大约也是悲壮淋漓，同我一样的。"

火车过了横滨，他的感情方才渐渐儿的平静起来。呆呆的坐了一忽，他就取了一张明信片出来，垫在海涅（Heine）的诗集上，用铅笔写了一首诗寄他东京的朋友。

---

1 多愁善感的。

《德国——一个冬天的童话》插图 | 马克斯·斯维默 | 海涅

　　峨眉月上柳梢初，又向天涯别故居，

　　四壁旗亭争赌酒，六街灯火远随车，

　　乱离年少无多泪，行李家贫只旧书，

　　后夜芦根秋水长，凭君南浦觅双鱼。

　　在朦胧的电灯光里，静悄悄的坐了一会，他又把海涅的诗集
翻开来看了。

　　Lebet wohl,ihr glatten Saele,

　　Glatte Herren,glatte Frauen!

　　Auf die Berge will ich steigen,

　　Lachend auf euch niederschauen!

　　　　Heine's《Harzreise》

　　浮薄的尘寰，

　　无情的男女，

　　你看那隐隐的青山，

　　我欲乘风飞去，

　　且住且住，

　　我将从那绝顶的高峰，

　　笑看你终归何处。

　　单调的轮声，一声声连连续续的飞到他的耳膜上来，不上
三十分钟他竟被这催眠的车轮声引诱到梦幻的仙境里去了。

本画是歌川广重的《近江八景》之一。

《坚田落雁》｜日本｜歌川广重

　　早晨五点钟的时候，天空渐渐儿的明亮起来。在车窗里向外一望，他只见一线青天还被夜色包住在那里。探头出去一看，一层薄雾，笼罩着一幅天然的画图，他心里想了一想：

　　"原来今天又是清秋的好天气，我的福分真可算不薄了。"

　　过了一个钟头，火车就到了N市的停车场。

　　下了火车，在车站上遇见了一个日本学生；他看看那学生的制帽上也有两条白线，便知道他也是高等学校的学生。他走上前去，对那学生脱了一脱帽，问他说：

　　"第X高等学校是在什么地方的？"

　　那学生回答说：

　　"我们一路去罢。"

　　他就跟了那学生跑出火车站来，在火车站的前头，乘了电车。

　　早晨还早得很，N市的店家都还未曾起来。他同那日本学生坐了电车，经过了几条冷清的街巷，就在鹤舞公园前面下了车。他问那日本学生说：

　　"学校还远得很么？"

　　"还有二里多路。"

　　穿过了公园，走到稻田中间的细路上的时候，他看看太阳已经起来了，稻上的露滴，还同明珠似的挂在那里。前面有一丛树林，树林阴里，疏疏落落的看得见几椽农舍。有两三条烟囱筒子，突出在农舍的上面，隐隐约约的浮在清晨的空气里。一缕两缕的青烟，同炉香似的在那里浮动，他知道农家已在那里炊早饭了。

　　到学校近边的一家旅馆去一问，他一礼拜前头寄出的几件行李，早已经到在那里。原来那一家人家是住过中国留学生的，所以主人待他也很殷勤。在那一家旅馆里住下了之后，他觉得前途好像有许多欢乐在那里等他的样子。

他的前途的希望，在第一天的晚上，就不得不被目前的实情嘲弄了。原来他的故里，也是一个小小的市镇。到了东京之后，在人山人海的中间，他虽然时常觉得孤独，然而东京的都市生活，同他幼时的习惯尚无十分龃龉的地方。如今到了这N市的乡下之后，他的旅馆，是一家孤立的人家，四面并无邻舍，左首门外便是一条如发的大道，前后都是稻田，西面是一方池水，并且因为学校还没有开课，别的学生还没有到来，这一间宽旷的旅馆里，只住了他一个客人。白天倒还可以支吾过去，一到了晚上，他开窗一望，四面都是沉沉的黑影，并且因N市的附近是一大平原，所以望眼连天，四面并无遮障之处，远远里有一点灯火，明灭无常，森然有些鬼气。天花板里，又有许多虫鼠，息栗索落的在那里争食。窗外有几株梧桐，微风动叶，咻咻的响得不已，因为他住在二层楼上，所以梧桐的叶战声，近在他的耳边。他觉得害怕起来，几乎要哭出来了。他对于都市的怀乡病（nostalgia）从未有比那一晚更甚的。

学校开了课，他朋友也渐渐儿的多起来。感受性非常强烈的他的性情，也同天空大地丛林野水融和了。不上半年，他竟变成了一个大自然的宠儿，一刻也离不了那天然的野趣了。

他的学校是在N市外，刚才说过N市的附近是一大平原，所以四边的地平线，界限广大得很。那时候日本的工业还没有十分发达，人口也还没有增加得同目下一样，所以他的学校的近边，还多是丛林空地，小阜低岗。除了几家与学生做买卖的文房具店及菜馆之外，附近并没有居民。荒野的人间，只有几家为学生设的旅馆，同晓天的星影似的，散缀在麦田瓜地的中央。晚饭毕后，

《翠鸟与鸢尾》| 日本 | 歌川广重

披了黑呢的缦斗（斗篷），拿了爱读的书，在迟迟不落的夕照中间，散步逍遥，是非常快乐的。他的田园趣味，大约也是在这 Idyllic Wanderings[1] 的中间养成的。

在生活竞争不十分猛烈，逍遥自在，同中古时代一样的时候；在风气纯良，不与市井小人同处，清闲雅淡的地方；过日子正如做梦一样。他到了N市之后，转瞬之间，已经有半年多了。

熏风日夜的吹来，草色渐渐儿的绿起来，旅馆近旁麦田里的麦穗，也一寸一寸的长起来了。草木虫鱼都化育起来，他的从始祖传来的苦闷也一日一日的增长起来，他每天早晨，在被窝里犯的罪恶，也一次一次的加起来了。

他本来是一个非常爱高尚洁净的人，然而一到了这邪念发生的时候，他的智力也无用了，他的良心也麻痹了，他从小服膺的"身体发肤不敢毁伤"的圣训，也不能顾全了。他犯了罪之后，每深自痛悔，切齿的说，下次总不再犯了，然而到了第二天的那个时候，种种幻想，又活泼泼的到他的眼前来。他平时所看见的"伊扶"的遗类，都赤裸裸的来引诱他。中年以后的妇人的形体，在他的脑里，比处女更有挑发他情动的地方。他苦闷一场，恶斗一场，终究不得不做她们的俘虏。这样的一次成了两次，两次之后，就成了习惯了。他犯罪之后，每到图书馆里去翻出医书来看，医书上都千篇一律的说，于身体最有害的就是这一种犯罪。从此之后，他的恐惧心也一天一天地增加起来了。有一天他不知道从什么地方得来的消息，好像是一本书上说，俄国近代文学的创设者Gogol也犯这一宗病，他到死竟没有改过来，他想到了

---

1 田园诗般的流浪。

《死魂灵》插图 | 俄国 | 阿金娜

果戈理，心里就宽了一宽，因为这《死了的灵魂》的著者，也是同他一样的。然而这不过自家对自家的宽慰而已，他的胸里，总有一种非常的忧虑存在那里。

因为他是非常爱洁净的，所以他每天总要去洗澡一次，因为他是非常爱惜身体的，所以他每天总要去吃几个生鸡子和牛乳；然而他去洗澡或吃牛乳鸡子的时候，他总觉得惭愧得很，因为这都是他的犯罪的证据。

他觉得身体一天一天的衰弱起来，记忆力也一天一天的减退了，他又渐渐儿的生了一种怕见人面的心思，见了妇人女子的时候，他觉得更加难受。学校的教科书，他渐渐的嫌恶起来，法国自然派的小说，和中国那几本有名的诲淫小说，他念了又念，几乎记熟了。

有时候他忽然做出一首好诗来，他自家便喜欢得非常，以为他的脑力还没有破坏。那时候他每对着自家起誓说：

"我的脑力还可以使得，还能做得出这样的诗，我以后决不再犯罪了。过去的事实是没法，我以后总不再犯罪了。若从此自新，我的脑力，还是很可以的。"

然而一到了紧迫的时候，他的誓言又忘了。

每礼拜四五，或每月的二十六七的时候，他索性尽意的贪起欢来。他的心里想，自下礼拜一或下月初一起，我总不犯罪了。有时候正合到礼拜六或月底的晚上，去剃头洗澡去，以为这就是改过自新的记号，然而过几天他又不得不吃鸡子和牛乳了。

他的自责心同恐惧心，竟一日也不使他安闲，他的忧郁症也从此厉害起来了。这样的状态继续了一二个月，他的学校里就放了暑假，暑假的两个月内，他受的苦闷，更甚于平时；到了学校开课的时候，他的两颊的颧骨更高起来，他的青灰色的眼窝更大起来，他的一双灵活的瞳人，变了同死鱼眼睛一样了。

五

秋天又到了。浩浩的苍空，一天一天的高起来。他的旅馆旁边的稻田，都带起黄金色来。朝夕的凉风，同刀也似的刺到人的心骨里去，大约秋冬的佳日，来也不远了。

一礼拜前的有一天午后，他拿了一本Wordsworth的诗集，在田塍路上逍遥漫步了半天。从那一天以后，他的循环性的忧郁症，尚未离他的身边。前几天在路上遇着的那两个女学生，常在他的脑里，不使他安静，想起那一天的事情，他还是一个人要红起脸来。

他近来无论上什么地方去，总觉得有坐立难安的样子。他上学校去的时候，觉得他的日本同学都似在那里排斥他。他的几个中国同学，也许久不去寻访了，因为去寻访了回来，他心里反觉得空虚。因为他的几个中国同学，怎么也不能理解他的心理。他去寻访的时候，总想得些同情回来的，然而到了那里，谈了几句以后，他又不得不自悔寻访错了。有时候和朋友讲得投机，他就任了一时的热意，把他的内外的生活都对朋友讲了出来，然而到了归途，他又自悔失言，心里的责备，倒反比不去访友的时候，更加厉害。他的几个中国朋友，因此都说他是染了神经病了。他听了这话之后，对了那几个中国同学，也同对日本学生一样，起了一种复仇的心。他同他的几个中国同学，一日一日地疏远起来。嗣后虽在路上，或在学校里遇见的时候，他同那几个中国同学，也不点头招呼。中国留学生开会的时候，他当然是不去出席的。因此他同他的几个同胞，竟宛然成了两家仇敌。

他的中国同学的里边，也有一个很奇怪的人，因为他自家的结婚有些道德上的罪恶，所以他专喜讲人家的丑事，以掩己之不善，说他是神经病，也是这一位同学说的。

他交游离绝之后，孤冷得几乎到将死的地步，幸而他住的旅馆里，还有一个主人的女儿，可以牵引他的心，否则他真只能自杀了。他旅馆的主人的女儿，今年正是十七岁，长方的脸儿，眼睛大得很，笑起来的时候，面上有两颗笑靥，嘴里有一颗金牙看得出来，因为她自家觉得她自家的笑容是非常可爱，所以她平时常在那里弄笑。

他心里虽然非常爱她，然而她送饭来或来替他铺被的时候，他总装出一种兀不可犯的样子来。他心里虽想对她讲几句话，然而一见了她，他总不能开口。她进他房里来的时候，他的呼吸竟急促到吐气不出的地步。他在她的面前实在是受苦不起了，所以近来她进他的房里来的时候，他每不得不跑出房外去。然而他思慕她的心情，却一天一天的浓厚起来。有一天礼拜六的晚上，旅馆里的学生，都上Ｎ市去行乐去了。他因为经济困难，所以吃了晚饭，上西面池上去走了一回，就回到旅舍里来枯坐。

回家来坐了一会，他觉得那空旷的二层楼上，只有他一个人在家。静悄悄的坐了半晌，坐得不耐烦起来的时候，他又想跑出外面去。然而要跑出外面去，不得不由主人的房门口经过，因为主人和他女儿的房，就在大门的边上。他记得刚才进来的时候，主人和他的女儿正在那里吃饭。他一想到经过她面前的时候的苦楚，就把跑出外面去的心思丢了。

《风流小七町速描》┃ 日本 ┃ 歌川丰国

拿出了一本 G. Gissing[1] 的小说来读了三四页之后，静寂的空气里，忽然传了几声沙沙的泼水声音过来。他静静儿的听了一听，呼吸又一霎时的急了起来，面色也涨红了。迟疑了一会，他就轻轻的开了房门，拖鞋也不拖，幽脚幽手的走下扶梯去。轻轻的开了便所的门，他尽兀自的站在便所的玻璃窗口偷看。原来他旅馆里的浴室，就在便所的间壁，从便所的玻璃窗里看去，浴室里的动静了了可见。他起初以为看一看就可以走的，然而到了一看之后，他竟同被钉子钉住的一样，动也不能动了。

那一双雪样的乳峰！

那一双肥白的大腿！

这全身的曲线！

呼气也不呼，仔仔细细的看了一会，他面上的筋肉，都发起痉挛来了。愈看愈颤得厉害，他那发颤的前额部竟同玻璃窗冲击了一下。被蒸气包住的那赤裸裸的"伊扶"便发了娇声问说：

"是谁呀？……"

他一声也不响，急忙跳出了便所，就三脚两步的跑上楼上去了。

他跑到了房里，面上同火烧的一样，口也干渴了。一边他自家打自家的嘴巴，一边就把他的被窝拿出来睡了。他在被窝里翻来覆去，总睡不着，便立起了两耳，听起楼下的动静来。他听听泼水的声音也息了，浴室的门开了之后，他听见她的脚步声好像是走上楼来的样子。用被包着了头，他心里的耳朵明明告诉他说：

"她已经立在门外了。"

他觉得全身的血液，都在往上奔注的样子。心里怕得非常，

1　乔治·吉辛，英国小说家、散文家。

《轻浮之相》| 日本 | 喜多川歌麿 | 选自《妇人相学十体》

羞得非常，也喜欢得非常。然而若有人问他，他无论如何，总不肯承认说，这时候他是喜欢的。

他屏住了气息，尖着了两耳听了一会，觉得门外并无动静，又故意咳嗽了一声，门外亦无声响。他正在那里疑惑的时候，忽听见她的声音，在楼下同她的父亲在那里说话。他手里捏了一把冷汗，拚命想听出她的话来，然而无论如何总听不清楚。停了一会，她的父亲高声笑了起来，他把被蒙头的一罩，咬紧了牙齿说：

"她告诉了他了！她告诉了他了！"

这一天的晚上他一睡也不曾睡着。第二天的早晨，天亮的时候，他就惊心吊胆的走下楼来。洗了手面，刷了牙，趁主人和他的女儿还没有起来之先，他就同逃也似的出了那个旅馆，跑到外面来。

官道上的沙尘，染了朝露，还未曾干着。太阳已经起来了。他不问皂白，便一直的往东走去，远远有一个农夫，拖了一车野菜慢慢的走来。那农夫同他擦过的时候，忽然对他说：

"你早啊！"

他倒惊了一跳，那清瘦的脸上，又起了一层红潮，胸前又乱跳起来，他心里想：

"难道这农夫也知道了么？"

无头无脑的跑了好久，他回转头来看看他的学校，已经远得很了，举头看看，太阳也升高了。他摸摸表看，那银饼大的表，也不在身边。从太阳的角度看起来，大约已经是九点钟前后的样子。他虽然觉得饥饿得很，然而无论如何，总不愿意再回到那旅馆里去，同主人和他的女儿相见。想去买些零食充一充饥，然而他摸摸自家的袋看，袋里只剩了一角二分钱在那里。他到一家乡

《墨梅》 | 清代 | 项奎

下的杂货店内，尽那一角二分钱，买了些零碎的食物，想去寻一处无人看见的地方去吃。走到了一处两路交叉的十字路口，他朝南的一望，只见与他的去路横交的那一条自北趋南的路上，行人稀少得很。那一条路是向南的斜低下去的，两面更有高壁在那里，他知道这路是从一条小山中开辟出来的。他刚才走来的那条大道，便是这山的岭脊，十字路当作了中心，与岭脊上的那条大道相交的横路，是两边低斜下去的。在十字路口迟疑了一会，他就取了那一条向南斜下的路走去。走尽了两面的高壁，他的去路就穿入大平原去，直通到彼岸的市内。平原的彼岸有一簇深林，划在碧空的心里，他心里想：

"这大约就是A神宫了。"

他走尽了两面的高壁，向左手斜面上一望，见沿高壁的那山面上有一道女墙，围住着几间茅舍，茅舍的门上悬着了"香雪海"三字的一方匾额。他离开了正路，走上几步，到那女墙的门前，顺手的向门一推，那两扇柴门竟自开了。他就随随便便的踏了进去。门内有一条曲径，自门口通过了斜面，直达到山上去的。曲径的两旁，有许多老苍的梅树种在那里，他知道这就是梅林了。顺了那一条曲径，往北的从斜面上走到山顶的时候，一片同图画似的平地，展开在他的眼前。这园自从山脚上起，跨有朝南的半山斜面，同顶上的一块平地，布置得非常幽雅。

山顶平地的西面是千仞的绝壁，与隔岸的绝壁相对峙，两壁的中间，便是他刚走过的那一条自北趋南的通路。背临着了那绝壁，有一间楼屋，几间平屋造在那里。因为这几间屋，门窗都闭在那里，他所以知道这定是为梅花开日，卖酒食用的。楼屋的前面，有一块草地，草地中间，有几方白石，围成了一个花园，园子里，卧着一枝老梅，那草地的南尽头，山顶的平地正要向南斜下去的地方，有一块石碑立在那里，系记这梅林的历史的。他在碑前的草地上坐下之后，就把买来的零食拿出来吃了。

吃了之后，他兀兀的在草地上坐了一会。四面并无人声，远远的树枝上，时有一声两声的鸟鸣声飞来。他仰起头来看看澄清的碧落，同那皎洁的日轮，觉得四面的树枝房屋，小草飞禽，都一样的在和平的太阳光里，受大自然的化育。他那昨天晚上的犯罪的记忆，正同远海的帆影一般，不知消失到哪里去了。

这梅林的平地上和斜面上，叉来叉去的曲径很多。他站起来走来走去的走了一会，方晓得斜面上梅树的中间，更有一间平屋造在那里。从这一间房屋往东的走去几步，有眼古井，埋在松叶堆中。他摇摇井上的唧筒看，呷呷的响了几声，却抽不起水来。他心里想：

"这园大约只有梅花开的时候，开放一下，平时总没有人住的。"

到这时他又自言自语的说：

"既然空在这里，我何妨去向园主人去借住借住。"

想定了主意，他就跑下山来，打算去寻园主人去。他将走到门口的时候，恰好遇见了一个五十来岁的农夫走进园来。他对那农夫道歉之后，就问他说：

"这园是谁的，你可知道？"

"这园是我经管的。"

"你住在什么地方的？"

"我住在路的那面。"

一边这样的说，一边那农民指着通路西边的一间小屋给他看。他向西一看，果然在西边的高壁尽头的地方，有一间小屋在那里。他点了点头，又问说：

"你可以把园内的那间楼屋租给我住住么？"

"可是可以的，你只一个人么？"

"我只一个人。"

"那你可不必搬来的。"

"这是什么缘故呢？"

"你们学校里的学生，已经有几次搬来过了，大约都因为冷静不过，住不上十天，就搬走的。"

"我可同别人不同，你但能租给我，我是不怕冷静的。"

"这样哪里有不租的道理，你想什么时候搬来？"

"就是今天午后罢。"

"可以的，可以的。"

"请你就替我扫一扫干净，免得搬来之后着忙。"

"可以可以。再会！"

"再会！"

六

搬进了山上梅园之后，他的忧郁症（Hypochondria）又变起形状来了。

他同他的北京的长兄，为了一些儿细事，竟生起龃龉来。他发了一封长长的信，寄到北京，同他的长兄绝了交。

那一封信发出之后，他呆呆的在楼前草地上想了许多时候。他自家想想看，他便是世界上最不幸的人了。其实这一次的决裂，是发始于他的。同室操戈，事更甚于他姓之相争，自此之后，他恨他的长兄竟同蛇蝎一样。他被他人欺侮的时候，每把他

《龟户梅屋》| 日本 | 歌川广重

本画选自歌川广重的《近江名胜百景》。

长兄拿出来作比：

"自家的弟兄，尚且如此，何况他人呢！"

他每达到这一个结论的时候，必尽把他长兄待他苛刻的事情，细细回想出来。把各种过去的事迹，列举出来之后，就把他长兄判决是一个恶人，他自家是一个善人。他又把自家的好处列举出来，把他所受的苦处，夸大的细数起来。他证明得自家是一个世界上最苦的人的时候，他的眼泪就同瀑布似的流下来。他在那里哭的时候，空中好像有一种柔和的声音在对他说：

"啊呀，哭的是你么？那真是冤屈了你了。像你这样的善人，受世人的那样的虐待，这可真是冤屈了你了。罢了罢了，这也是天命，你别再哭了，怕伤害了你的身体！"

他心里一听到这一种声音，就舒畅起来。他觉得悲苦的中间，也有无穷的甘味在那里。

他因为想复他长兄的仇，所以就把所学的医科丢弃了，改入文科里去。他的意思，以为医科是他长兄要他改的，仍旧改回文科，就是对他长兄宣战的一种明示。并且他由医科改入文科，在高等学校须迟卒业一年。他心里想，迟卒业一年，就是早死一岁，你若因此迟了一年，就到死可以对你长兄含一种敌意。因为他恐怕一二年之后，他们兄弟两人的感情，仍旧要和好起来；所以这一次的转科，便是帮他永久敌视他长兄的一个手段。

气候渐渐儿的寒冷起来，他搬上山来之后，已经有一个月了。几日来天气阴郁，灰色的层云，天天挂在空中。寒冷的北风吹来的时候，梅林的树叶，每息索息索地飞掉下来。

初搬来的时候，他卖了些旧书，买了许多炊饭的器具，自家烧了一个月饭，因为天冷了，他也懒得烧了。他每天的伙食，就一切包给了山脚下的园丁家包办，所以他近来只同退院的闲僧一样，除了怨人骂己之外，更没有别的事情了。

有一天早晨，他清早起来，把朝东的窗门开了之后，他看见前面的地平线上有几缕红云，在那里浮荡。东天半角，反照出一种银红的灰色。因为昨天下了一天微雨，所以他看了这清新的旭日，比平日更添了几分欢喜。他走到山的斜面上，从那古井里汲了水，洗了手面之后，觉得满身的气力，一霎时都回复了转来的样子。他便跑上楼去，拿了一本黄仲则的诗集下来，一边高声朗读，一边尽在那梅林的曲径里，跑来跑去的跑圈子。不多一会，太阳起来了。

从他住的山顶向南方看去，眼下看得出一大平原。平原里的稻田，都尚未收割起。金黄的谷色，以绀碧的天空作了背景，反映着一天太阳的晨光，那风景正同看米勒（Millet）的田园清画一般。他觉得自家好像已经变了几千年前的原始基督教徒的样子，对了这自然的默示，他不觉笑起自家的气量狭小起来。

"饶赦了！饶赦了！你们世人得罪于我的地方，我都饶赦了你们吧，来，你们来，都来同我讲和吧！"

手里拿着了那一本诗集，眼里浮着了两泓清泪，正对了那平原的秋色，呆呆的立在那里想这些事情的时候，他忽听见他的近边，有两人在那里低声的说：

"今晚上你一定要来的哩！"

这分明是男子的声音。

"我是非常想来的，但是恐怕……"

他听了这娇滴滴的女子的声音之后，好像是被电气贯穿了的样子，觉得自家的血液循环都停止了。原来他的身边有一丛长大的茅草生在那里，他立在茅草的右面，那一对男女，大约是在茅

《无题》｜日本｜喜多川歌麿

本画选自《艳本妇美多多贺他》。喜多川歌麿是日本人物肖像大师，以所绘艳姬美妇得名，其画擅长表现人物肌理与表情，殊得春宫之妙。本画是其所绘春宫之一，含蓄而有味。

草的左面，所以他们两个还不晓得隔着苇草，有人站在那里。那男人又说：

"你心真好，请你今晚上来吧，我们到如今还没在被窝里睡过觉。"

"……"

他忽然听见两人的嘴唇，灼灼的好像在那里吮吸的样子。他同偷了食的野狗一样，就惊心吊胆的把身子屈倒去听了。

"你去死吧，你去死吧，你怎么会下流到这样的地步！"

他心里虽然如此的在那里痛骂自己，然而他那一双尖着的耳朵，却一言半语也不愿意遗漏，用了全副精神在那里听着。

地上的落叶索息索息的响了一下。

解衣带的声音。

男人嘶嘶的吐了几口气。

舌尖吮吸的声音。

女人半轻半重，断断续续的说：

"你！……你！……你快……快××吧。……别……别……别被人……被人看见了。"

他的面色，一霎时的变了灰色了。他的眼睛同火也似的红了起来。他的上颚骨同下颚骨呷呷的发起颤来。他再也站不住了。他想跑开去，但是他的两只脚，总不听他的话。他苦闷了一场，听听两人出去了之后，就同落水的猫狗一样，回到楼上房里去，拿出被窝来睡了。

七

他饭也不吃，一直在被窝里睡到午后四点钟的时候才起来。

那时候夕阳洒满了远近。平原的彼岸的树林里，有一带苍烟，悠悠扬扬的笼罩在那里。他跟跟跄跄的走下了山，上了那一条自北趋南的大道，穿过了那平原，无头无绪的尽是向南的走去。走尽了平原，他已经到了神宫前的电车停留处。那时候恰好从南面有一乘电车到来，他不知不觉就跳了上去，既不知道他究竟为什么要乘电车，也不知道这电车是往什么地方去的。

走了十五六分钟，电车停了，开车的教他换车，他就换了一乘车。走了二三十分钟，电车又停了，他听见说是终点了，他就走了下来。他的前面就是筑港了。

前面一片汪洋的大海，横在午后的太阳光里，在那里微笑。超海而南有一条青山，隐隐的浮在透明的空气里。西边是一脉长堤，直驰到海湾的心里去。堤外有一处灯台，同巨人似的，立在那里。几艘空船和几只舢板，轻轻的在系着的地方浮荡。海中近岸的地方，有许多浮标，饱受了斜阳，红红的浮在那里。远处风来，带着几句单调的话声，既听不清楚是什么话，也不知道是从哪里来的。

他在岸边上走来走去走了一会，忽听见那一边传过了一阵击磬的声来。他跑过去一看，原来是为唤渡船而发的。他立了一会，看有一只小火轮从对岸过来了。跟着了一个四五十岁的工人，他也进了那只小火轮去坐下了。

渡到东岸之后，上前走了几步，他看见靠岸有一家大庄子在那里。大门开得很大，庭内的假山花草，布置得楚楚可爱。他不问是非，就蹀了进去。走不上几步，他忽听得前面家中有女人的娇声叫他说：

"请进来呀！"

他不觉惊了一下，就呆呆的站住了。他心里想：

"这大约就是卖酒食的人家，但是我听见说，这样的地方，总有妓女在那里的。"

一想到这里，他的精神就抖擞起来，好像是一桶冷水浇上身来的样子。他的面色立时变了。要想进去又不能进去，要想出来又不得出来；可怜他那同兔儿似的小胆，同猿猴似的淫心，竟把他陷到一个大大的难境里去了。

"进来呀！请进来呀！"里面又娇滴滴的叫了起来，带着笑声。

"可恶东西，你们竟敢欺我胆小么？"

这样的怒了一下，他的面色更同火也似的烧了起来。咬紧了牙齿，把脚在地上轻轻的蹬了一蹬，他就捏了两个拳头，向前进去，好像是对了那几个年轻的侍女宣战的样子。但是他那青一阵红一阵的面色，和他的面上的微微儿在那里震动的筋肉，总隐藏不过。他走到那几个侍女的面前的时候，几乎要同小孩似的哭出来了。

"请上来！"

"请上来！"

他硬了头皮，跟了一个十七八岁的侍女走上楼去，那时候他的精神已经有些镇静下来了。走了几步，经过一条暗暗的夹道的时候，一阵恼人的花粉香气，同日本女人特有的一种肉的香味，和头发上的香油气息合作了一处，哼的扑上他的鼻孔来。他立刻觉得头晕起来，眼睛里看见了几颗火星，向后边跌也似的退了一步。他再定睛一看，只见他的前面黑暗暗的中间，有一长圆形的女人的粉面，堆着了微笑，在那里问他说：

"你！你还是上靠海的地方呢？还是怎样？"

他觉得女人口里吐出来的气息，也热和和的喷上他的面来。他不知不觉把这气息深深的吸了一口。他的意识，感觉到他这行为的时候，他的面色又立刻红了起来。他不得已只能含含糊糊的

《铁炮（最低等的艺妓）》 ｜ 日本 ｜ 喜多川歌麿

本画选自《北国五色墨》，所谓「北国」，指的是位于江户北部的吉原欢场。「铁炮」（teppo），是吉原最低等的艺妓，此称呼意味深长，因为在日本俚语中，Teppo 另有「河豚」之意，而河豚味极鲜美，却可能让人中毒。

答应她说：

"上靠海的房间里去。"

进了一间靠海的小房间，那侍女便问他要什么菜。他就回答说：

"随便拿几样来罢。"

"酒要不要？"

"要的。"

那侍女出去之后，他就站起来推开了纸窗，从外边放了一阵空气进来。因为房里的空气，沉浊得很，他刚才在夹道中闻过的那一阵女人的香味，还剩在那里，他实在是被这一阵气味压迫不过了。

一湾大海，静静的浮在他的面前。外边好像是起了微风的样子，一片一片的海浪，受了阳光的返照，同金鱼的鱼鳞似的，在那里微动。他立在窗前看了一会，低声的吟了一句诗出来：

"夕阳红上海边楼。"

他向西的一望，见太阳离西南的地平线只有一丈多高了。呆呆的看了一会，他的心思怎么也离不开刚才的那个侍女。她的口里的头上的面上的和身体上的那一种香味，怎么也不容他的心思去想别的东西。他才知道他想吟诗的心是假的，想女人的肉体的心是真的了。

停了一会，那侍女把酒菜搬了进来，跪坐在他的面前，亲亲热热的替他上酒。他心里想仔仔细细的看她一看，把他的心里的苦闷都告诉了她，然而他的眼睛怎么也不敢平视她一眼，他的舌根怎么也不能摇动一摇动。他不过同哑子一样，偷看看她那搁在膝上一双纤嫩的白手，同衣缝里露出来的一条粉红的围裙角。

原来日本的妇人都不穿裤子，身上贴肉只围着一条短短的围裙。外边就是一件长袖的衣服，衣服上也没有钮扣，腰里只缚着一条一尺多宽的带子，后面结着一个方结。她们走路的时候，前面的衣服每一步一步的掀开来，所以红色的围裙，同肥白的腿肉，每能偷看。这是日本女子特别的美处；他在路上遇见女子的时候，注意的就是这些地方。他切齿地痛骂自己，畜生！狗贼！卑怯的人！也便是这个时候。

他看了那侍女的围裙角，心头便乱跳起来。愈想同她说话，但愈觉得讲不出话来。大约那侍女是看得不耐烦起来了，便轻轻的问他说：

"你府上是什么地方？"

一听了这一句话，他那清瘦苍白的面上，又起了一层红色；含含糊糊的回答了一声，他呐呐的总说不出清晰的回话来。可怜他又站在断头台上了。

原来日本人轻视中国人，同我们轻视猪狗一样。日本人都叫中国人作"支那人"，这"支那人"三字，在日本，比我们骂人的"贱贼"还更难听，如今在一个如花的少女前头，他不得不自认说"我是支那人"了。

"中国呀中国，你怎么不强大起来！"

他全身发起抖来，他的眼泪又快滚下来了。

那侍女看他发颤发得厉害，就想让他一个人在那里喝酒，好教他把精神安镇安镇，所以对他说：

"酒就快没有了，我再去拿一瓶来吧？"

停了一会他听得那侍女的脚步声又走上楼来。他以为她是上他这里来的，所以就把衣服整了一整，姿势改了一改。但是他被她欺骗了。她原来是领了两三个另外的客人，上间壁的那一间房间里去的。那两三个客人都在那里对那侍女取笑，那侍女也娇滴滴的说：

《英日联手》│ 选自一九〇四年《警钟日报》

"别胡闹了，间壁还有客人在那里。"

他听了就立刻发起怒来。他心里骂他们说：

"狗才！俗物！你们都敢来欺侮我么？复仇复仇，我总要复你们的仇。世间哪里有真心的女子！那侍女的负心东西，你竟敢把我丢了么？罢了罢了，我再也不爱女人了，我再也不爱女人了。我就爱我的祖国，我就把我的祖国当作了情人吧。"

他马上就想跑回去发愤用功。但是他的心里，却很羡慕那间壁的几个俗物。他的心里，还有一处地方在那里盼望那个侍女再回到他这里来。

他按住了怒，默默地喝干了几杯酒，觉得身上热起来。打开了窗门，他看太阳就快要下山去了。又连饮了几杯，他觉得他面前的海景都朦胧起来。西面堤外的灯台的黑影，长大了许多。一层茫茫的薄雾，把海天融混作了一处。在这一层浑沌不明的薄纱影里，西方的将落不落的太阳，好像在那里惜别的样子。他看了一会，不知道是什么缘故，只觉得好笑。呵呵的笑了一回，他用手擦擦自家那火热的双颊，便自言自语的说：

"醉了醉了！"

那侍女果然进来了，见他红了脸，立在窗口在那里痴笑，便问他说：

"窗开了这样大，你不冷的么？"

"不冷不冷，这样好的落照，谁舍得不看呢？"

"你真是一个诗人呀！酒拿来了。"

"诗人！我本来是一个诗人。你去把纸笔拿了来，我马上写首诗给你看看。"

那侍女出去了之后，他自家觉得奇怪起来。他心里想：

"我怎么会变了这样大胆的？"

痛饮了几杯新拿来的热酒，他更觉得快活起来，又禁不得呵呵笑了一阵。他听见间壁房间里的那几个俗物，高声的唱起日本歌来，他也放大了嗓子唱着说：

> 醉拍阑干酒意寒，江湖寥落又冬残，
>
> 剧怜鹦鹉中州骨，未拜长沙大傅官，
>
> 一饭千金图报易，几人五噫出关难，
>
> 茫茫烟水回头望，也为神州泪暗弹。

高声的念了几遍，他就在席上醉倒了。

八

一醉醒来，他看看自家睡在一条红绸的被里，被上有一种奇怪的香气。这一间房间也不很大，但已不是白天的那一间房间了。房中挂着一盏十烛光的电灯，枕头边上摆着了一壶茶，两只杯子。他倒了二三杯茶，喝了之后，就跟跟跄跄的走到房外去。他开了门，恰好白天的那侍女也跑过来了。她问他说：

"你！你醒了么？"

他点了一点头，笑微微的回答说：

"醒了。便所是在什么地方的？"

"我领你去吧。"

他就跟了她去。他走过日间的那条夹道的时候，电灯点得明亮得很。远近有许多歌唱的声音，三弦的声音，大笑的声音传到他的耳朵里来。白天的情节，他都想出来了。一想到酒醉之后，他对那侍女说的那些话的时候，他觉得面上又发起烧来。

从厕所回到房里之后，他问那侍女说：

"这被是你的么？"

侍女笑着说：

"是的。"

"现在是什么时候了？"

"大约是八点四五十分的样子。"

"你去开了账来罢！"

"是。"

他付清了账，又拿了一张纸币给那侍女，他的手不觉微颤起来。那侍女说：

"我是不要的。"

他知道她是嫌少了。他的面色又涨红了，袋里摸来摸去，只有一张纸币了，他就拿了出来给她说：

"你别嫌少了，请你收了罢。"

他的手震动得更加厉害，他的话声也颤动起来了。那侍女对他看了一眼，就低声的说：

"谢谢！"

他一直的跑下了楼，套上了皮鞋，就走到外面来。

外面冷得非常，这一天大约是旧历的初八九的样子。半轮寒月，高挂在天空的左半边。淡青的圆形天盖里，也有几点疏星，散在那里。

他在海边上走了一回，看看远岸的渔灯，同鬼火似的在那里招引他。细浪中间，映着了银色的月光，好像是山鬼的眼波，在那里开闭的样子。不知是什么道理，他忽想跳入海里去死了。

他摸摸身边看，乘电车的钱也没有了。想想白天的事情看，他又不得不痛骂自己。

"我怎么会走上那样的地方去的？我已经变了一个最下等的人了。悔也无及，悔也无及。我就在这里死了吧。我所求的爱情，大约是求不到的了。没有爱情的生涯，岂不同死灰一样么？唉，这干

《外人以铁路侵略中国之危象》| 马星驰 | 选自一九〇八年《神州日报》

燥的生涯，这干燥的生涯，世上的人又都在那里仇视我，欺侮我，连我自家的亲弟兄，自家的手足，都在那里排挤我到这世界外去。我将何以为生，我又何必生存在这多苦的世界里呢！"

想到这里，他的眼泪就连连续续的滴了下来。他那灰白的面色，竟同死人没有分别了。他也不举起手来揩揩眼泪，月光射到他的面上，两条泪线，倒变了叶上的朝露一样放起光来。他回转头来看看他自家的那又瘦又长的影子，就觉得心痛起来。

"可怜你这清影，跟了我二十一年，如今这大海就是你的葬身地了。我的身子，虽然被人家欺辱，我可不该累你也瘦弱到这步田地的。影子呀影子，你饶了我吧！"

他向西面一看，那灯台的光，一霎变了红一霎变了绿的在那里尽它的本职。那绿的光射到海面上的时候，海面就现出一条淡青的路来。再向西天一看，他只见西方青苍苍的天底下，有一颗明星，在那里摇动。

"那一颗摇摇不定的明星的底下，就是我的故国。也就是我的生地。我在那一颗星的底下，也曾送过十八个秋冬，我的乡土啊，我如今再也不能见你的面了。"

他一边走着，一边尽在那里自伤自悼的想这些伤心的哀话。走了一会，再向那西方的明星看了一眼，他的眼泪便同骤雨似的落下来了。他觉得四边的景物，都模糊起来。把眼泪揩了一下，立住了脚，长叹了一声，他便断断续续的说：

"祖国呀祖国！我的死是你害我的！

"你快富起来！强起来吧！

"你还有许多儿女在那里受苦呢！"

一九二一年五月九日改作

茫茫夜[1]

一

一天星光灿烂的秋天的朝上，大约时间总在十二点钟以后了，静寂的黄浦滩上，一个行人也没有。街灯的灰白的光线，散射在苍茫的夜色里，烘出了几处电杆和建筑物的黑影来。道旁尚有二三乘人力车停在那里，但是车夫好像已经睡着了，所以并没有什么动静。黄浦江中停着的船上，时有一声船板和货物相击的声音传来，和远远不知从何处来的汽车车轮声合在一处，更加形容得这初秋深夜的黄浦滩上的寂寞。在这沉默的夜色中，南京路口滩上忽然闪出了几个纤长的黑影来，他们好像是自家恐惧自家的脚步声的样子，走路走得很慢。他们的话声亦不很高，但是在这沉寂的空气中，他们的足音和话声，已经觉得很响了。

"于君，你现在觉得怎么样？你的酒完全醒了么？我只怕你上船之后，又要吐起来。"

讲这一句话的，是一个十九岁前后的纤弱的青年，他的面貌清秀得很。他那柔美的眼睛，和他那不大不小的嘴唇，有使人不得不爱他的魔力。他的身体好像是不十分强，所以在微笑的时候，他的苍白的脸上，也脱不了一味悲寂的形容。他讲的虽

1　原载于一九二二年三月十五日《创造》季刊第一卷第一期。

然是北方的普通话，但是他那幽徐的喉音，和宛转的声调，竟使听话的人，辨不出南音北音来。被他叫作"于君"的，是一个二十五六岁的青年，大约是因为酒喝多了，颊上有一层红潮，同蔷薇似的罩在那里。眼睛里红红浮着的，不知是眼泪呢还是醉意，总之他的眉间，仔细看起来，却有些隐忧含着，他的勉强装出来的欢笑，正是在那里形容他的愁苦。他比刚才讲话的那青年，身材更高，穿着一套藤青的哗叽洋服，与刚才讲话的那青年的鱼白大衫，却成了一个巧妙的对称。他的面貌无俗气，但亦无特别可取的地方。在一副平正的面上，加上一双比较细小的眼睛，和一个粗大的鼻子，就是他的肖像了。由他那二寸宽的旧式的硬领和红格的领结看来，我们可以知道他是一个富有趣味的人。他听了青年的话，就把头向右转了一半，朝着了那青年，一边伸出右手来把青年的左手捏住，一边笑着回答说：

"谢谢，迟生，我酒已经醒了。今晚真对你们不起，要你们到了这深夜来送我上船。"讲到这里，他就回转头来看跟在背后的两个年纪大约二十七八的青年，从这两个青年的洋服年龄面貌推想起来，他们定是姓于的青年修学时代的同学。两个中的一个年长一点的人听了姓于的青年的话，就抢上一步说：

"质夫，客气话可以不必说了。可是有一件要紧的事情，我还没有问你，你的钱够用了么？"

姓于的青年听了，就放了捏着的迟生的手，用右手指着迟生回答说：

"吴君借给我的二十元，还没有动着，大约总够用了，谢谢你。"

他们四个人——于质夫吴迟生在前，后面跟着二个于质夫的同学，是刚从于质夫的寓里出来，上长江轮船去的。

横过了电车路，沿了滩外的冷清的步道走了二十分钟，他们已经走到招商局的轮船码头了。江里停着的几只轮船，前后都有几点黄黄的电灯点在那里。从黑暗的堆栈外的码头走上了船，招了一个在那里假睡的茶房，开了舱里的房门，在第四号官舱里坐了一会，于质夫就对吴迟生和另外的两个同学说：

"夜深了，你们可先请回去，诸君送我的好意，我已经谢不胜谢了。"

吴迟生也对另外的两个人说：

"那么你们请先回去，我就替你们做代表吧。"

于质夫又拍了迟生的肩说：

"你也请同去了吧。使你一个人回去，我更放心不下。"

迟生笑着回答说：

"我有什么要紧，只是他们两位，明天还要上公司去的，不可太睡迟了。"

质夫也接着对他的两位同学说：

"那么请你们两位先回去，我就留吴君在这儿谈吧。"

送他的两个同学上岸之后，于质夫就拉了迟生的手回到舱里来。原来今晚开的这只轮船，已经旧了，并且船身太大，所以航行颇慢。因此乘此船的乘客少得很。于质夫的第四号官舱，虽有两个舱位，单只住了他一个人。他拉了吴迟生的手进到舱里，把房门关上之后，忽觉得有一种神秘的感觉，同电流似的，在他的脑里经过了。在电灯下他的肩下坐定的迟生，也觉得有一种不可思议的感情发生，尽俯着首默默地坐在那里。质夫看着迟生的同蜡人似的脸色，感情竟压止不住了，就站起来紧紧的捏住了他的

兰波（1854—1891），法国著名诗人，主要诗集有《地狱的一季》和《灵光集》。在本画中，兰波被画成一个任性的孩子，正在给字母涂自己喜欢的颜色。兰波有《元音》一诗，在诗中他试图赋予元音字母以瑰丽的颜色和形象。本漫画的创造与此有关。

《法国诗人兰波》│ 法国 │ 夏尔·迪考克斯所

两手，面对面的对他幽幽的说：

"迟生，你同我去吧，你同我上A地去吧。"这话还没有说出之先，质夫正在那里想：

"二十一岁的青年诗人兰波（Arthur Rimbaud）。一八七二年的魏尔伦（Paul Verlaine）。白儿其国的田园风景。两个人的纯洁的爱。……"

这些不近人情的空想，竟变了一句话，表现了出来。质夫的心里实在想邀迟生和他同到A地去住几时，一则可以慰慰他自家的寂寞，一则可以看守迟生的病体。迟生听了质夫的话，呆呆的对质夫看了一忽，好像心里有两个主意，在那里战争，一霎时解决不下的样子。质夫看了他这一副形容，更加觉得有一种热情，涌上他的心来，便不知不觉的逼进一步说：

"迟生你不必细想了，就答应了我吧。我们就同乘了这一只船去。"

听了这话，迟生反恢复了平时的态度，便含着了他固有的微笑说：

"质夫，我们后会的日期正长得很，何必如此呢？我希望你到了A地之后，能把你日常的生活，和心里的变化，详详细细的写信来通报我，我也可以一样的写信给你，这岂不和同住在一块一样么？"

"话原是这样说，但是我只怕两人不见面的时候，感情就要疏冷下去。到了那时候我对你和你对我的目下的热情，就不得不被第三者夺去了。"

"要是这样，我们两个便算不得真朋友。人之相知，贵相知心，你难道还不能了解我的心么？"

听了这话，看看他那一双水盈盈的瞳人，质夫忽然觉得感情激动起来，便把头低下去，搁在他的肩上说：

"你说什么话，要是我不能了解你，那我就不劝你同我去了。"

讲到这里，他的语声同小孩悲咽时候似的发起颤来了。他就停着不再说下去，一边却把他的眼睛，伏在迟生的肩上。迟生觉得有两道同热水似的热气浸透了他的鱼白大衫和蓝绸夹袄，传到他的肩上去。迟生也觉得忍不住了，轻轻的举起手来，在面上揩了一下，只呆呆的坐在那里看那十烛光的电灯。这夜里的空气，觉得沉静得同在坟墓里一样。舱外舷上忽有几声水手呼唤声和起重机滚船索的声音传来，质夫知道船快开了，他想马上站起来送迟生上船去，但是心里又觉得这悲哀的甘味是不可多得的，无论如何总想多尝一忽。照原样的头靠在迟生的肩上，一动也不动的坐了几分钟，质夫听见房门外有人在那里敲门。他抬起头来问了一声是谁，门外的人便应声说：

"船快开了。送客的先生请上岸去吧。"

迟生听了，就慢慢的站了起来，质夫也默默的不作一声跟在迟生的后面，同他走上岸去。在灰黑的电灯光下同游水似的走到船侧的跳板上的时候，迟生忽然站住了。质夫抢上了一步，又把迟生的手紧紧的捏住，迟生脸上起了两处红晕，幽幽扬扬的说：

"质夫，我终究觉得对你不起，不能陪你在船上安慰你的长途的寂寞……"

"你不要替我担心思了，请你自家保重些。你上北京去的时候，千万请你写信来通知我。"

质夫一定要上岸来送迟生到码头外的路上。迟生怎么也不肯，质夫只能站在船侧，张大了两眼，看迟生回去。迟生转过了码头的堆栈，影子就小了下去，成了一点白点，向北在街灯光里出没了几次。那白点渐渐远了，更小了下去，过了六七分钟，站在船舷上的质夫就看不见迟生了。

质夫呆呆的在船舷上站了一会，深深的呼了一口空气，仰起头来看见了几颗明星在深蓝的天空里摇动，胸中忽然觉得悲哀起来。这种悲哀的感觉，就是质夫自身也不能解说，他自幼在日本留学，习惯了飘泊的生活，生离死别的情景，不知身尝了几多，照理论来，这一次与相交未久的吴迟生的离别，当然是没有什么悲伤的，但是他看看黄浦江上的夜景，看看一点一点小下去的吴迟生的瘦弱的影子，觉得将亡未亡的中国，将灭未灭的人类，茫茫的长夜，耿耿的秋星，都是伤心的种子。在这茫然不可捉摸的思想中间，他觉得他自家的黑暗的前程和吴迟生的纤弱的病体，更有使他泪落的地方。在船舷的灰色的空气中站了一会，他就慢慢的走到舱里去了。

二

长江轮船里的生活，虽然没有同海洋中间那么单调，然而与陆地隔绝后的心境，到底比平时平静。况且开船的第二天，天又降下了一天黄雾，长江两岸的风景，如烟如梦的带起伤惨的颜色来。在这悲哀的背景里，质夫把他过去几个月的生活，同手卷中的画幅一般回想出来了。

三月前头住在东京病院里的光景，出病院后和那少妇的关系，同污泥一样的他的性欲生活，向善的焦躁与贪恶的苦闷，逃往盐原温泉前后的心境，归国的决心。想到最后这一幕，他的忧郁的面上，忽然露出一痕微笑来，眼看着了江上午后的风景，背魏尔伦（1844—1896），法国著名诗人，此外还是一个狂放的酒客、放纵的情人。魏尔伦有同性恋倾向，虽然结了婚，却还是疯狂地爱上了同性诗人兰波。后来在一次争执中，魏尔伦酒后开枪打伤了兰波的手腕，因此入狱两年。本文中的质夫有同性恋倾向，所以对魏尔伦与兰波之间的情史有浓厚兴趣。

《法国诗人魏尔伦》 | 瑞典 | 安德斯·佐恩

靠着了甲板上的栏杆，他便自言自语的说：

"泡影呀，昙花呀，我的新生活呀！唉！唉！"

这也是质夫的一种迷信，当他决计想把从来的腐败生活改善的时候，必要搬一次家，买几本新书或是旅行一次。半月前头，他动身回国的时候，也下了一次绝大的决心。他心里想：

"我这一次回国之后，必要把旧时的恶习，改革得干干净净。戒烟戒酒戒女色。自家的品性上，也要加一段锻炼，使我的朋友全要惊异说我是与前相反了。……"

到了上海之后，他的生活仍旧是与从前一样，烟酒非但不戒下，并且更加加深了。女色虽然还没有去接近，但是他的性欲，不过变了一个方向，依旧在那里伸张。想到了这一个结果，他就觉得从前的决心，反成了一段讽刺，所以不觉叹气微笑起来。叹声还没有发完，他忽听见人在他的左肩下问他说：

"Was Seufzen Sie，Monsieur？"（"你为什么要发叹声？"）

转过头来一看，原来这船的船长含了微笑，站在他的边上好久了，他因为尽在那里想过去的事情，所以没有觉得。这船长本来是丹麦人，在德国的留背克住过几年，所以德文讲得很好。质夫今天早晨在甲板上已经同他讲过话，因此这身材矮小的船长也把质夫当作了朋友。他们两人讲了些闲话，质夫就回到自己的舱里来了。

吃过了晚饭，在官舱的起坐室里看了一会书，他的思想又回到过去的生活上去，这一回的回想，却集中在吴迟生一个人的身上。原来质夫这一次回国来，本来是为转换生活状态而来，但是他正想动身的时候，接着了一封他的同学邝海如的信说：

"我住在上海觉得苦得很。中国的空气是同癞病院的空气一样，渐渐的使人腐烂下去。我不能再住在中国了。你若要回来，就请你来替了我的职，到此地来暂且当几个月编辑吧。万一你不愿意住在上海，那么A省的法政专门学校要聘你去做教员去。"

所以他一到上海，就住在他同学在那里当编辑的T书局的编辑所里。有一天晚上，他同邝海如在外边吃了晚饭回来的时候，在编辑所里遇着了一个瘦弱的青年，他听了这青年的同音乐似的话声，就觉得被他迷住了。这青年就是吴迟生呀！过了几天，他的同学邝海如要回到日本去，他和吴迟生及另外几个人在汇山码头送邝海如的行，船开之后，他同吴迟生就同坐了电车，回到编辑所来。他看看吴迟生的苍白的脸色和他的纤弱的身体，便问他说：

"吴君，你身体好不好？"

吴迟生不动神色的回答说：

"我是有病的，我害的是肺病。"

质夫听了这话，就不觉张大了眼睛惊异起来。因为有肺病的人，大概都不肯说自家的病的，但是吴迟生对了才遇见过两次的新友，竟如旧交一般的把自家的秘密病都讲了。质夫看了迟生的这种态度，心里就非常爱他，所以就劝他说：

"你若害这病，那么我劝你跟我上日本去养病去。"

他讲到这里，就把乔其慕亚的一篇诗想了出来，他的幻想一霎时的发展开来了。

"日本的郊外杂树丛生的地方，离东京不远，坐高架电车不过四五十分钟可达的地方，我愿和你两个人去租一间草舍儿来住。草舍的前后，要有青青的草地，草地的周围，要有一条小小的清溪。清溪里要有几尾游鱼。晚春时节，我好和你拿了锄耙，把花儿向草地里去种。在蔚蓝的天盖下，在和暖的熏风里，我与你躺在柔软的草上，好把那西洋的小曲儿来朗诵。初秋晚夏的时候，在将落未落的夕照中间，我好和你缓步逍遥，把落叶儿来数。冬天的早晨你未起来，我便替你做早饭，我不起来，你也好把早饭先做。我礼拜六的午后从学校里回来，你好到冷静的小车站上来候我。我和你去买些牛豚香片，便可作一夜的清谈，谈到礼拜的日中。书店里若有外国的新书到来，我和你省几日油盐，可去买一本新书来消那无聊的夜永。……"

质夫坐在电车上一边作这些空想，一边便不知不觉的把迟生的手捏住了。他捏捏迟生的柔软的小手，心里又起了一种别样的幻想，面上红了一红，把头摇了一摇，他就对迟生问起无关紧要的话来：

"你的故乡是在什么地方？"

"我的故乡是直隶乡下，但是现在住在苏州了。"

"你还有兄弟姊妹没有？"

"有是有的，但是全死了。"

"你住在上海干什么？"

"我因为北京天气太冷，所以休了学，打算在上海过冬。并且这里朋友比较得多一点，所以觉得住在上海比北京更好些。"

这样的问答了几句，电车已经到了大马路外滩了。换了静安寺路的电车在跑马厅尽头处下车之后，质夫就邀迟生到编辑所里来闲谈。从此以后，他们两人的交际，便渐渐儿的亲密起来了。

质夫的意思以为天地间的情爱，除了男女的真真的恋爱外，以友情为最美。他在日本飘流了十来年，从未曾得着一次满足的恋爱，所以这一次遇见了吴迟生，觉得他的一腔不可发泄的热情，得了一个可以自由灌注的目标，说起来虽是他平生的一大快事，但是亦是他半生沦落未曾遇着一个真心女人的哀史的证明。有一天晴朗的晚上，迟生到编辑所来和他谈到夜半，质夫忽然想去洗澡去。邀了迟生和另外的两个朋友出编辑所走到马路上的时候，质夫觉得空气冷凉得很。他便问迟生说：

"你冷么？你若是怕冷，就钻到我的外套里来。"

迟生听了，在苍白的街灯光里，对质夫看了一眼，就把他那纤弱的身体倒在质夫的怀里。质夫觉得有一种不可名状的快感，从迟生的肉体传到他的身上去。

他们出浴堂已经是十二点钟了。走到三岔路口，要和迟生分手的时候，质夫觉得怎么也不能放迟生一个人回去，所以他就把迟生的手捏住说：

"你不要回去了，今天同我们上编辑所去睡吧。"

迟生也像有迟疑不忍回去的样子，质夫就用了强力把他拖来了。那一天晚上他们谈到午前五点钟才睡着。过了两天，A地就有电报来催，要质夫上A地的法政专门学校去当教员。

三

质夫登船后第三天的午前三点钟的时候，船到了A地。在昏黑的轮船码头上，质夫辨不出方向来，但看见有几颗淡淡的明星印在清冷的长江波影里。离开了码头上的嘈杂的群众，跟了一个法政专门学校里托好在那里招待他的人上岸之后，他觉得晚秋的凉气，已经到了这长江北岸的省城了。在码头近旁一家同十八世纪的英国乡下的旅舍似的旅馆里住下之后，他心里觉得孤寂得很。他本来是在大都会里生活惯的人，在这夜静更深的时候，到了这一处不闹热的客舍内，从微明的洋灯影里，看看这客室里的粗略

燕子矶风光

燕子矶位于南京北郊的观音门外·是长江三大名矶之一。

的陈设，心里当然是要惊惶的。一个招待他的酣睡未醒的人，对他说了几句话，从他的房里出去之后，他真觉得是闯入了龙王的水牢里的样子，他的脸上不觉有两颗珠泪滚下来了。

"要是迟生在这里，那我就不会这样的寂寞了。啊，迟生，这时候怕你正在电灯底下微微的笑着，在那里做好梦呢！"

在床上横靠了一忽，质夫看见格子窗一格一格的亮了起来，远远的鸡鸣声也听得见了。过了一会，有一部运载货物的单轮车，从窗外推过了，这车轮的仆独仆独的响声，好像是在那里报告天晴的样子。

侵旦旅馆里有些动静的时候，从学校里差来接他的人也来了。把行李交给了他，质夫就坐了一乘人力车上学校里去。沿了长江，过了一条店家还未起来的冷清的小街，质夫的人力车就折向北去。车并着了一道城外的沟渠，在一条长堤上慢慢前进的时候，他就觉得元气恢复起来了。看看东边，以浓蓝的天空作了背景的一座白色的宝塔，把半规初出的太阳遮在那里。西边是一道古城，城外环绕着长沟，远近只有些起伏重叠的低岗和几排鹅黄疏淡的杨柳点缀在那里。他抬起头来远远见了几家如装在盆景假山上似的草舍。看看城墙上孤立在那里的一排电杆和电线，又看看远处的地平线和一弯苍茫无际的碧落，觉得在这自然的怀抱里，他的将来的成就定然是不少的。不晓是什么原因，不知不觉他竟起了一种感谢的心情。过了一忽，他忽然自言自语的说：

"这谦虚的情！这谦虚的情！就是宗教的起源呀！王尔德（Wilde）呀，魏尔伦（Verlaine）呀！你们从狱里叫出来的'要谦虚'（Be humble）的意思我能了解了。"

车到了学校里，他就通名刺进去。跟了门房，转了几个弯，到了一处门上挂着"教务长"牌的房前的时候，他心里觉得不安得很。进了这房他看见一位三十上下的清瘦的教务长迎了出来。这教务长带着一副不深的老式近视眼镜，口角上有两丛微微的胡须黑影，讲一句话，眼睛必开闭几次。质夫因为是初次见面，所以应对非常留意，格外的拘谨。讲了几句寻常套话之后，他就领质夫上正厅上去吃早饭。在早膳席上，他为质夫介绍了一番。质夫对了这些新见的同事，胸中感得一种异常的压迫，他一个人心里想：

"新媳妇初见姑嫂的时候，她的心理应该同我一样的。唉，在山泉水清，出山泉水浊，我还不如什么事也不干，一个人回到家里去贪懒的好。"

吃了早膳，把行李房屋整顿了一下，姓倪的那教务长就把功课时间表拿了过来。恰好那一天是礼拜，质夫就预备第二日去上课。倪教务长把编讲义上课的情形讲了一遍之后，便轻轻的对质夫说：

"现在我们校里正是五风十雨的时候，上课时候的讲义，请你用全副精神来对付。礼拜三用的讲义，是要今天发才赶得及，请你快些预备吧。"

他出去停了两个钟头，又跑上质夫那边来，那时候质夫已有一页讲义编好了。倪教务长拿起这页讲义来看的时候，神经过敏而且又是自尊心颇强的质夫，觉得被他侮辱了。但是一边心里又在那里恐惧，这种复杂的心理状态，怕没有就过事的人是不能了解的。他看了讲义之后，也不说好，也不说不好，但是质夫的纤细的神经却告诉质夫说：

"可以了，可以了，他已经满足了。"

　　恐惧的心思去了之后，质夫的自尊心又长了一倍，被侮辱的心思比从前也加一倍抬起头来，但是一种自然的势力，把这自尊心压了下去，教他忍受了。这教他忍受的心思，大约就是卑鄙的行为的原动力，若再长进几级，就不得不变成奴隶性质。现在社会上的许多成功者，多因为有这奴隶性质，才能成功，质夫初次的小成功，大约也是靠他这时候的这点奴隶性质而来的。

　　这一天晚上质夫上床的时候，却有两种矛盾的思想，在他的胸中来往。一种是恐惧的心思，就是怕学生不能赞成他。一种是喜悦的心思，就是觉得自家是专门学校的教授了。正在那里想的时候，他觉得有一个人钻进他的被来，他闭着眼睛，伸手去一摸，却是吴迟生。他和吴迟生颠颠倒倒的讲了许多话。到了第二天的早晨，斋夫进房来替他倒洗面水，他被斋夫惊醒的时候，才知道是一场好梦，他醒来的时候，两只手还紧紧的抱住在那里。

　　第二次上课钟打后，质夫跟了倪教务长去上课去。倪教务长先替他向学生介绍了几句，出课堂门去了，质夫就踏上讲坛去讲。这一天因为没有讲义稿子，所以他只空说了两点钟。正在那里讲的时候，质夫觉得有一种想博人欢心的虚伪的态度和言语，从他的面上口里流露出来。他心里一边在那里鄙笑自家，一边却怎么也禁不住这一种态度和这一种言语。大约这一种心理和前节所说的忍受的心理就是构成奴隶性质的基础吧？

　　好容易破题儿的第一天过去了。到了晚上九点钟的时候，倪教务长的苍黄的脸上浮着了一脸微笑，跑上质夫房里来。质夫匆忙站起来让他坐下之后，倪教务长便用了日本话，笑嘻嘻的对质夫说：

　　"你成功了。你今天大成功，你所教的几班，都来要求加钟点了。"

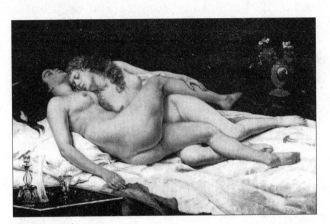

《困倦》| 法国 | 库尔贝

在本画中，两个温润美丽的女人纠缠在一起，显出某种暧昧的柔情，这显然是一幅有关女子同性恋的绘画。本画作于十九世纪，在当时的法国，女子同性恋似乎还能为社会容忍。相反，男性同性恋则备受社会的责难，有魏尔伦与兰波的遭遇为证。

质夫心里虽然非常喜欢，但是面上却只装着一种漠不相关的样子，倪教务长到了这时候，也没有什么隐瞒了，便把学校里的内情讲了出来。

"我们学校里，因为陆校长今年夏天同军阀李星狼麦连邑打了一架，并反对违法议员和驱逐李麦的走狗韩省长的原因，没有一天不被军阀所仇视。现在李麦和那些议员出了三千元钱，买收了几个学生，想在学校里捣乱。所以你没有到的几天，我们是一夕数惊，在这里防备的。今年下半年新聘了几个先生，又是招怪，都不能得学生的好感。所以要是你再受他们学生的攻击，那我们在教课上就站不住了。一个学校中，若聘的教员，不能得学生的好感，教课上不能铜墙铁壁的站住，风潮起来的时候，那你还有什么法子？现在好了，你总站得住了，我也大可以放心了。呵呵呵呵（底下又用了一句日本话），你成功了呀！"

质夫听了这些话，因为不晓得这A省的情形，所以也不十分明了，但是倪教务长对质夫是很满足的一件事情，质夫明明在他的言语态度上可以看得出来。从此质夫当初所怀着的那一种对学生对教务长的恐惧心，便一天一天的减少下去了。

四

学校内外浮荡着的暗云，一层一层的紧迫起来。本来是神经质的倪教务长和态度从容的陆校长常常在那里作密谈。质夫因为不谙那学校的情形，所以也没有什么惧怕，尽在那里干他自家一个人的事。

初到学校后二三天的紧张的精神，渐渐的弛缓下去的时候，质夫的许久不抬头的性欲，又露起头角来了。因为时间与空间的关系，吴迟生的印象一天一天在他的脑海里消失下去，于是代此而兴，支配他的全体精神的欲情，便分成了二个方向起起作用来。一种是纯一的爱情，集中在他的一个年轻的学生身上。一种是间断偶发的冲动。这种冲动发作的时候，他竟完全成了无理性的野兽，非要到城里街上，和学校附近的乡间的贫民窟里去乱跑乱跳走一次，偷看几个女性，不能把他的性欲的冲动压制下去。有一天晚上，正是这冲动发作的时候，倪教务长不声不响的走进他的房里来忠告他说：

"质夫，你今天晚上不要跑出去。我们得着了一个消息，说是几个被李麦买取了的学生，预备今晚起事，我们教职员还是住在一处，不要出去的好。"

质夫在房里电灯下坐着，守了一个钟头，觉得苦极了。他对学校的风潮，还未曾经验过，所以并没有什么害怕，并且因为他到这学校不久，缠绕在这学校周围的空气，不能明白，所以更无危惧的心思。他听了倪教务长的话之后，只觉得有一种看热闹的好奇心起来，并没有别的观念。同西洋小孩在圣诞节的晚上盼望圣诞老人到来的样子，他反而一刻一刻的盼望这捣乱事件快些出现。等了一个钟头，学校里仍没有什么动静，他的好奇心，竟被他原有的冲动的发作压倒了。他从座位里站了起来，在房里走了几圈，又坐了一忽，又站起来走了几圈，觉得他的兽性，终究压不下去，换了一套中国衣服，他便悄悄的从大门走了出去。浓蓝的天影里，有几颗游星，在那里开闭。学校附近的郊外的路上黑得可怕。幸亏这一条路是沿着城墙沟渠的，所以黑暗中的城墙的轮廓和黑沉沉的城池的影子，还当作了他的行路的目标。他同瞎子似的在不平的路上跌了几跤，踏了几次空，走到北门城门外的时候，忽然想起城门是快要闭了。若或进城去，他在城里又无熟人，又没有法子弄得到一张出城券，事情是不容易解决的。所以在城门外迟疑了一会，他就回转了脚，一直沿了向北的那一条乡下的官道跑去。跑了一段，他跑到一处狭的街上了。他以为这样的城外市镇里，必有那些奇形怪状的最下流的妇人住着，他的冲动的目的物，正是这一流妇人。但是他在黄昏的小市上，跑来跑去跑了许多时候，终究寻不出一个妇人来。有时候虽有一二个蓬头的女子走过，却是人家的未成年的使婢。他在街上走了一会，又穿到漆黑的侧巷里去走了一会，终究不能达到他的目的。在一条无人通过的漆黑的侧巷里站着，他仰起头来看看幽远的天空，便轻轻的叹着说：

"我在外国苦了这许多年数，如今到中国来还要吃这样的苦。唉！我何苦呢，可怜我一生还未曾得着女人的爱惜过。啊，恋爱呀，你若可以学识来换的，我情愿将我所有的知识，完全交出来，与你换一个有血有泪的拥抱。啊！恋爱呀，我恨你是不能糊涂了事的。我恨你是不能以资格地位名誉来换的。我要灭这一层烦恼，我只有自杀……"

讲到了这里，他的面上忽然滚下了两粒粗泪来。他觉得站在这里，终究不是长久之计，就又同饿犬似的走上街来了。垂头丧气的正想回到校里来的时候，他忽然看见一家小小的卖香烟洋货的店里，有一个二十五六的女人坐在灰黄的电灯下，对了账簿算盘在那里结账。他远远的站在街上看了一忽，走来走去的走了几次，便不声不响的踱进了店去。那女人见他进去，就丢下了账目来问他：

"要买什么东西？"

《雏妓之沿街拉客》｜ 选自一九一一年《神州日报》

先买了几封香烟，他便对那女人呆呆的看了一眼。由他这时候的眼光看来，这女人的容貌却是商家所罕有的。其实她也只是一个平常的女人，不过身材生得小，所以俏得很，衣服穿得还时髦，所以觉得有些动人的地方。他如饿犬似的贪看了一二分钟，便问她说：

"你有针卖没有？"

"是缝衣服的针么？"

"是的，但是我要一个用熟的针，最好请你卖一个新针给我之后，将拿新针与你用熟的针交换一下。"

那妇人便笑着回答说：

"你是拿去煮在药里的么？"

他便含糊的答应说：

"是的是的，你怎么知道？"

"我们乡下的仙方里，老有这些玩意儿的。"

"不错不错，这针倒还容易办得到，还有一件物事，可真是难办。"

"是什么呢？"

"是妇人们用的旧手帕，我一个人住在这里，又无朋友，所以这物事是怎么也求不到的，我已经决定不再去求了。"

"这样的也可以的么？"

一边说，一边那妇人从她的口袋里拿了一块洋布的旧手帕出来。质夫一见，觉得胸前就乱跳起来，便涨红了脸说："你若肯让给我，我情愿买一块顶好的手帕来和你换。"

"那请你拿去就对了，何必换呢。"

"谢谢，谢谢，真真是感激不尽了。"

　　质夫得了她的用旧的针和手帕，就跌来碰去的奔跑回家。路上有一阵凉冷的西风，吹上他的微红的脸来，那时候他觉得爽快极了。

　　回到了校内，他看看还是未曾熄灯。幽幽的回到房里，闩上了房门，他马上把骗来的那用旧的针和手帕从怀中取了出来。在桌前椅子上坐下，他就把那两件宝物掩在自家的口鼻上，深深地闻了一回香气。他又忽然注意到了桌上立在那里的那一面镜子，心里就马上想把现在的他的动作一一的照到镜子里去。取了镜子，把他自家的痴态看了一忽，他觉得这用旧的针子，还没有用得适当。呆呆的对镜子看了一二分钟。他就狠命的把针子向颊上刺了一针。本来为了兴奋的原故，变得一块红一块白的面上，忽然滚出了一滴同玛瑙珠似的血来。他用那手帕揩了之后，看见镜子里的面上又滚了一颗圆润的血珠出来。对着了镜子里的面上的血珠，看看手帕上的腥红的血迹，闻闻那旧手帕和针子的香味，想想那手帕的主人公的态度，他觉得一种快感，把他的全身都浸遍了。

　　不多一忽，电灯熄了，他因为怕他现在所享受的快感，要被打断，所以动也不动的坐在黑暗的房里，还在那里贪尝那变态的快味。打更的人打到他的窗下的时候，他才同从梦里头醒来的人一样，抱着了那针子和手帕摸上他的床上去就寝。

五

　　清秋的好天气一天一天的连续过去，A地的自然景物，与质夫生起情感来了。学生对质夫的感情，也一天一天的浓厚起来。吃过晚饭之后，在学校近旁的菱湖公园里，与一群他所爱的青年学生，看看夕阳返照在残荷枝上的暮景，谈谈异国的流风遗韵，确是平生的一大快事。质夫觉得这一般知识欲很旺的青年，都成了他的亲爱的兄弟了。

有一天也是秋高气爽的晴朗的早晨，质夫与雀鸟同时起了床，盥洗之后，便含了一枝伽利克，缓缓的走到菱湖公园去散步去。东天角上，太阳刚才起程，银红的天色渐渐的向西薄了下去，成了一种淡青的颜色。远近的泥田里，还有许多荷花的枯干同鱼栅似的立在那里。远远的山坡上，有几只白色的山羊同神话里的风景似的在那里吃枯草。他从学校近旁的山坡上，一直沿了一条向北的田塍细路走了过去，看看四周的田园清景，想想他目下所处的境遇，质夫觉得从前在东京的海岸酒楼上，对着了夕阳发的那些牢骚，不知消失到什么地方去了。

"我也可以满足了，照目下的状态能够持续得一二十年，那我的精神，怕更要发达呢。"

穿过了一条红桥，在一个空亭里立了一会，他就走到公园中心的那条柳荫路上去。回到学校之后，他又接着了一封从上海来的信，说他著的一部小说集已经快出版了。

这一天午后他觉得精神非常爽快，所以上课的时候竟多讲了十分钟，他看看学生的面色，也都好像是很满足的样子。正要下课堂的时候，他忽听见前面寄宿舍和事务室的中间的通路上，有一阵摇铃的声音和学生喧闹的声音传了过来。他下了课堂，拿了书本跑过去一看，只见一群学生围着了一个青脸的学生在那里吵闹。那青脸的学生，面上带着一味杀气，他的颊下的一条刀伤痕更形容得他的狞恶。一群围住他的学生都摩拳擦掌的要打他。质夫看了一会，不晓得是怎么一回事，正在疑惑的时候，看见他的同乡教体操的王先生，从包围在那里的学生丛中，辟开了一条路，挤到那被包围的青脸学生面前，不问皂白，把那学生一把拖了到教员的议事厅上去。一边质夫又看见他的同事的监学唐伯名温温和和的对一群激愤的学生说：

"你们不必动气，好好儿的回到自修室去吧，对于江杰的捣乱，我们自有办法在这里。" 一半学生回自修室去了，一半学生跟在那青脸的学生后面叫着说：

"打！打！"

"打！打死他。不要脸的，受了李麦的金钱，你难道想卖同学么？"

质夫跟了这一群学生，跟到议事厅上，见他的同事都立在那里。同事中的最年长者，带着一副墨眼镜、头上有一块秃的许明先，见了那青脸的学生，就对他说：

"你是一个好好的人，家里又还可以，何苦要干这些事呢？开除你的是学校的规则，并不是校长。钱是用得完的，你们年轻的人还是名誉要紧，李麦能利用你来捣乱学校，也定能利用别人来杀你的，你何苦去干这些事呢？"

许明先还没有说完，门外站着的学生都叫着说：

"打！"

"李麦的走狗！"

"不要脸的，摇一摇铃三十块钱，你这买卖真好啊。"

"打打！"

许明先听了门外学生的叫唤，便出来对学生说：

"你们看我面上，不要打他，只要他能悔过就对了。"

许明先一边说一边就招那青脸的学生——名叫江杰——出来，对众谢罪。谢罪之后，许明先就护送他出门外，命令他以后不准再来，江杰就垂头丧气的走了。

江杰走后，质夫从学生和同事的口头听来，才知道这江杰本来也是校内的学生，因为闹事的缘故，在去年开除的。现在他得了李麦的钱，以要求复学为名，想来捣乱，与校内八九个得钱的学生约好，用摇铃作记号，预备一齐闹起来的。质夫听了心里反觉得好笑，以为像这样的闹事，便闹死也没有什么。

过了三四天，也是一天晴朗的早晨十点钟的时候，质夫正在预备上课，忽然听见几个学生大声哄号起来。质夫出来一看，见议事厅上有八九个长大的学生，吃得酒醉醺醺，头向了天，带着了笑容，在那里哄号。不过一二分钟，教职员全体和许多学生都跑向议事厅来。那八九个学生中间的一个最长的人便高声的对众人说："我们几个人是来搬校长的行李的。他是一个过激党，我们不愿意受过激党的教育。"

八九个中的一个矮小的人也对众人说：

"我们既然做了这事，就是不怕死的。若有人来拦阻我们，那要对他不起。"

说到这里，他在马褂袖里，拿了一把八寸长的刀出来。质夫看着门外站在那里的学生，起初同蜂巢里的雄蜂一样，还有些喃喃呐呐的声音，后来看了那矮小的人的小刀，就大家静了下去。质夫心里有点不平，想出来讲几句话，但是被他的同乡教体操的王先生拖住了。王先生对他说：

"事情到了这样，我与你站出去也压不下来了。我们都是外省人，何苦去与他们为难呢？他们本省的学生，尚且在那里旁观。"

那八九个学生一霎时就打到议事厅间壁的校长房里去，恰好这时候校长还不在家，他们就把校长的铺盖捆好了。因为那一个

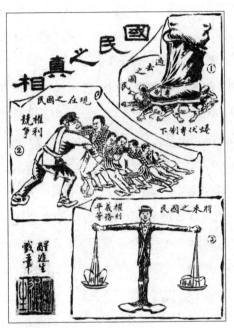

《民国之真相》┃ 马星驰 ┃ 选自--九一二年《真相画报》

拿刀的人在门口守着，所以另外的人一个人也不敢进到校长房里去拦阻他们。那八九个学生同做新戏似的笑了一声，最后跟着了那个拿刀的矮子，抬了校长的被褥，就慢慢的走出门去了。等他们走了之后，倪教务长和几个教员都指挥其余的学生，不要紊乱秩序，依旧去上课去。上了两个钟头课，吃午膳的时候，教职员全体主张停课一二天以观大势。午后质夫得了这闲空时间，倒落得自在，便跑上西门外的大观亭去玩去了。

大观亭的前面是汪洋的江水。江中靠右的地方，有几个沙渚浮在那里。阳光射在江水的微波上，映出了几条反射的光线来。洲渚上的苇草，也有头白了的，也有作青黄色的，远远望去，同一片平沙一样。后面有一方湖水，映着了青天，静静的躺在太阳的光里。沿着湖水有几处小山，有几处黄墙的寺院。看了这后面的风景，质夫忽然想起在洋画上看见过的瑞士四林湖的山水来了。一个人逛到傍晚的时候，看了西天日落的景色，他就回到学校里来。一进校门，遇着了几个从里面出来的学生，质夫觉得那几个学生的微笑的目光，都好像在那里哀怜他的样子。他胸里感着一种不快的情怀，觉得是回到了不该回的地方来了。

吃过了晚饭，他的同事都锁着了眉头，议论起那八九个学生搬校长铺盖时候的情形和解决的方法来。质夫脱离了这议论的团体，私下约了他的同乡教体操的王亦安，到菱湖公园去散步去。太阳刚才下山，西天还有半天金赤的余霞留在那里。天盖的四周，也染了这余霞的返照，映出一种紫红的颜色来。天心里有大半规月亮白洋洋地挂着，还没有放光。田塍路的角里和枯荷枝的脚上，都有些薄暮的影子看得出来了。质夫和亦安一边走一边谈，亦安把这次风潮的原因细细的讲给了质夫听：

"这一次风潮的历史，说起来也长得很。但是它的原因，却伏在今年六月里，当李星狼麦连邑杀学生蒋可奇的时候。那时候陆校长讲的几句话是的确厉害的。因为议员和军阀杀了蒋可奇，所以学生联合会有澄清选举反对非法议员的举动。因为有了这举动，所以不得不驱逐李麦的走狗想来召集议员的省长韩士成。因这几次政治运动的结果，军阀和议员的怨恨，都结在陆校长一人的身上。这一次议员和军阀想趁新省长来的时候，再开始活动，所以首先不得不去他们的劲敌陆校长。我听见说这几个学生从议员处得了二百元钱一个人。其余守中立的学生，也有得着十元十五元的。他们军阀和议员，连警察厅都买通了的，我听见说，今天北门站岗的巡警一个人还得着二元贿赂呢。此外还有想夺这校长做的一派人，和同陆校长倪教务长有反感的一派人也加在内，你说这风潮的原因复杂不复杂？"

穿过了公园西北面的空亭，走上园中大路的时候，质夫邀亦安上东面水田里的纯阳阁里去。

夜阴一刻一刻的深了起来，月亮也渐渐的放起光来了。天空里从银红到紫蓝，从紫蓝到淡青的变了好几次颜色。他们进纯阳阁的时候，屋内已经漆黑了。从黑暗中摸上了楼。他们看见有一盏菜油灯点在上首的桌上。从这一粒微光中照出来的红漆的佛座，和桌上的供物，及两壁的幡对之类，都带着些神秘的形容。亦安向四周看了一看，对质夫说：

"纯阳祖师的签是非常灵的，我们各人求一张吧。"

质夫同意了，得了一张三十八签中吉。

他们下楼走到公园中间那条大路的时候，星月的光辉，已经把道旁的杨柳影子印在地上了。

《今之政党》 | 选自一九一二年《真相画报》

闹事之后，学校里停了两天课。到了礼拜六的下午，教职员
又开了一次大会，决定下礼拜一暂且开始上课一礼拜，若说官厅
没有适当的处置，再行停课。正是这一天的晚上八点钟的时候，
质夫刚在房里看他的从外国寄来的报，忽听见议事厅前后，又有
哄号的声音传了过来。他跑出去一看，只见有五六个穿农夫衣
服，相貌狞恶的人，跟了前次的八九个学生，在那里乱跳乱叫。
当质夫跑近他们身边的时候，八九个人中最长的那学生就对质夫
拱拱手说：

"对不起，对不起，请老师不要惊慌，我们此次来，不过是
为搬教务长和监学的行李来的。"

质夫也着了急，问他们说：

"你们何必这样呢？"

"实在是对老师不起！"

那一个最长的学生还没有说完，质夫看见有一个农夫似的人
跑到那学生身边说：

"先生，两个行李已经搬出去了，另外还有没有？"

那学生却回答说：

"没有了，你们去吧。"

这样的下了一个命令，他又回转来对质夫拱了一拱手说：

"我们实在也是出于不得已，只有请老师原谅原谅。"

又拱了拱手，他就走出去了。

这一天晚上行李被他们搬去的倪教务长和唐监学二人都不
在校内。闹了这一场之后，校内同暴风过后的海上一样，反而静
了下去。王亦安和质夫同几个同病相怜的教员，合在一处谈议此
后的处置。质夫主张马上就把行李搬出校外，以后绝对的不再来

了。王亦安光着眼睛对质夫说：

"不能不能，你和希圣怎么也不能现在搬出去。他们学生对希圣和你的感情最好。现在他们中立的多数学生，正在那里开会，决计留你们几个在校内，仍复继续替他们上课。并且有人在大门口守着，不准你出去。"

中立的多数学生果真是像在那里开会似的，学校内弥漫着一种紧迫沉默的空气，同重病人的房里沉默着的空气一样。几个教职员大家合议的结果，议决方希圣和于质夫二人，于晚上十二点钟乘学生全睡着的时候出校，其余的人一律于明天早晨搬出去。

天潇潇的下起雨来了。质夫回到房里，把行李物件收拾了一下，便坐在电灯下连连续续的吸起烟来。等了好久，王亦安轻轻的来说：

"现在可以出去了。我陪你们两个人出去，希圣立在桂花树底下等你。"

他们三人轻轻的走到门口的时候，门房里忽然走出了一个学生来问说：

"三位老师难道要出去么？我是代表多数同学来求三位老师不要出去的。我们总不能使他们几个学生来破坏我们的学校，到了明朝，我们总要想个法子，要求省长来解决他们。"

讲到这里，那学生的眼睛已有一圈红了。王亦安对他作了一揖说：

"你要是爱我们的，请你放我们走罢，住在这里怕有危险。"

那学生忽然落了一颗眼泪，咬了一咬牙齿说：

"既然这样，请三位老师等一等，我去寻几位同学来陪三位老师进城，夜深了，怕路上不便。"

那学生跑进去之后，他们三人马上叫门房开了门，在黑暗中冒着雨就走了。走了三五分钟，他们忽听见后面有脚步声在那里追逐，他们就放大了脚步赶快走来，同时后面的人却叫着说：

"我们不是坏人，请三位老师不要怕，我们是来陪老师们进城的。"

听了这话，他们的脚步便放小来。质夫回头来一看，见有四个学生拿了一盏洋油行灯，跟在他们的后面。其中有二个学生，却是质夫教的一班里的。

六

第二天的午后，从学校里搬出来的教职员全体，就上省长公署去见新到任的省长。那省长本来是质夫的胞兄的朋友，质夫与他亦曾在西湖上会过的。历任过交通司法总长的这省长，讲了许多安慰教职员的话之后，却作了一个"总有办法"的回答。

质夫和另外的几个教职员，自从学校里搬出来之后，便同丧家之犬一样，陷到了去又去不得留又不能留的地位。因为连续的下了几天雨，所以质夫只能蛰居在一家小客栈里，不能出去闲逛。他就把他自己与另外的几个同事的这几日的生活，比作了未决囚的生活。每自嘲自慰的对人说：

"文明进步了，目下教员都要蒙尘了。"

性欲比人一倍强盛的质夫，处了这样的逆境，当然是不能安分的。他竟瞒着了同住的几个同事，到娼家去进出起来了。

从学校里搬出来之后，约有一礼拜的光景。他恨省长不能速行解决闹事的学生，所以那一天晚上吃晚饭的时候就多喝了几杯酒。这兴奋剂一下喉，他的兽性又起作用来，就独自一个走上一

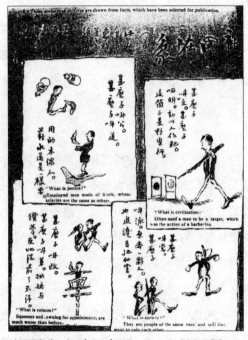

《新民国怪像》之二｜磊公｜选自一九一二年《真相画报》

本画分四小幅。各幅表现由人形组成的词。四个词分别是「共和」「自由」「平等」和「幸福」。画中有作者对这四个词的讽刺性解释：共和——甚么子叫共。甚么子叫和。分头独立。显然同室操戈。自由——甚么子叫自。甚么子叫由。专制又专制。群民失望又多愁。平等——甚么子叫平。甚么子叫等。一声吆喝来。路上行人两边滚。幸福——甚么子叫幸。甚么子叫福。可怜乡间民。连番遭劫向谁哭。

位带有家眷的他的同事家里去。那一位同事本来是质夫在A地短时日中所得的最好的朋友。质夫上他家去，本来是有一种漠然的预感和希望怀着，坐谈了一会，他竟把他的本性显露了出来，那同事便用了英文对他说：

"你既然这样的无聊，我就带你上班子里逛去。"

穿过了几条街巷，从一条狭而又黑的巷口走进去的时候，质夫的胸前又跳跃起来，因为他虽在日本经过这种生活，但是在他的故国，却从没有进过这些地方。走到门前有一处卖香烟橘子的小铺和一排人力车停着的一家墙门口，他的同事便跑了进去。他在门口仰起头来一看，门楣上有一块白漆的马口铁写着"鹿和班"的三个红字，挂在那里，他迟了一步，也跟着他的同事进去了。

坐在门里两旁的几个奇形怪状的男人，看见了他的同事和他，便站了起来，放大了喉咙叫着说：

"引路！荷珠姑娘房里。吴老爷来了！"

他的同事吴风世不慌不忙的招呼他进了一间二丈来宽的房里坐下之后，便用了英文问他说：

"你要怎么样的姑娘？你且把条件讲给我听，我好替你介绍。"

质夫在一张红木椅上坐定后，便也用了英文对吴风世说：

"这是你情人的房么？陈设得好精致，你究竟是一位有福的嫖客。"

"你把条件讲给我听吧，我好替你介绍。"

"我的条件讲出来你不要笑。"

"你且讲来吧。"

"我有三个条件，第一要她是不好看的，第二要年纪大一点，第三要客少。"

"你倒是一个老嫖客。"

讲到这里，吴风世的姑娘进房来了。她头上梳着辫子，皮色不白，但是有一种婉转的风味。穿的是一件虾青大花的缎子夹衫，一条玄色素缎的短脚裤。一进房就对吴风世说：

"说什么鬼话，我们懂的呀！"

"这一位于老爷是外国来的，他是外国人，不懂中国话。"

质夫站起来对荷珠说：

"假的假的，吴老爷说的是谎，你想我若不懂中国话，怎么还要上这里来呢？"

荷珠笑着说：

"你究竟是不是中国人？"

"你难道还在疑信么？"

"你是中国人，你何以要穿外国衣服？"

"我因为没有钱做中国衣服。"

"做外国衣服难道不要钱的么？"

吴风世听了一忽，就叫荷珠说：

"荷珠，你给于老爷荐举一个姑娘吧。"

"于老爷喜欢怎么样的？碧玉好不好？春红？香云？海棠？"吴风世听了海棠两字，就对质夫说：

"海棠好不好？"

质夫回答说：

"我又不曾见过，怎么知道好不好呢？海棠与我提出的条件合不合？"

风世便大笑说：

"条件悉合，就是海棠吧。"

荷珠对她的假母说：

"去请海棠姑娘过来。"

假母去了一忽回来说：

"海棠姑娘在那里看戏，打发人去叫去了。"

从戏院到那鹿和班来回总有三十分钟，这三十分钟中间，质夫觉得好像是被悬挂在空中的样子，正不知如何的消遣才好。他讲了些闲话，一个人觉得无聊，不知不觉，就把两只手抱起膝来。吴风世看了他这样子。就马上用了英文警告他说：

"不行不行，抱膝的事，在班子里是大忌的。因为这是闲空的象征。"

质夫听了，觉得好笑，便也用了英文问他说：

"另外还有什么礼节没有？请你全对我说了吧，免得被她们姑娘笑我。"

正说到这里，门帘开了，走进了一个年约二十二三，身材矮小的姑娘来。她的青灰色的额角广得很，但是又低得很，头发也不厚，所以一眼看来，觉得她的容貌同动物学上的原始猴类一样。一双鲁钝挂下的眼睛，和一张比较长狭的嘴，一见就可以知道她的性格是忠厚的。她穿的是一件明蓝花缎的夹袄，上面罩着一件雪色大花缎子的背心，底下是一条雪灰的牡丹花缎的短脚裤。她一进来，荷珠就替她介绍说：

"对你的是这一位于老爷，他是新从外国回来的。"

质夫心里想，这一位大约就是海棠了。她的面貌却正合我的三个条件，但是她何以会这样一点儿娇态都没有。海棠听了荷珠的话，也不做声，只呆呆的对质夫看了一眼。荷珠问她今天晚上的戏好不好，她就显出了一副认真的样子，说今晚上的戏不好，但是新上台的"小放牛"却好得很，可惜只看了半出，没有看完。质夫听了她那慢慢的无娇态的话，心里觉得奇怪得很，以为她不像妓院里的姑娘。吴风世等她讲完了话之后，就叫她说：

"海棠！到你房里去吧，这一位于老爷是外国人，你可要待他格外客气才行。"

质夫、风世和荷珠三人都跟了海棠到她房里去。质夫一进海棠的房，就看见一个四十上下的女人，鼻上起了几条皱纹，笑嘻嘻的迎了出来。她的青青的面色，和角上有些吊起的一双眼睛，薄薄的淡白的嘴唇，都使质夫感着一种可怕可恶的印象，她待质夫也很殷勤，但是质夫总觉得她是一个恶人。

在海棠房里坐了一个多钟头，讲了些无边无际的话，质夫和风世都出来了。一出那条狭巷，就是大街，那时候街上的店铺都已闭门，四围静寂得很，质夫忽然想起了英文的"dead city"两个字来，他就幽幽的对风世说：

"风世！我已经成了一个living corpse[1]了。"

走到十字路口，质夫就和风世分了手。他们两个各听见各人的脚步声渐渐儿的低了下去，不多一忽，这入人心脾的足音，也被黑暗的夜气吞没下去了。

一九二二年二月

1　living corpse，意为"行尸走肉"。

怀乡病者

一

当日光与夜阴接触的时候，在茫茫的荒野中间，头向着了混沌宽广的天空，一步一步的走去，既不知道他自家是什么，又不知道他应该做什么，也不知道他是向什么地方去的，只觉得他的两脚不得不一步一步的放出去——这就是于质夫目下的心理状态。

在半醒半睡的意识里，他只朦朦胧胧的知道世界从此就要黑暗下去了，这荒野的干燥的土地就要渐渐的变成带水的沼泽了，他的两脚的行动，就要一刻一刻的不自由起来了，但是他也没有改变方向的意思，还是头朝着了幽暗的天空，一步一步的走去——

质夫知道他若把精神振作一下，放一声求救的呼声，或者也还可以从这目下的状态里逃出来，但是他既无这样的毅力，也无这样的心愿。

若仔细一点来讲一个譬喻，他的状态就是在一条面上好像静止的江水里浮着的一只小小的孤船。那孤船上也没有舵工，也没有风帆，尽是缓缓的随了江水面下的潮流在那里浮动的样子。

若再进一步来讲一句现在流行的话，他目下的心理状态，就同奥勃洛莫夫的麻木状态一样。

在这样的消沉状态中的于质夫朝着了窗，看看白云来往的残

冈察洛夫，十九世纪俄国最著名的批判现实主义作家之一。其代表作《奥勃洛莫夫》在俄国文学史上占有重要地位。

《冈察洛夫像》

春的碧落，听听樱花小片无风飞坠的微声，觉得眼面前起了一层纱障，他的膝上，忽而积了两点水滴。他站起来想伸出手去把书架上的书拿一本出来翻阅，却又停住了。好像在做梦似的呆呆地不知坐了多久，他却听得隔壁的挂钟，铿铿的响了五下。举起头来一看，他才知道他自家仍旧是呆呆的坐在他寄寓的这间小楼上。

且慢且慢，那挂钟的确是响了五下么？或者是不错的，因为太阳已经沉在西面植物园的树枝下了。

二

在一天清和首夏的晚上，那钱塘江上的小县城，同欧洲中世纪各封建诸侯的城堡一样，带着了银灰的白色，躺在流霜似的月华影里。涌了半弓明月，浮着万迭银波，不声不响，在浓淡相间的两岸山中，往东流去的，是东汉逸民垂钓的地方。披了一层薄雾，半含半吐，好像华清池里试浴的宫人，在烟月中间浮动的，是宋季遗民痛哭的台榭。被这些前朝的遗迹包围住的这小县城的西北区里，有一对十四五岁的青年男女，沿了城河上石砌的长堤，慢慢的在柳阴底下闲步。大约已经是二更天气了，城里的人家都已沉在酣睡的中间，只有一条幽暗的古城，默默的好像在那里听他们俩的月下的痴谈。

那少年颊上浮起了两道红晕，呼吸里带着些薄酒的微醺，好像是在什么地方买了醉来的样子。女孩的腮边，虽则有一点桃红的血气，然而因为她那妩美的长眉，和那高尖的鼻梁的缘故，终觉得有一层凄冷的阴影，投在她那同大理石似的脸上。他们两人默默无言地静了一会，就好像是水里的双鱼，慢慢的在清莹透彻的月光里游泳。

这是质夫少年梦里的生涯，计算起来已经是十年前的事情了。她后来嫁了他的一位同学，质夫四年前回国的时候，在一天清静的秋天的午后，于故乡的市上，只看见了她一次，只看见了她的一个怀孕的侧身。

三

阴历九月二十午前三点钟，东方未白的时候，质夫身体一边发抖，一边在一盏乌灰灰的洋灯光影里，从被窝里起来穿他那半新不旧的棉袍。院子里有几声息索息索的落叶声传来，大约是棵海棠树在那里凋谢了。他的寝室后的厨房里有一个旗人的厨子和厨子的侄儿——便是他哥哥家里的车夫——一声两声在那里谈话。在这深夜的静寂里，他觉得他们的话声很大，但是他却听不出什么话来。质夫出到院子里来一看，觉得这北方故都里的残夜的月明，也带着些亡国的哀调。因为这幽暗的天空里悬着的那下弦的半月，光线好像在空中冻住了。他吃了一碗炒饭，拿了笔墨，轻轻的开了门，坐了哥哥的车走出胡同口儿的时候，觉得只有他一个人此刻还醒着，开了眼浮在王城的人海中间。在冷灰似的街灯里穿过了几条街巷，走上玉蛛桥的时候，忽有几声哀寂的喇叭声，同梦中醒来的小孩的哭声似的，传到他的两只冰冷的耳朵里来。他朝转头来看看西南角上那同一块冰似的月亮，又仰起头来，看看那发喇叭声的城墙里的灯光，觉得一味惨伤的情怀，同冰水似的泼满了他的全身。

与一群摇头摆尾的先生进了东华门，在太和殿外的石砌明堂里候点名的时候，质夫又仰起头来看了一眼将明未明的春天，不知是什么缘故，他心里好像受了千万委屈的样子，摇了一摇头，

《故宫太和殿》｜ 清末出品的老明信片

叹了一口气，忽然打了几个冷痉，质夫恨不得马上把手里提着的笔墨丢了，跑上外国去研究制造炸弹去。

这是数年前质夫在北京考留学生考试时候的景象。头场考完之后，新闻上忽报了一件奇事说"留学生何必考呢？""这一次应该考取的人，在未考之先早由部里指定了，可怜那些外省来考的人，还在那里梦做洋翰林洋学士呢！"

这又是几年前头的一幕悲喜剧的回忆。

四

质夫在楼上，糊糊涂涂断定了隔壁的挂钟，确是敲过五点之后，就慢慢的走下楼来，因为他的寓舍里是定在五点开晚饭的。

红花的小碗里盛了半碗饭，他觉得好像要吃不完的样子，但是恰好一口气就吃下去了。吃完了这半碗饭，他也不想再添，所以就上楼去拿了一顶黄黑的软帽走出门外去。

门外是往植物园去的要路，顺了这一条路走下了斜坂，往右手一转便是植物园的正门。他走到植物园正门的一段路上，遇着了许多青年的男女，穿了花绿的衣裳，拖了柔白肥胖的脚，好像是游倦了似的，想趁着天还未黑的时候走回家去。这些青年男女的容貌，不识究竟是美是丑？若他在半年前头遇着她们，是一定要看个仔细的，但是今天他却头也不愿意抬起来。他只记得路上有一个十七八岁的女学生，好像对她的同伴说：

"我真不喜欢他！"

走来走去走了一阵，质夫觉得有些倦了。这岛国的首都的夜景，觉得也有些萧条起来了。仰起头来看看两面的街灯，都是不能进去休息的地方，他不得已就仍旧寻了最近的路走回寓舍来。

《李太白醉酒图》| 清代 | 苏六朋

『君不见黄河之水天上来，奔流到海不复回。君不见高堂明镜悲白发，朝如青丝暮成雪。人生得意须尽欢，莫使金樽空对月。天生我材必有用，千金散尽还复来……』李白的《将进酒》是脍炙人口的千古名篇。

走到植物园门口的时候，有一块用红绿色写成的招牌，忽然从一盏一百烛的电灯光里，射进了他的眼帘。拖了一双走倦了的脚，他就慢慢的走上了这家中国酒馆的楼。楼上一个客人也没有，叫定了一盘菜一壶酒，他就把两只手垫了头在桌上睡了几分钟。酒菜拿来之后，他仰起头来一看，才知道站在他面前的是一个十六七岁的中国女孩。一个圆形的面貌，眉目也还清秀。他问她是什么地方，她说：

"娥是上海。"

她一边替质夫斟酒，一边好像在那里讲什么话的样子。质夫口里好像在那里应答她，但是心里脑里却全不觉得。她讲完了话不再讲的时候，质夫反而被这无言的沉默惊了一下，所以就随便问她说：

"你喝酒么？"

她含了微笑，对质夫点了一点头，质夫就把他手里的酒杯给了她。质夫一杯一杯的不知替她斟了几杯酒，她忽然把杯子向桌上一丢，跳进了他的怀里，用了两手紧紧的抱住了质夫的颈项，她那小嘴尽咬上他的脸来。

"娥热得厉害，热得厉害。娥想回自家屋里去。"

她一边这样的说，一边把她上下的衣裳在那里解。质夫呆呆的看了几分钟，忽觉得他的右颊与她的左颊的中间有一条冰冷的眼泪流下来了。到这时候他才知道她是醉了。他默默的替她把上下的衣裳扣好，把她安置在他坐的椅上之后，就走下楼来付账。走出这家菜馆的时候，他忽然想了一想：

"这女孩不晓究竟怎么的。"

在沉浊的夜气中间走了几步，他就把她忘记了；菜馆他也忘记了，今天的散步，他也忘记了，他连自家的身体都忘记了。他一个人只在黑暗中向前的慢慢走去，时间与空间的观念，世界上一切的存在，在他的脑里是完全消失了。

一九二二年四月初二日午前五时作于东京之酒楼

采石矶

文章憎命达，魑魅喜人过。——杜甫

一

自小就神经过敏的黄仲则，到了二十三岁的现在，也改不过他的孤傲多疑的性质来。他本来是一个负气殉情的人，每逢兴致激发的时候，不论讲得讲不得的话，都涨红了脸，放大了喉咙，抑留不住的直讲出来。听话的人，若对他的话有些反抗，或是在笑容上，或是在眼光上，表示一些不赞成他的意思的时候，他便要拼命的辩驳；讲到后来他那双黑晶晶的眼睛老会张得很大，好像会有火星飞出来的样子。这时候若有人出来说几句迎合他的话，那他必喜欢得要奋身高跳，那双黑而且大的眼睛里也必有两泓清水涌漾出来，再进一步，他的清瘦的颊上就会有感激的眼泪流下来了。

像这样的发泄一回之后，他总有三四天守着沉默，无论何人对他说话，他总是噤口不作回答的。在这沉默期间内，他也有一个人关上了房门，在那学使衙门东北边的寿春园西室里兀坐的时候；也有青了脸，一个人上清源门外的深云馆怀古台去独步的时候；也有跑到南门外姑熟溪边上的一家小酒馆去痛饮的时候。不过在这期间内他对人虽不说话，对自家却总是一个人老在幽幽的

《明月、秋叶和清瀑》▏日本▏歌川广重

凋零的秋叶，清冷的月光，一泻难收的瀑布，构成一幅凄凉感伤的画面，这便是歌川广重的特色之作。

好像讲论什么似的。他一个人，在这中间，无论上什么地方去，有时或轻轻的吟诵着诗或文句，有时或对自家嘻笑嘻笑，有时或望着了天空而作叹惜，竟似忙得不得开交的样子。但是一见着人，他那双呆呆的大眼，举起来看你一眼，他脸上的表情就会变得同毫无感觉的木偶一样，人在这时候遇着他，总没有一个不被他骇退的。

学使朱笥河，虽则非常爱惜他，但因为事务烦忙的缘故，所以当他沉默忧郁的时候，也不能来为他解闷。当这时候，学使左右上下四五十人中间，敢接近他，进到他房里去与他谈几句话的，只有一个他的同乡洪稚存。与他自小同学，又是同乡的洪稚存，很了解他的性格。见他与人论辩，愤激得不堪的时候，每肯出来为他说几句话，所以他对稚存比自家的弟兄还要敬爱。稚存知道他的脾气，当他沉默起头的一两天，故意的不去近他的身。有时偶然同他在出入的要路上遇着的时候，稚存也只装成一副忧郁的样子，不过默默的对他点一点头就过去了。待他沉默过了一两天，暗地里看他好像有几首诗做好，或者看他好像已经在市上酒肆里醉过了一次，或在城外孤冷的山林间痛哭了一场之后，稚存或在半夜或在清晨，方敢慢慢的走到他的房里去，与他争诵些《离骚》或批评些韩昌黎李太白的杂诗，他的沉默之戒也就能因此而破了。

学使衙门里的同事们，背后虽在叫他作黄疯子，但当他的面，却个个怕他得很。一则因为他是学使朱公最钟爱的上客，二则也因为他习气太深，批评人家的文字，不顾人下得起下不起，只晓得顺了自家的性格，直言乱骂的缘故。

他跟提督学政朱笥河公到太平，也有大半年了，但是除了洪稚存朱公二人而外，竟没有一个第三个人能同他讲得上半个钟头的话。凡与他见过一面的人，能了解他的，只说他恃才傲物，不可订交；不能了解他的，简直说他一点儿学问也没有，只仗着了朱公的威势爱发脾气。他的声誉和朋友，一年一年的少了下去，他的自小就有的忧郁症，反一年一年地深起来了。

二

乾隆三十六年的秋也深了。长江南岸的太平府城里，已吹到了凉冷的北风，学使衙门西面园里的杨柳梧桐榆树等杂树，都带起鹅黄的淡色来。园角上荒草丛中，在秋月皎洁的晚上，凄凄唧唧的候虫的鸣声，也觉得渐渐的幽下去了。

昨天晚上，因为月亮好得很，仲则竟犯了风露，在园里看了一晚的月亮。在疏疏密密的树影下走来走去的走着，看看地上同严霜似的月光，他忽然感触旧情，想到了他少年时候的一次悲惨的爱情上去。

"唉唉！但愿你能享受你家庭内的和乐！"

这样的叹了一声，远远的向东天一望，他的眼睛，忽然现了一个十六岁的伶俐的少女来。那时候仲则正在宜兴氿里读书，他同学的陈某龚某都比他有钱，但那少女的一双水盈盈的眼光，却只注视在瘦弱的他的身上。他过年的时候因为要回常州，将别的那一天，又到她家里去看她，不晓是什么缘故，这一天她只是对他暗泣而不多说话。同她痴坐了半个钟头，他已经走到门外了，她又叫他回去，把一条当时流行的淡黄绸的汗巾送给了他。这一回当临去的时候，却是他要哭了，两人又拥抱着痛哭了一场，把他的眼泪，都揩擦在那条汗巾的上面。一直到航船要开的将晚时

候，他才把那条汗巾收藏起来，同她别去。这一回别后，他和她
就再没有谈话的机会了。他第二回重到宜兴的时候，他的少年的
悲哀，只成了几首律诗，流露在抄书的纸上：

大道青楼望不遮，年时系马醉流霞，
风前带是同心结，杯底人如解语花，
下杜城边南北路，上阑门外去来车，
匆匆觉得扬州梦，检点闲愁在鬓华。

唤起窗前尚宿醒，啼鹃催去又声声，
丹青旧誓相如札，禅榻经时杜牧情，
别后相思空一水，重来回首已三生，
云阶月地依然在，细逐空香百遍行。

遮莫临行念我频，竹枝留浣泪痕新，
多缘刺史无坚约，岂视萧郎作路人，
望里彩云疑冉冉，愁边春水故粼粼，
珊瑚百尺珠千斛，难换罗敷未嫁身。

从此音尘各悄然，春山如黛早如烟，
泪添吴苑三更雨，恨惹邮亭一夜眠，
讵有青鸟缄别句，聊将锦瑟记流年，
他时脱便微之过，百转千回只自怜。

后三年，他在扬州城里看城隍会，看见一个少妇，同一年约

三十左右、状似富商的男人在街上缓步。她的容貌绝似那宜兴的少女，他晚上回到了江边的客寓里，又做成了四首感旧的杂诗。

> 风亭月榭记绸缪，梦里听歌醉里愁，
> 牵袂几曾终絮语，掩关从此入离忧，
> 明灯锦帏珊珊骨，细马春山剪剪眸，
> 最忆频行尚回首，此心如水只东流。

> 而今潘鬓渐成丝，记否羊东并载时，
> 挟弹何心惊共命，抚柯底苦破交枝，
> 如馨风柳伤思曼，别样烟花恼牧之，
> 莫把鹍弦弹昔昔，经秋憔悴为相思。

> 柘舞平康旧擅名，独将青眼到书生，
> 轻移锦被添晨卧，细酌金卮遣旅情，
> 此日双鱼寄公子，当时一曲怨东平，
> 越王祠外花初放，更共何人缓缓行。

> 非关惜别为怜才，几度红笺手自裁，
> 湖海有心随颖士，风情近日逼方回，
> 多时掩幔留香住，依旧窥人有燕来，
> 自古同心终不解，罗浮冢树至今哀。

他想想现在的心境，与当时一比，觉得七年前的他，正同阳春暖日下的香草一样，轰轰烈烈，刚在发育。因为当时他新中秀才，眼前尚有无穷的希望，在那里等他。

"到如今还是依人碌碌！"

一想到现在的这身世，他就不知不觉的悲伤起来了。这时候忽有一阵凉冷的西风，吹到了园里。月光里的树影索索落落的颤动了一下，他也打了一个冷痉，不晓得是什么缘故，觉得毛细管都竦竖了起来。

"似此星辰非昨夜，为谁风露立中宵？"

于是他就稍微放大了声音把这两句诗吟了一遍，又走来走去的走了几步，一则原想借此以壮壮自家的胆，二则他也想把今夜所得的这两句诗，凑成一首全诗。但是他的心思，乱得同水淹的蚁巢一样，想来想去怎么也凑不成上下的句子。园外的围墙弄里，打更的声音和灯笼的影子过去之后，月光更洁练得怕人了。好像是秋霜已经下来的样子，他只觉得身上一阵一阵的寒冷了起来。想想穷冬又快到了，他筐里只有几件大布的棉衣，过冬若要去买一件狐皮的袍料，非要有四十两银子不可，并且家里他也许久不寄钱去了，依理而论，正也该寄几十两银子回去，为老母辈添置几件衣服，但是照目前的状态看来，叫他能到何处去弄得这许多银子？他一想到此，心里又添了一层烦闷。呆呆的对西斜的月亮看了一忽，他却顺口念出了几句诗来：

"茫茫来日愁如海，寄语羲和快着鞭。"

回环念了两遍之后，背后的园门里忽而走了一个人出来，轻轻的叫着说：

"好诗好诗，仲则！你到这时候还没有睡么？"

仲则倒骇了一跳，回转头来就问他说：

"稚存！你也还没有睡么？一直到现在在那里干什么？"

"竹君要我为他起两封信稿，我现在刚搁下笔哩！"

"我还有两句好诗，也念给你听吧，'似此星辰非昨夜，为谁风露立中宵？'"

"诗是好诗，可惜太衰飒了。"

"我想把它们凑成两首律诗来，但是怎么也做不成功。"

"还是不做成的好。"

"何以呢？"

"做成之后，岂不是就没有兴致了么？"

"这话倒也不错，我就不做了吧。"

"仲则，明天有一位大考据家来了，你知道么？"

"谁呀？"

"戴东原。"

"我只闻诸葛的大名，却没有见过这一位小孔子，你听谁说他要来呀？"

"是北京纪老太史给竹君的信里说出的，竹君正预备着迎接他呢！"

"周秦以上并没有考据学，学术反而昌明，近来大名鼎鼎的考据学家很多，伪书却日见风行，我看那些考据学家都是盗名欺世的。他们今日讲诗学，明日弄训诂，再过几天，又要来谈治国平天下，九九归原，他们的目的，总不外乎一个翰林学士的衔头，我劝他们还是去参注酷吏传的好，将来束带立于朝，由礼部而吏部，或领理藩院，或拜内阁大学士的时候，倒好照样去做。"

"你又要发痴了，你不怕旁人说你在妒忌人家的大名的么？"

"即使我在妒忌人家的大名，我的心地，却比他们的大言欺世，排斥异己，光明得多哩！我究竟不在陷害人家，不在卑污苟贱的迎合世人。"

"仲则，你在哭么？"

"我在发气。"

"气什么？"

"气那些挂羊头卖狗肉的未来的酷吏！"

"戴东原与你有什么仇？"

"戴东原与我虽然没有什么仇，但我是疾恶如仇的。"

"你病刚好，又愤激得这个样子，今晚上可是我害了你了，仲则，我们为了这些无聊的人呕气也犯不着，我房里还有一瓶绍兴酒在，去喝酒去吧。"

他与洪稚存两人，昨晚喝酒喝到鸡叫才睡，所以今朝早晨太阳射照在他窗外的花坛上的时候，他还未曾起来。

门外又是一天清冷的好天气。绀碧的天空，高得渺渺茫茫。窗前飞过的鸟雀的影子，也带有些悲凉的秋意。仲则窗外的几株梧桐树叶，在这浩浩的白日里，虽然无风，也萧索地自在凋落。

一直等太阳射照到他的朝西南的窗下的时候，仲则才醒，从被里伸出了一只手，撩开帐子，向窗上一望，他觉得晴光射目，竟感觉得有些眩晕。仍复放下了帐子，闭了眼睛，在被里睡了一忽，他的昨天晚上的亢奋状态已经过去了，只有秋虫的鸣声，梧桐的疏影和云月的光辉，成了昨夜的记忆，还印在他的今天早晨的脑里。又开了眼睛呆呆的对帐顶看了一回，他就把昨夜追忆少年时候的情绪想了出来。想到这里，他的创作欲已经抬头起来了。从被里坐起，把衣服一披，他拖了鞋就走到书桌边上去。随便拿起了一张桌上的破纸和一支墨笔，他就叉手写出了一首诗来：

络纬啼歇疏梧烟，露华一白凉无边，

纤云微荡月沉海，列宿乱摇风满天，

谁人一声歌子夜，寻声宛转空台榭，

声长声短鸡续鸣，曙色冷光相激射。

三

仲则写完了最后的一句，把笔搁下，自己就摇头反复的吟诵了好几遍。呆着向窗外的晴光一望，他又拿起笔来伏下身去，在诗的前面填了"秋夜"的两字，作了诗题。他一边在用仆役拿来的面水洗面，一边眼睛还不能离开刚才写好的诗句，微微的仍在吟着。

他洗完了面，饭也不吃，便一个人走出了学使衙门，慢慢的只向南面的龙津门走去。十月中旬的和煦的阳光，不暖不热的洒满在冷清的太平府城的街上。仲则在蓝苍的高天底下，出了龙津门，渡过姑熟溪，尽沿了细草黄沙的乡间的大道，在向着东南前进。道旁有几处小小的杂树林，也已现出了凋落的衰容，枝头未坠的病叶，都带了黄苍的浊色，尽在秋风里微颤。树梢上有几只乌鸦，好像在那里赞美天晴的样子，呀呀的叫了几声。仲则抬起头来一看，见那几只乌鸦，以树林作了中心，却在晴空里飞舞打圈。树下一块草地，颜色也有些微黄了。草地的周围，有许多纵横洁净的白田，因为稻已割尽，只留了点点的稻草根株，静静的在享受阳光。仲则向四面一看，就不知不觉的从官道上，走入了一条衰草丛生的田塍小路里去。走过了一块干净的白田，到了那树林的草地上，他就在树下坐下了。静静地听了一忽鸦噪的声音。他举头却见了前面的一带秋山，划在晴朗的天空中间。

"相看两不厌，只有敬亭山。"

这样的念了一句，他忽然动了登高望远的心思。立起了身，他就又回到官道上来了。走了半个钟头的样子，他过了一条小桥，在桥头树林里忽然发现了几家泥墙的矮草舍。草舍前空地上一只在太阳里躺着的白花犬，听见了仲则的脚步声，呜呜的叫了起来。半掩的一家草舍门口，有一个五六岁的小孩跑出来窥看他了。仲则因为将近山麓了，想问一声上谢公山是如何走法的，所以就对那跑出来的小孩问了一声。那小孩把小手指头含在嘴里，好像怕羞似的一语也不答又跑了进去。白花犬因为仲则站住不走了，所以叫得更加厉害。过了一会，草舍门里又走出了一个头上包青布的老农妇来。仲则作了笑容恭恭敬敬的问她说：

"老婆婆，你可知道前面的是谢公山不是？"

老妇摇摇头说：

"前面的是龙山。"

"那么谢公山在哪里呢？"

"不知道，龙山左面的是青山，还有三里多路啦。"

"是青山么？那山上有坟墓没有？"

"坟墓怎么会没有！"

"是的，我问错了，我要问的，是李太白的坟。"

"噢噢，李太白的坟么？就在青山的半脚。"

仲则听了这话，喜欢得很，便告了谢，放轻脚步，从一条狭小的歧路折向东南的谢公山去。谢公山原来就是青山，乡下老妇只晓得李太白的坟，却不晓得青山一名谢公山，仲则一想，心里觉得感激得很，恨不得想拜她一下。他的很易激动的感情，几乎又要使他下泪了。他渐渐的前进，路也渐渐窄了起来，路两旁的杂树矮林，也一处一处的多起来了。又走了半个钟头的样子，他走到青山脚下了。在细草簇生的山坡斜路上，他遇见了两个砍柴的小孩，唱着山歌，挑了两肩短小的柴担，兜头在走下山来。他立住了脚，又恭恭敬敬的问说：

"小兄弟，你们可知道李太白的坟是在哪里的？"

两小孩好像没有听见他的话，尽管在向前的冲来。仲则让在路旁，一面又放声发问了一次。他们因为尽在唱歌，没有注意到仲则，所以仲则第一次问的时候，他们简直不知道路上有一个人在和他们兜头的走来，及走到了仲则的身边，看他好像在发问的样子，他们才歇了歌唱，忽而向仲则惊视了一眼。听了仲则的问话，前面的小孩把手向仲则的背后一指，好像求同意似的，回头来向后面的小孩看着说：

"李太白？是那一个坟吧？"

后面的小孩也争着以手指点说：

"是的，是那一个有一块白石头的坟。"

仲则回转了头，向他们指着的方向一看，看见几十步路外有一堆矮林，矮林边上果然有一穴前面有一块白石的低坟躺在那里。

"啊，这就是么？"

他的这叹声里，也有惊喜的意思，也有失望的意思，可以听得出来。他走到了坟前，只看见了一个杂草生满的荒冢。并且背后的那两个小孩的歌声，也已渐渐的幽了下去，忽然听不见了，山间的沉默，马上就扩大开来，包压在他的左右上下。他为这沉默一压，看看这一堆荒冢，又想到了这荒冢底下葬着的是一个他所心爱的薄命诗人，心里的一种悲感，竟同江潮似的涌了起来。

"啊啊，李太白，李太白！"

不知不觉的叫了一声，他的眼泪也同他的声音同时滚下来了。

《太白行吟图》| 南宋 | 梁楷

微风吹动了墓草，他的模糊的泪眼，好像看见李太白的坟墓在活起来的样子。他向坟的周围走了一圈，又回到墓门前来跪下了。

他默默的在墓前草上跪坐了好久。看看四围的山间透明的空气，想想诗人的寂寞的生涯，又回想到自家的现在被人家虐待的境遇，眼泪只是陆陆续续的流淌下来。看看太阳已经低了下去，坟前的草影长起来了，他方把今天睡到了日中才起来，洗面之后跑出衙门，一直还没有吃过食物的事情想了起来，这时候却一忽儿的觉得饥饿起来了。

四

他挨了饿，慢慢的朝着了斜阳，走回来的时候，短促的秋日，已经变成了苍茫的白夜。他一面赏玩着日暮的秋郊野景，一面一句一句的尽在那里想诗。敲开了城门，在灯火零星的街上，走回学使衙门去的时候，他的吊李太白的诗也想完成了。

> 束发读君诗，今来展君墓。
>
> 清风江上洒然来，我欲因之寄微慕。
>
> 呜呼，有才如君不免死，我固知君死非死，
>
> 长星落地三千年，此是昆明劫灰耳。
>
> 高冠岌岌佩陆离，纵横学剑胸中奇，
>
> 陶镕屈宋入大雅，挥洒日月成瑰词。
>
> 当时有君无着处，即今遗躅犹相思。
>
> 醒时兀兀醉千首，应是鸿蒙借君手，
>
> 乾坤无事入怀抱，只有求仙与饮酒。
>
> 一生低首唯宣城，墓门正对青山青。

风流辉映今犹昔，更有灞桥驴背客，（贾岛墓亦在侧）

此间地下真可观，怪底江山总生色。

江山终古月明里，醉魄沉沉呼不起，

锦袍画舫寂无人，隐隐歌声绕江水，

残膏剩粉洒六合，犹作人间万余子。

与君同时杜拾遗，窆石却在潇湘湄，

我昔南行曾访之，衡云惨惨通九疑，

即论身后归骨地，俨与诗境同分驰。

终嫌此老太愤激，我所师者非公谁？

人生百年要行乐，一日千杯苦不足，

笑看樵牧语斜阳，死当埋我兹山麓。

仲则走到学使衙门里，只见正厅上灯烛辉煌，好像是在那里张宴。他因为人已疲倦极了，所以便悄悄的回到了他住的寿春园的西室。命仆役搬了菜饭来，在灯下吃一碗。洗完手面之后，他就想上床去睡，这时候稚存却青了脸，张了鼻孔，作了悲寂的形容，走进他的房来了。

"仲则，你今天上什么地方去了？"

"我倦极了，我上李太白的坟前去了一次。"

"是谢公山么？"

"是的，你的样子何以这样的枯寂，没有一点儿生气？"

"唉，仲则，我们没有一点小名气的人，简直还是不出外面来的好。啊啊，文人的卑污呀！"

"是怎么一回事？"

"昨晚上我不是对你说过了么？那大考据家的事情。"

"哦，原来是戴东原到了。"

"仲则，我真佩服你昨晚上的议论。戴大家这一回出京来，拿了许多名人的荐状，本来是想到各处来弄几个钱的。今晚上竹君办酒替他接风，他在席上听了竹君夸奖你我的话，就冷笑了一脸说'华而不实'。仲则，叫我如何忍受下去呢！这样卑鄙的文人，这样的只知排斥异己的文人，我真想和他拼一条命。"

"竹君对他这话，也不说什么？"

"竹君自家也在著《十三经文字同异》，当然是与他志同道合的了。并且在盛名的前头，那一个能不为所屈，啊啊，我恨不能变一个秦始皇，把这些卑鄙的伪儒，杀个干净！"

"伪儒另外还讲些什么？"

"他说你的诗他也见过，太少忠厚之气，并且典故用错的也着实不少。"

"混蛋，这样的胡说乱道，天下难道还有真是非么？他住在什么地方？去去，我也去问他个明白。"

"仲则，且忍耐着吧，现在我们是闹他不赢的。如今世上盲人多，明眼人少，他们只有耳朵，没有眼睛，看不出究竟谁清谁浊，只信名气大的人，是好的，不错的。我们且待百年后的人来判断吧！"

"但我终觉得忍耐不住，稚存，稚存。"

"……"

"稚存，我我……想……想回家去了。"

"……"

"稚存，稚存，你……你……你怎么样？"

"仲则，你有钱在身边么？"

"没有了。"

"我也没有了。没有川资，怎么回去呢？"

五

仲则的性格，本来是非常激烈的，对于戴东原的这辱骂自然是忍受不过去的，昨晚上和稚存两人默默的在房间里走来走去走了半夜，打算回常州去，又因为没有路费，不能回去。当半夜过了，学使衙门里的人都睡着之后，仲则和稚存还是默默的背着了手在房里走来走去的走。稚存看看灯下的仲则的清瘦的影子，想叫他睡了，但是看看他的水汪汪的注视着地板的那双眼睛，和他的全身在微颤着的愤激的身体，却终说不出话来，所以稚存举起头来对仲则偷看了好几眼，依旧把头低下去了。到了天将亮的时候，他们两人的愤激已消散了好多，稚存就对仲则说：

"仲则，我们的真价，百年后总有知者，还是保重身体要紧。戴东原不是史官，他能改变百年后的历史么？一时的胜利者未必是万世的胜利者，我们还该自重些。"

仲则听了这话，就举起他的一双水汪汪的眼睛，对稚存看了一眼，呆了一忽，他才对稚存说：

"稚存，我头痛得很。"

这样的讲了一句，仍复默默的俯了首，走来走去走了一会，他又对稚存说：

"稚存，我怕要病了。我今天走了一天，身体已经疲倦极了，回来又被那伪儒这样的辱骂一场，稚存，我若是死了，要你为我复仇的呀！"

"你又要说这些话了，我们以后还是务其大者远者，不要在那些小节上消磨我们的志气吧！我现在觉得戴东原那样的人，并不在我的眼中了。你且安睡吧。"

"你也去睡吧，时候已经不早了。"

稚存去后，仲则一个人还在房里俯了首走来走去的走了好久，后来他觉得实在是头痛不过了，才上床去睡。他从睡梦中哭醒来了好几次。到第二天中午，稚存进他房去看他的时候，他身上发热，两颊绯红，尽在那里讲谵语。稚存到他床边伸手到他头上去一摸，他忽然坐了起来问稚存说：

"京师诸名太史说我的诗怎么样？"

稚存含了眼泪勉强笑着说："他们都在称赞你，说你的才在渔洋之上。"

"在渔洋之上？呵呵，呵呵。"

稚存看了他这病状，就止不住的流下眼泪来，本想去通知学史朱笥河，但因为怕与戴东原遇见，所以只好不去。稚存用了湿毛巾把他头脑凉了一凉，他才睡了一忽。不上三十分钟，他又坐起来问稚存说：

"竹君……竹君怎么不来？竹君怎么这几天没有到我房里来过？难道他果真信了他的话了么？我要回去了，我要回去了；谁愿意住在这里！"

稚存听了这话，也觉得这几天竹君对他们确有些疏远的样子，他心里虽则也感到了非常的悲愤，但对仲则却只能装着笑容说：

"竹君刚才来过，他见你睡着在这里，教我不要惊醒你来，就悄悄的出去了。"

"竹君来过了么？你怎么不讲？你怎么不叫他把那大盗赶出去？"

稚存骗仲则睡着之后，自己也哭了一个爽快。夜阴侵入到仲则的房里来的时候，稚存也在仲则的床沿上睡着了。

六

岁月迁移了。乾隆三十七年的新春带了许多风霜雨雪到太平府城里来，一直到了正月尽头，天气方才晴朗。卧在学使衙门东北边寿春园西室的病夫黄仲则，也同阴暗的天气一样，到了正月尽头却一天一天的强健了起来。本来是清瘦的他，遭了这一场伤寒重症，更清瘦得可怜，但稚存与他的友情，经了这一番患难，倒变得是一天浓厚似一天了。他们二人各对各的天分，也更互相尊敬了起来，每天晚上，各讲自家的抱负，总要讲到三更过后才肯入睡，两个灵魂，在这前后，差不多要化作成一个的样子。

二月以后，天气忽然变暖了。仲则的病体也眼见得强壮了起来。到二月半，仲则已能起来往浮邱山下的广福寺去烧香去了。

他的孤傲多疑的性质，经了这一番大病，并没有什么改变。他总觉得自从去年戴东原来了一次之后，朱竹君对他的态度，不如从前的诚恳了。有一天日长的午后，他一个人在房里翻开旧作的诗稿来看，却又看见了去年初见朱竹君学使时候一首《上朱笥河先生》的柏梁古体诗。他想想当时一见如旧的知遇，与现在的无聊的状态一比，觉得人生事事，都无长局。拿起笔来他就又添写了四首律诗到诗稿上去。

抑情无计总飞扬，忽忽行迷坐若忘，
遁拟鉴坯因骨傲，吟还带索为愁长，

听猿讵止三声泪？绕指真成百炼钢，

自傲一呕休示客，恐将冰炭置人肠。

岁岁吹箫江上城，西园桃梗托浮生，

马因识路真疲路，蝉到吞声尚有声，

长铗依人游未已，短衣射虎气难平，

剧怜对酒听歌夜，绝似中年以后情。

鸢肩火色负轮囷，臣壮何曾不若人，

文倘有光真怪石，足如可析是劳薪，

但工饮啖犹能活，尚有琴书且未贫，

芳草满江容我采，此生端合付灵均。

似绮年华指一弹，世途惟觉醉乡宽，

三生难化心成石，九死空尝胆作丸，

出郭病躯愁直视，登高短发愧旁观，

升沉不用君平卜，已办秋江一钓竿。

<h2 style="text-align:center">七</h2>

　　天上没有半点浮云，浓蓝的天色受了阳光的蒸染，蒙上了一层淡紫的晴霞，千里的长江，映着几点青螺，同逐梦似的流奔东去。长江腰际，青螺中一个最大的采石山前，太白楼开了八面高窗，倒影在江心牛渚中间；山水、楼阁，和楼阁中的人物，都是似醉似痴的在那里点缀阳春的烟景，这是三月上巳的午后，正是安徽提督学政朱笥河公在太白楼大会宾客的一天。翠螺山的峰前

峰后，都来往着与会的高宾，或站在三台阁上，在数水平线上的来帆，或散在牛渚矶头，在寻前朝历史上的遗迹。从太平府到采石山，有二十里的官路。澄江门外的沙郊，平时不见有人行的野道上，今天热闹得差不多路空不过五步的样子。八府的书生，正来当涂应试，听得学使朱公的雅兴，都想来看看朱公药笼里的人才。所以江山好处，蛾眉燃犀诸亭都为游人占领去了。

　　黄仲则当这青黄互竞的时候，也不改他常时的态度。本来是纤长清瘦的他，又加以久病之余，穿了一件白夹春衫，立在人丛中间，好像是怕被风吹去的样子。清癯的颊上，两点红晕，大约是薄醉的风情。立在他右边的一个肥矮的少年，同他在那里看对岸的青山的，是他的同乡同学的洪稚存。他们两人在采石山上下走了一转回到太白楼的时候，柔和肥胖的朱筜河笑问他们说：

　　"你们的诗做好了没有？"

　　洪稚存含着微笑摇头说：

　　"我是闭门觅句的陈无己。"

　　万事不肯让人的黄仲则，就抢着笑说：

　　"我却做好了。"

　　朱筜河看了他这一种少年好胜的形状，就笑着说：

　　"你若是做了这样快，我就替你磨墨，你写出来吧。"

　　黄仲则本来是和朱筜河说说笑话的，但等得朱筜河把墨磨好，横轴摊开来的时候，他也不得不写了。他拿起笔来，往墨池里扫了几扫，就模模糊糊的写了下去：

红霞一片海上来，照我楼上华筵开，
倾觞绿酒忽复尽，楼中谪仙安在哉！
谪仙之楼楼百尺，笥河夫子文章伯，
风流仿佛楼中人，千一百年来此客。
是日江上彤云开，天门淡扫双蛾眉，
江从慈母矶边转，潮到燃犀亭下回，
青山对面客起舞，彼此青莲一抔土。
若论七尺归蓬蒿，此楼作客山是主。
若论醉月来江滨，此楼作主山作宾。
长星动摇若无色，未必常作人间魄，
身后苍凉尽如此，俯仰悲歌亦徒尔！
杯底空余今古愁，眼前忽尽东南美，
高会题诗最上头，姓名未死重山丘，
请将诗卷掷江水，定不与江东向流。

不多几日，这一首太白楼会宴的名诗，就喧传在长江两岸的士女的口上了。

一九二二年十一月二十日午前

春风沉醉的晚上

一

在沪上闲居了半年，因为失业的结果，我的寓所迁移了三处。最初我住在静安寺路南的一间同鸟笼似的永也没有太阳晒着的自由的监房里。这些自由的监房的住民，除了几个同强盗小窃一样的凶恶裁缝之外，都是些可怜的无名文士，我当时所以送了那地方一个Yellow Grub Street¹的称号。在这Grub Street里住了一个月，房租忽涨了价，我就不得不拖了几本破书，搬上跑马厅附近一家相识的栈房里去。后来在这栈房里又受了种种逼迫，不得不搬了，我便在外白渡桥北岸的邓脱路中间，日新里对面的贫民窟里，寻了一间小小的房间，迁移了过去。

邓脱路的这几排房子，从地上量到屋顶，只有一丈几尺高。我住的楼上的那间房间，更是矮小得不堪。若站在楼板上伸一伸懒腰，两只手就要把灰黑的屋顶穿通的。从前面的弄里踱进了那房子的门，便是房主的住房。在破布洋铁罐玻璃瓶旧铁器堆满的中间，侧着身子走进两步，就有一张中间有几根横档跌落的梯子靠墙摆在那里。用了这张梯子往上面的黑黝黝的一个二尺宽的洞里一接，即能走上楼去。黑沉沉的这层楼上，本来只有猫额那样大，房主人却

1　黄种人寒士街。

《上海外滩》 | 民国初的老明信片

把它隔成了两间小房，外面一间是一个N烟公司的女工住在那里，我所租的是梯子口头的那间小房，因为外间的住者要从我的房里出入，所以我的每月的房租要比外间的便宜几角小洋。

我的房主，是一个五十来岁的弯腰老人。他的脸上的青黄色里，映射着一层暗黑的油光。两只眼睛是一只大一只小，颧骨很高，额上颊上的几条皱纹里满砌着煤灰，好像每天早晨洗也洗不掉的样子。他每日于八九点钟的时候起来，咳嗽一阵，便挑了一双竹篮出去，到午后的三四点钟总仍旧是挑了一双空篮回来的；有时挑了满担回来的时候，他的竹篮里便是那些破布破铁器玻璃瓶之类。像这样的晚上，他必要去买些酒来喝喝，一个人坐在床沿上瞎骂出许多不可捉摸的话来。

我与间壁的同寓者的第一次相遇，是在搬来的那天午后。春天的急景已经快晚了的五点钟的时候，我点了一枝蜡烛，在那里安放几本刚从栈房里搬过来的破书。先把它们叠成了两方堆，一堆小些，一堆大些，然后把两个二尺长的装画的画架覆在大一点的那堆书上。因为我的器具都卖完了，这一堆书和画架白天要当写字台，晚上可当床睡觉的。摆好了画架的板，我就朝着了这张由书叠成的桌子，坐在小一点的那堆书上吸烟，我的背自然朝着了梯子的接口的。我一边吸烟，一边在那里呆看放在桌上的蜡烛火，忽而听见梯子口上起了响动。回头一看，我只见了一个自家的扩大的投射影子，此外什么也辨不出来，但我的听觉分明告诉我说："有人上来了。"我向暗中凝视了几秒钟，一个圆形灰白的面貌，半截纤细的女人的身体，方才映到我的眼帘上来。一见了她的容貌我就知道她是我的隔壁的同居者了。因为我来找房子的时候，那房主的老人便告诉我说，这屋里除了他一个人外，楼上只住着一个女工。我一则喜欢房价的便宜，二则喜欢这屋里没有别的女人小孩，所以立刻就租定了的。等她走上了梯子，我才站起来对她点了点头说：

"对不起，我是今朝才搬来的，以后要请你照应。"

她听了我这话，也并不回答，放了一双漆黑的大眼，对我深深的看了一眼，就走上她的门口去开了锁。进房去了。我与她不过这样的见了一面，不晓得什么原因，我只觉得她是一个可怜的女子。她的高高的鼻梁，灰白长圆的面貌，清瘦不高的身体，好像都是表明她是可怜的特征，但是当时正为了生活问题在那里操心的我，也无暇去怜惜这还未曾失业的女工，过了几分钟我又动也不动的坐在那一小堆书上看蜡烛光了。

在这贫民窟里过了一个多礼拜，她每天早晨七点钟去上工和午后六点多钟下工回来，总只见我呆呆的对着了蜡烛或油灯坐在那堆书上。大约她的好奇心被我那痴不痴呆不呆的态度挑动了吧。有一天她下了工走上楼来的时候，我依旧和第一天一样的站起来让她过去。她走到了我的身边忽而停住了脚，看了我一眼，吞吞吐吐好像怕什么似的问我说：

"你天天在这里看的是什么书？"

（她操的是柔和的苏州音，听了这一种声音以后的感觉，是怎么也写不出来的，所以我只能把她的言语译成普通的白话。）

我听了她的话，反而脸上涨红了。因为我天天呆坐在那里，面前虽则有几本外国书摊着，其实我的脑筋昏乱得很，就是一行一句也看不进去。有时候我只用了想象在书的上一行与下一行中间的空白里，填些奇异的模型进去。有时候我只把书里边的插画翻开来看看，就了那些插画演绎些不近人情的幻想出来。我那时候的身体因为失眠与营养不良的结果，实际上已经成了病的状态了。况且又因为我的唯一的财产的一件棉袍子已经破得不堪，白天不能走出外面去散步和房里全没有光线进来，不论白天晚上，都要点着油灯或蜡烛的缘故，非但我的全部健康不如常人，就是我的眼睛和脚力，也局部的非常萎缩了。在这样状态下的我，听了她这一问，如何能够不红起脸来呢？所以我只是含含糊糊的回答说：

"我并不在看书，不过什么也不做呆坐在这里，样子一定不好看，所以把这几本书摊放着的。"

她听了这话，又深深的看了我一眼，作了一种不解的形容，依旧的走到她的房里去了。

那几天里，若说我完全什么事情也不去找，什么事情也不曾干，却是假的。有时候，我的脑筋稍微清新一点，也曾译过几首英法的小诗，和几篇不满四千字的德国的短篇小说，于晚上大家睡熟的时候，不声不响的出去投邮，在寄投给各新开的书局。因为当时我的各方面就职的希望，早已经完全断绝了，只有这一方面，还能靠了我的枯燥的脑筋，想想法子看。万一中了他们编辑先生的意，把我译的东西登了出来，也不难得着几块钱的酬报。所以我自迁移到邓脱路以后，当她第一次同我讲话的时候，这样的译稿已经发出了三四次了。

二

在乱昏昏的上海租界里住着，四季的变迁和日子的过去是不容易觉得的。我搬到了邓脱路的贫民窟之后，只觉得身上穿在那里的那件破棉袍子一天一天的重了起来，热了起来，所以我心里想：

"大约春光也已经老透了吧！"

《上海的德国租界俱乐部》 | 清末出品的老明信片

　　但是囊中很羞涩的我，也不能上什么地方去旅行一次，日夜只是在那暗室的灯光下呆坐。在一天大约是午后了，我也是这样的坐在那里，隔壁的同住者忽而手里拿了两包用纸包好的物件走了上来，我站起来让她走的时候，她把手里的纸包放了一包在我的书桌上说：

　　"这一包是葡萄浆的面包，请你收藏着，明天好吃的。另外我还有一包香蕉买在这里，请你到我房里来一道吃吧！"

　　我替她拿住了纸包，她就开了门邀我进她的房里去，共住了这十几天，她好像已经信用我是一个忠厚的人的样子。我见她初见我的时候脸上流露出来的那一种疑惧的形容完全没有了。我进了她的房里，才知道天还未暗，因为她的房里有一扇朝南的窗，太阳返射的光线从这窗里投射进来，照见了小小的一间房，由二条板铺成的一张床，一张黑漆的半桌，一只板箱，和一条圆凳。床上虽则没有帐子，但堆着有二条洁净的青布被褥。半桌上有一只小洋铁箱摆在那里，大约是她的梳头器具，洋铁箱上已经有许多油污的点子了。她一边把堆在圆凳上的几件半旧的洋布棉袄、粗布裤等收在床上，一边就让我坐下。我看了她那殷勤待我的样子，心里倒不好意思起来，所以就对她说：

　　"我们本来住在一处，何必这样的客气。"

　　"我并不客气，但是你每天当我回来的时候，总站起来让我，我却觉得对不起得很。"

　　这样的说着，她就把一包香蕉打开来让我吃。她自家也拿了一只，在床上坐下，一边吃一边问我说：

　　"你何以只住在家里，不出去找点事情做做？"

　　"我原是这样的想，但是找来找去总找不着事情。"

"你有朋友么？"

"朋友是有的，但是到了这样的时候，他们都不和我来往了。"

"你进过学堂么？"

"我在外国的学堂里曾经念过几年书。"

"你家在什么地方？何以不回家去？"

她问到了这里，我忽而感觉到我自己的现状了。因为自去年以来，我只是一日一日的萎靡下去，差不多把"我是什么人？""我现在所处的是怎么一种境遇？""我的心里还是悲还是喜？"这些观念都忘掉了。经她这一问，我重新把半年来困苦的情形一层一层的想了出来。所以听她的问话以后，我只是呆呆的看她，半晌说不出话来。她看了我这个样子，以为我也是一个无家可归的流浪人，脸上就立时起了一种孤寂的表情，微微的叹着说：

"唉！你也是同我一样的么？"

微微的叹了一声之后，她就不说话了。我看她的眼圈上有些潮红起来，所以就想了一个另外的问题问她说：

"你在工厂里做的是什么工作？"

"是包纸烟的。"

"一天做几个钟头工？"

"早晨七点钟起，晚上六点钟止，中午休息一个钟头，每天一共要做十个钟头的工。少做一点钟就要扣钱的。"

"扣多少钱？"

"每月九块钱，所以是三块钱十天，三分大洋一个钟头。"

"饭钱多少？"

"四块钱一月。"

"这样算起来，每月一个钟点也不休息，除了饭钱，可省下五块钱来。够你付房钱买衣服的么？"

"哪里够呢！并且那管理人又……啊啊！我……我所以非常恨工厂的。你吃烟的么？"

"吃的。"

"我劝你顶好还是不吃。就吃也不要去吃我们工厂的烟。我真恨死它在这里。"

我看看她那一种切齿怨恨的样子，就不愿意再说下去。把手里捏着的半个吃剩的香蕉咬了几口，向四边一看，觉得她的房里也有些灰黑了，我站起来道了谢，就走回到了我自己的房里。她大约做工倦了的缘故，每天回来大概是马上就入睡的，只有这一晚上，她在房里好像是直到半夜还没有就寝。从这一回之后，她每天回来，总和我说几句话。我从她自家的口里听得，知道她姓陈，名叫二妹，是苏州东乡人，从小系在上海乡下长大的。她父亲也是纸烟工厂的工人，但是去年秋天死了。她本来和她父亲同住在那间房里，每天同上工厂去的，现在却只剩了她一个人了。她父亲死后的一个多月，她早晨上工厂去也一路哭了去，晚上回来也一路哭了回来的。她今年十七岁，也无兄弟姊妹，也无近亲的亲戚。她父亲死后的葬殓等事，是他于未死之前把十五块钱交给楼下的老人，托这老人包办的。她说：

"楼下的老人倒是一个好人，对我从来没有起过坏心，所以我得同父亲在日一样的去作工，不过工厂的一个姓李的管理人却坏得很，知道我父亲死了，就天天的想戏弄我。"她自家和她父亲的身世，我差不多全知道了，但她母亲是如何的一个人？死了呢还是活在哪里？假使还活着，住在什么地方，等等，她却从来还没有说及过。

三

天气好像变了。几日来我那独有的世界，黑暗的小房里的腐浊的空气，同蒸笼里的蒸气一样，蒸得人头昏欲晕。我每年在春夏之交要发的神经衰弱的重症，遇了这样的气候，就要使我变成半狂。所以我这几天来到了晚上，等马路上人静之后，也常常走出去散步去。一个人在马路上从狭隘的深蓝天空里看看群星，慢慢的向前行走，一边作些漫无涯涘的空想，倒是于我的身体很有利益。当这样的无可奈何，春风沉醉的晚上，我每要在各处乱走，走到天将明的时候才回家里。我这样的走倦了回去就睡，一睡直可睡到第二天的日中，有几次竟要睡到二妹下工回来的前后方才起来。睡眠一足，我的健康状态也渐渐的回复起来了。平时只能消化半磅面包的我的胃部，自从我的深夜游行的练习开始之后，进步得几乎能容纳面包一磅了。这事在经济上虽则是一大打击，但我的脑筋，受了这些滋养，似乎比从前稍能统一。我于游行回来之后，就睡之前，却做成了几篇Allan Poe[1]式的短篇小说，自家看看，也不很坏。我改了几次，抄了几次，一一投邮寄出之后，心里虽然起了些微细的希望，但是想想前几回的译稿的绝无消息，过了几天，也便把它们忘了。

邻住者的二妹，这几天来，当她早晨出去上工的时候，我总在那里酣睡，只有午后下工回来的时候，有几次有见面的机会。但是不晓是什么原因，我觉得她对我的态度，又回到从前初见面的时候的疑惧状态去了。有时候她深深的看我一眼，她的黑晶晶、水汪汪的眼睛里，似乎是满含着责备我、规劝我的意思。

---

1 爱伦·坡，美国诗人。小说家。

爱伦·坡及其作品的插图

爱伦·坡是美国十九世纪的著名诗人、小说家。其诗歌代表作有《乌鸦》等。本处的爱伦·坡像系 S.W. 哈尔茨霍恩所摄。右边的插图是法国插图画家古斯塔夫·多雷为《乌鸦》作的插图。

　　我搬到这贫民窟里住后，约摸已经有二十多天的样子，一天午后我正点上蜡烛，在那里看一本从旧书铺里买来的小说的时候，二妹却急急忙忙的走上楼来对我说：

　　"楼下有一个送信的在那里，要你拿了印子去拿信。"她对我讲这话的时候，她的疑惧我的态度更表示得明显，她好像在那里说："呵呵，你的事件是发觉了啊！"我对她这种态度，心里非常痛恨，所以就气急了一点，回答她说：

　　"我有什么信？不是我的！"

　　她听了我这气愤愤的回答，更好像是得了胜利似的，脸上忽涌出了一种冷笑说：

　　"你自家去看吧；你的事情，只有你自家知道的！"

　　同时我听见楼低下门口果真有一个邮差似的人在催着说：

　　"挂号信！"

　　我把信取来一看，心里就突突的跳了几跳，原来我前回寄去的一篇德文短篇的译稿，已经在某杂志上发表了，信中寄来的是五元钱的一张汇票。我囊里正是将空的时候，有了这五圆钱，非但月底要预付的来月的房金可以无忧，并且付过房金以后，还可以维持几天食料，当时这五圆钱对我的效用的广大，是谁也不能推想得出来的。

　　第二天午后，我上邮局去取了钱，在太阳晒着的大街上走了一会，忽而觉得身上就淋出了许多汗来。我向我前后左右的行人一看，复向我自家的身上一看，就不知不觉的把头低俯了下去。我颈上头上的汗珠，更同盛雨似的，一颗一颗的钻出来了。因为当我在深夜游行的时候，天上并没有太阳，并且料峭的春寒，于东方微白的残夜，老在静寂的街巷中留着，所以我穿的那件破棉袍子，还觉得不十分与节季违异。如今到了阳和的春日晒着的这日中，我还不能自觉，依旧穿了这件夜游的敝袍，在大街上阔步，与前后左右的和节季同时进行的我的同类一比，我哪得不自惭形秽呢？我一时竟忘了几日后不得不付的房金，忘了囊中本来将尽的些微的积聚，便慢慢的走上了闸路的估衣铺去。好久不在天日之下行走的我，看看街上来往的汽车人力车，车中坐着的华美的少年男女，和马路两边的绸缎铺金银铺窗里的丰丽的陈设，听听四面的同蜂衙似的嘈杂的人声、脚步声、车铃声，一时倒也觉得是身到了大罗天上的样子。我忘记了我自家的存在，也想和我的同胞一样的欢歌欣舞起来，我的嘴里便不知不觉的唱起几句久忘了的京调来了。这一时的涅槃幻境，当我想横越过马路，转入闸路去的时候，忽而被一阵铃声惊破了。我抬起头来一看，我的面前正冲来了一乘无轨电车，车头上站着的那肥胖的机器手，伏出了半身，怒目的大声骂我说：

"猪头三！侬（你）艾（眼）睛勿散（生）咯！跌杀时，叫旺（黄）够（狗）来抵侬（你）命噢！"

我呆呆的站住了脚，目送那无轨电车尾后卷起了一道灰尘，向北过去之后，不知是从何处发出来的感情，忽而竟禁不住哈哈哈哈的笑了几声。等得四面的人注视我的时候，我才红了脸慢慢的走向了闸路里去。

我在几家估衣铺里，问了些夹衫的价钱，还了他们一个我所能出的数目，几个估衣铺的店员，好像是一个师父教出的样子，都摆下了脸面，嘲弄着说：

"侬（你）寻萨咯（什么）凯（开心）！马（买）勿起好勿要马（买）咯！"

一直问到五马路边上的一家小铺子里，我看看夹衫是怎么也

《上海龙华塔》┃ 民国初使用的出品于清末的明信片

买不成了，才买定了一件竹布单衫，马上就把它换上。手里拿了一包换下的棉袍子，默默的走回家来。一边我心里却在打算：

"横竖是不够用了，我索性来痛快的用它一下吧。"同时我又想起了那天二妹送我的面包香蕉等物。不等第二次的回想我就寻着了一家卖糖食的店，进去买了一块钱巧格力香蕉糖鸡蛋糕等杂食。站在那店里，等店员在那里替我包好来的时候，我忽而想起我有一月多不洗澡了，今天不如顺便也去洗一个澡吧。

洗好了澡，拿了一包棉袍子和一包糖食，回到邓脱路的时候，马路两旁的店家，已经上电灯了。街上来往的行人也很稀少，一阵从黄浦江上吹来的日暮的凉风，吹得我打了几个冷嚏。我回到了我的房里，把蜡烛点上，向二妹的房门一照，知道她还没有回来。那时候我腹中虽则饥饿得很，但我刚买来的那包糖食怎么也不愿意打开，因为我想等二妹回来同她一道吃。我一边拿出书来看，一边口里尽在咽唾液下去。等了许多时候，二妹终不回来。我的疲倦不知什么时候出来战胜了我，就靠在书堆上睡着了。

四

二妹回来的响动把我惊醒的时候，我见我面前的一枝十二盎司一包的洋蜡烛已经点去了二寸的样子。我问她是什么时候了，她说：

"十点的汽管刚刚放过。"

"你何以今天回来得这样迟？"

"厂里因为销路大了，要我们做夜工。工钱是增加的，不过人太累了。"

"那你可以不去做的。"

"但是工人不够，不做是不行的。"

她讲到这里，忽而滚了两粒眼泪出来，我以为她是做工作得倦了，故而动了伤感，一边心里虽在可怜她，但一边看她这同小孩似的脾气，却也感着了些儿快乐。把糖食包打开，请她吃了几个之后，我就劝她说：

"初做夜工的时候不惯，所以觉得困倦，做惯了以后，也没有什么的。"

她默默的坐在我的半高的由书叠成的桌上，吃了几个巧格力，对我看了几眼，好像是有话说不出来的样子。我就催她说："你有什么话说？"

她又沉默了一会，便断断续续的问我说：

"我……我……早想问你了，这几天晚上，你每晚在外边，可在与坏人作伙友么？"我听了她这话，倒吃了一惊，她好像在疑我天天晚上在外面与小窃恶棍混在一块。她看我呆了不答，便以为我的行为真的被她看破了，所以就柔柔和和的连续着说：

"你何苦要吃这样好的东西，要穿这样好的衣服？你可知道这事情是靠不住的。万一被人家捉了去，你还有什么面目做人。过去的事情不必去说它，以后我请你改过了吧……"

我尽是张大了眼睛张大了嘴呆呆的在看她，因为她的思想太奇突了，使我无从辩解起。她沉默了数秒钟，又接着说：

"就以你吸的烟而论，每天若戒绝了不吸，岂不可省几个铜子。我早就劝你不要吸烟，尤其是不要吸那我所痛恨的Ｎ工厂的烟，你总是不听。"

她讲到了这里，又忽而落了几滴眼泪。我知道这是她为怨恨Ｎ工厂而滴的眼泪，但我的心里，怎么也不许我这样的想，我总要把它们当作因规劝我而洒的。我静静儿的想了一会，等她的神经镇静下去之后，就把昨天的那封挂号信的来由说给她听，又把今天的取钱买物的事情说了一遍，最后更将我的神经衰弱症和每晚何以必要出去散步的原因说了。她听了我这一番辩解，就信任了我，等我说完之后，她颊上忽而起了两点红晕，把眼睛低下去看看桌上，好像是怕羞似的说：

"噢，我错怪你了，我错怪你了。请你不要多心，我本来是没有歹意的。因为你的行为太奇怪了，所以我想到了邪路里去。你若能好好儿的用功，岂不是很好么？你刚才说的那——叫什么的——东西，能够卖五块钱，要是每天能做一个，多么好呢？"

我看了她这种单纯的态度，心里忽而起了一种不可思议的感情，我想把两只手伸出去拥抱她一回，但是我的理性却命令我说：

"你莫再作孽了！你可知道你现在处的是什么境遇！你想把这纯洁的处女毒杀么？恶魔，恶魔，你现在是没有爱人的资格的呀！"

我当那种感情起来的时候，曾把眼睛闭上了几秒钟，等听了理性的命令以后，我的眼睛又开了开来，我觉得我的周围，忽而比前几秒钟更光明了。对她微微的笑了一笑，我就催她说：

"夜也深了，你该去睡了吧！明天你还要上工去的呢！我从今天起，就答应你把纸烟戒下来吧！"

她听了我这话，就站了起来，很喜欢的回到她的房里去睡了。

她去之后，我又换上一枝洋蜡烛，静静儿的想了许多事情：

"我的劳动的结果，第一次得来的这五块钱已经用去了三块了。连我原有的一块多钱合起来，付房钱之后，只能省下二三角小洋来，如何是好呢！"

"就把这破棉袍子去当吧！但是当铺里恐怕不要。"

"这女孩子真是可怜，但我现在的境遇，可是还赶她不上，她是不想做工而工作要强迫她做，我是想找一点工作，终于找不到。"

"就去做筋肉的劳动吧！啊啊，但是我这一双弱腕，怕吃不下一部黄包车的重力。"

"自杀！我有勇气，早就干了。现在还能想到这两个字，足证我的志气还没有完全消磨尽哩！"

"哈哈哈哈！今天的那无轨电车的机器手！他骂我什么来？

"黄狗，黄狗倒是一个好名词……"

"……"

我想了许多零乱断续的思想，终究没有一个好法子，可以救我出目下的穷状来。听见工厂的汽笛，好像在报十二点钟了，我就站了起来，换上了白天那件破棉袍子，仍复吹熄了蜡烛，走出外面去散步去。

贫民窟里的人已经睡眠静了。对面日新里的一排临邓脱路的洋楼里，还有几家点着了红绿的电灯，在那里弹罢拉拉衣加。一声二声清脆的歌音，带着哀调，从静寂的深夜的冷空气里传到我的耳膜上来，这大约是俄国的飘泊的少女，在那里卖钱的歌唱。天上罩满了灰白的薄云，同腐烂的尸体似的沉沉的盖在那里。云层破处也能看得出一点两点星来，但星的近处，黝黝看得出来的天色，好像有无限的哀愁蕴藏着的样子。

一九二三年七月十五日

青　烟[1]

寂静的夏夜的空气里闲坐着的我，脑中不知有多少愁思，在这里汹涌。看看这同绿水似的由蓝纱罩里透出来的电灯光，听听窗外从静安寺路上传过来的同倦了似的汽车鸣声，我觉得自家又回到了青年忧郁病时代去的样子，我的比女人还不值钱的眼泪，又映在我的颊上了。

抬头起来，我便能见得那催人老去的日历，时间一天一天的过去了，但是我的事业，我的境遇，我的将来，啊啊，吃尽了千辛万苦，自家以为已有些物事被我把握住了，但是放开紧紧捏住的拳头来一看，我手里只有一溜青烟！

世俗所说的"成功"，于我原似浮云。无聊的时候偶尔写下来的几篇概念式的小说，虽则受人攻击，我心里倒也没有什么难过，物质上的困迫，只教我自家能咬紧牙齿，忍耐一下，也没有些微关系，但是自从我生出之后，直到如今二十余年的中间，我自家播的种，栽的花，哪里有一枝是鲜艳的？哪里一枝曾经结过果来？啊啊，若说人的生活可以涂抹了改作的时候，我的第二次的生涯，决不愿意把它弄得同过去的二十年间的生活一样的！我从小若学作木匠，到今日至少也已有一二间房屋造成了。无聊的

1　原载于一九二三年六月三十日《创造周报》第八号。

《奥菲丽亚》｜英国｜卡尔·弗·威·特劳斯古德

本图是画家专门为莎士比亚名剧《哈姆雷特》所作的插图，原图为油画。

时候，跑到这所我所手造的房屋边上去看看，我的寂寥，一定能够轻减。我从少若学作裁缝，不消说现在定能把轻罗绣缎剪开来缝成好好的衫子了。无聊的时候，把我自家剪裁，自家缝纫的纤丽的衫裙，打开来一看，我的郁闷，也定能消杀下去。但是无一艺之长的我，从前还自家骗自家，老把古今文人所作成的杰作拿出来自慰，现在梦醒之后，看了这些名家的作品，只是愧耐，所以目下连饮鸩也不能止我的渴了，叫我还有什么法子来填补这胸中的空虚呢？

有几个在有钱的人翼下寄生着的新闻记者说：

"你们的忧郁，全是做作，全是无病呻吟，是丑态！"

我只求能够真真的如他们所说，使我的忧郁是假作的，那么就是被他们骂得再厉害一点，或者竟把我所有的几本旧书和几块不知从何处来的每日买面包的钱，给了他们，也是愿意的。

有几个为前面那样的新闻记者作奴仆的人说：

"你们在发牢骚，你们因为没有人来使用你们，在发牢骚！"

我只求我所发的是牢骚，那么我就是连现在正打算点火吸的这枝Felucca[1]，给了他们都可以，因为发牢骚的人，总有一点自负，但是现在觉得自家的精神肉体，委靡得同风的影子一样的我，还有一点什么可以自负呢？

有几个比较了解我性格的朋友说：

"你们所感得的是Toska[2]，是现在中国人人都感得的。"

---

1 三桅小帆船牌香烟。

2 俄语，纳博科夫认为这词表达了一种从程度较轻的灵魂的隐痛到深刻的精神上的痛楚，通常这种痛楚是无由来的。

但是我若有这样的Myriad mind[1]，我早成了Shakespeare[2]了。

我的弟兄说：

"唉，可怜的你，正生在这个时候，正生在中国闹得这样的时候，难怪你每天只是郁郁的；跑上北又弄不好，跑上南又弄不好，你的忧郁是应该的，你早生十年也好，迟生十年也好……"

我无论在什么时候——就假使我正抱了一个肥白的裸体妇女，在醉饮的时候罢——听到这一句话，就会痛哭起来，但是你若再问一声，"你的忧郁的根源是在此了么？"我定要张大了泪眼，对你摇几摇头说："不是，不是。"国家亡了有什么？亡国诗人Sienkiewicz[3]，不是轰轰烈烈的做了一世人么？流寓在租界上的我的同胞不是个个都很安闲的么？国家亡了有什么？外国人来管理我们，不是更好么？陆剑南的"王师北定中原日，家祭无忘告乃翁"的两句好诗，不是因国亡了才做得出来的么？少年的血气干萎无遗的目下的我，哪里还有同从前那么的爱国热忱，我已经不是Chauvinist[4]了。

窗外汽车声音渐渐的稀少下去了，苍茫六合的中间我只听见我的笔尖在纸上划字的声音。探头到窗外去一看，我只看见一弯黝黑的夏夜天空，淡映着几颗残星。我搁下了笔，在我这同火柴箱一样的房间里走了几步，只觉得一味凄凉寂寞的感觉，浸透了我的全身，我也不知道这忧郁究竟是从什么地方来的。

1　博学多才。

2　Shakespeare，即英国伟大剧作家、诗人莎士比亚。

3　Sienkiewicz：显克微支，波兰作家。

4　沙文主义者。

虽是刚过了端午节，但像这样暑热的深夜里，睡也睡不着的。我还是把电灯灭黑了，看窗外的景色吧。

窗外的空间只有错杂的屋脊和尖顶，受了几处瓦斯灯的远光，绝似电影的楼台，把它们的轮廓画在微茫的夜气里。四处都寂静了，我却听见微风吹动窗叶的声音，好像是大自然在那里幽幽叹气的样子。

远处又有汽车的喇叭声响了，这大约是西洋资本家的男女，从淫乐的裸体跳舞场回家去的凯歌吧。啊啊，年纪要轻，颜容要美，更要有钱。

我从窗口回到了坐位里，把电灯拈开对镜子看了几分钟，觉得这清瘦的容貌，终究不是食肉之相。在这样无可奈何的时候，还是吸吸烟，倒可以把自家的思想统一起来，我擦了一枝火柴，把一枝 Felucca 点上了。深深的吸了一口，我仍复把这口烟完全吐上了电灯的绿纱罩子。绿纱罩的周围，同夏天的深山雨后似的，起了一层淡紫的云雾。呆呆的对这层云雾凝视着，我的身子好像是缩小了投乘在这淡紫的云雾中间。这层轻淡的云雾，一飘一扬的荡了开去，我的身体便化而为二，一个缩小的身子在这层雾里飘荡，一个原身仍坐在电灯的绿光下远远的守望着那青烟里的我。

A Phantom[1]，

已经是薄暮的时候了。

天空的周围，承受着落日的余晖，四边有一圈银红的彩带，向天心一步步变成了明蓝的颜色，八分满的明月，悠悠淡淡地挂

1　A Phantom，一个幽灵、一种幻影。

在东半边的空中。几刻钟过去了，本来是淡白的月亮放起光来。月光下流着一条曲折的大江，江的两岸有郁茂的树林，空旷的沙渚。夹在树林沙渚中间，各自离开一里二里，更有几处疏疏密密的村落。村落的外边环抱着一群层叠的青山。当江流曲处，山岗亦折作弓形，白水的弓弦和青山的弓背中间，聚居了几百家人家，便是F县县治所在之地。与透明的清水相似的月光，平均的洒遍了这县城，江流，青山，树林，和离县城一二里路的村落。黄昏的影子，各处都可以看得出来了。平时非常寂静的这F县城里，今晚上却带着些跃动的生气，家家的灯火点得比平时格外的辉煌，街上来往的行人也比平时格外的嘈杂，今晚的月亮，几乎要被小巧的人工比得羞涩起来了。这一天是旧历的五月初十。正是F县城里每年演戏行元帅会的日子。

一个年纪大约四十左右的清瘦的男子，当这黄昏时候，拖了一双走倦了的足慢慢的进了F县城的东门，踏着自家的影子，一步一步的夹在长街上行人中间向西走来，他的青黄的脸上露着一副惶恐的形容，额上眼下已经有几条皱纹了。嘴边上乱生在那里的一丛芜杂的短胡，和身上穿着的一件龌龊的半旧竹布大衫，证明他是一个落魄的人。他的背脊屈向前面，一双同死鱼似的眼睛，尽在向前面和左旁右旁偷看。好像是怕人认识他的样子，也好像是在那里寻知己的人的样子。他今天早晨从H省城动身，一直走了九十里路，这时候才走到他廿年不见的故乡F城里。

他慢慢的走到了南城街的中心，停住了足向左右看了一看，就从一条被月光照得灰白的巷里走了进去。街上虽则热闹，但这条狭巷里仍是冷冷清清。向南的转了一个弯，走到一家大墙门的前头，他迟疑了一会，便走过去了。走过了两三步，他又回了转来。向门里偷眼一看，他看见正厅中间桌上有一盏洋灯点在那里。明亮的洋灯光射到上首壁上，照出一张钟馗图和几副蜡笺的字对来。此外厅上空空寂寂，没有人影。他在门口走来走去的走了几遍，眼睛里放出了两道晶润的黑光，好像是要哭哭不出来的样子。最后他走转来过这墙门口的时候，里面却走出了一个与他年纪相仿的女人来。因为她走在他与洋灯的中间，所以他只看见她的蓬蓬的头发，映在洋灯的光线里。他急忙走过了三五步，就站住了。那女人走出了墙门，走上和他相反的方向去。他仍复走转来，追到了那女人的背后。那女人听见了他的脚步声忽儿把头朝了转来。他在灰白的月光里对她一看就好像触了电似的呆住了。那女人朝转来对他微微看了一眼，仍复向前的走去。他就赶上一步，轻轻的问那女人说：

"嫂嫂这一家是姓于的人家么？"

那女人听了这句问语，就停住了脚，回答他说：

"嗳！从前是姓于的，现在卖给了陆家了。"

在月光下他虽辨不清她穿的衣服如何，但她脸上的表情是很憔悴，她的话声是很凄楚的，他的问语又轻了一段，带起颤声来了。

"那么于家搬上哪里去了呢？"

"大爷在北京，二爷在天津。"

"他们的老太太呢？"

"婆婆去年故了。"

"你是于家的嫂嫂么？"

"嗳！我是三房里的。"

"那么于家就是你一个人住在这里么？"

"我的男人，出去了二十多年，不知道在什么地方，所以我也不能上北京去，也不能上天津去，现在在这里帮陆家烧饭。"

"噢噢！"

"你问于家干什么？"

"噢噢！谢谢……"

他最后的一句话讲得很幽，并且还没有讲完，就往后的跑了。那女人在月光里呆看了一会他的背影，眼见得他的影子一步一步的小了下去，同时又远远的听见了一声他的暗泣的声音，她的脸上也滚了两行眼泪出来。

月亮将要下山去了。

江边上除了几声懒懒的犬吠声外，没有半点生物的动静，隔江岸上，有几家人家，和几处树林，静静的躺在同霜华似的月光里。树林外更有一抹青山，如梦如烟的浮在那里。此时F城的南门江边上，人家已经睡尽了。江边一带的房屋，都披了残月，倒影在流动的江波里。虽是首夏的晚上，但到了这深夜，江上也有些微寒意。

停了一会有一群从戏场里回来的人，破了静寂，走过这南门的江上。一个人朝着江面说：

"好冷吓，我的毛发都竦竖起来了，不要有溺死鬼在这里讨替身哩！"

第二个人说：

"溺死鬼不要来寻着我，我家里还有老婆儿子要养的哩！"

第三个第四个人都哈哈的笑了起来。这一群人过去了之后，江边上仍复归还到一刻前的寂静状态去了。

月亮已经下山了，江边上的夜气，忽而变成了灰色。天上的星宿，一颗颗放起光来，反映在江心里。这时候南门的江边上又闪出了一个瘦长的人影，慢慢的在离水不过一二尺的水际徘徊。因为这人影的行动很慢，所以它的出现，并不能破坏江边上的静寂的空气。但是几分钟后这人影忽而投入了江心，江波激动了，江边上的沉寂也被破了。江上的星光摇动了一下，好像似天空掉下来的样子。江波一圆一圆的阔大开来，映在江波里的星光也随而一摇一摇的动了几动。人身入水的声音和江上静夜里生出来的反响与江波的圆圈消灭的时候，灰色的江上仍复有死灭的寂静支配着，去天明的时候，正还远哩！

Epilogue[1]

我呆呆的对着了电灯的绿光，一枝一枝把我今晚刚买的这一包烟卷差不多吸完了。远远的鸡鸣声和不知从何处来的汽笛声，断断续续的传到我的耳膜上来，我的脑筋就联想到天明上去。

可不是么？你看！那窗外的屋瓦，不是一行一行的看得清楚了么？

啊啊，这明蓝的天色！

是黎明期了！

啊呀，但是我又在窗下听见了许多洗便桶的声音。这是一种象征，这是一种象征。我们中国的所谓黎明者，便是秽浊的手势戏的开场呀！

一九二三年旧历五月十日午前四时

1　Epilogue，尾声、后记。

清冷的午后[1]

　　昙云布满的天空，在万人头上压了几日，终究下起微雪来了。年事将尽的这十二月的下旬，若在往年，街上各店里，总满呈着活气，挤挤得不堪的，而今年的市况，竟萧条得同冷水泉一样，过了中午，街上还是行人稀少得很。

　　聚芳号的老板，同饱食后的鸽子似的，独据在柜台上，呆呆的在看店门外街上的雪片。门面不满一丈宽的这小店里，热闹的时候也有二三十元钱一日的进款，可是这一个月来，门市忽然减少了下去，前两个月配来的化妆品类和妇女杂用品等，依旧动也不动的堆在两壁的箱盒里。他呆看了一回飞雪，又转头来看看四边的存货，眉头竟锁紧了起来，往里面放大了喉音，叫了几声之后，就站起来把柜台后柱上挂着的一件黑呢外套穿上了身去。

　　答应了一声"哎呀"，接着从里面走出来的，是一位年纪二十左右，身材中大，皮肤很细白，长得眉目清秀的妇人。看了她那种活泼的气象，和丰肥肉体，谁也知道她是这位老板结合不久的新妇。尤其可以使人感得这一种推测的确实的，是她当走上这位老板面前之后的一脸微笑。

　　"云芳！你在这儿看一忽店，我出去和震大公司结账去。

1　原载于一九二七年二月一日《洪水》半月刊第三卷第二十六期。

万一老李来，你可以问问他昨天托他的事情怎么样了？"

她向柜台边上壁间的衣钩上，把一顶黑绒的帽子拿下来后，就走上了一步，站在他面前，把他戴上了。他向柜台下桌上站着的一面小镜子照了一照，又把外套的领子竖了起来，更对云芳——他的新妇——点了一点头，就从柜台侧面的一扇小门里走了出去。

这位老板，本来是郑聚芳本店的小老板，结了婚以后，他父亲因为他和新妇住在店里，不晓得稼穑的艰难，所以在半年前，特地为他设了一家分店在这新市场的延龄路上，教他自己去独立营生。

当他初开新店的时候，因为布置的精巧，价钱的公道，又兼以香市的闹热，每月竟做了千元内外的买卖。两个月后，香客也绝迹了，游西湖的人，也少起来了，又兼以战事发生，人心惶恐，这一个月来银根奇紧，弄得他那家小店，一落千丈。近来的门市，至多也卖不到五六块钱，而这寒冬逼至，又是一年中总结账的时候了，这几日来，他着实为经济问题，费了许多的愁虑。

"千不该，万不该，总不该把小天王接到城里来的！"他在雪中的街上俯首走到清和坊去，一边在自家埋怨自己。

他的悔怨的心思动了一动，继续就想起了小天王的笑脸和嘴唇，想起了去年也是这样下微雪的晚上，他和小天王在拱宸桥她的房里烫酒吃猪头肉的情趣。抬起头来，向前后左右看了一看，把衣袖上的雪片打扫了一下，他那双本来是走向清和坊去的脚，不知不觉的变了方向。先从马路的右边，走向了马路的左边，又前进了几步，他就向一条小巷里走了进去。

离新市场不远，在一条沿河的小巷的一家二楼上，他为小天王租了两间房子住着，这是他和他的新妇云芳搬往新市场之后，瞒过了云芳常来住宿的地方。

他和小天王的相识，是在两年前，有一天他朋友请他去吃花酒的晚上。那一天他的中学校的朋友李芷春请客，硬要他和他一同上拱宸桥去。他平时本来是很谨慎的人，从来没有到拱宸桥去玩过一次。自从那一天李芷春为他叫了小天王后，他觉得店里的酒饭，味儿粗淡起来了。尤其是使他感到不满的，是他父亲的那一种起早落夜，计算金钱的苦相。他在店里那一种紧张的空气里，一想到小天王房里的那一种温香娇嫩的空气，眼前就会昏花起来，鼻子里就会闻到一种特异的香味，耳朵里也会响出胡琴的弦索和小曲儿的歌声来。他若把眼睛一团，就看得见一张很光亮的铜床，床上面有雪白的毡毯和绯红的绸被铺着。床面前的五桶柜上摆在那里的描金小钟，和花瓶香盒之类，也历历的在他心眼上旋转。

其中顶使他魂销的，是当他跟李芷春去了三五回后，小大王留他住夜的那一晚的情事。

那时候，他还只是童男的二十一岁。小天王的年纪虽然比他小，然而世故人情，却比他懂得多。所以她一见了他，就竭力的灌迷魂汤，弄得当时还没有和女人接触过的他，几乎把世界一切都忘掉了。

两年前的那一天晚上，是李芷春带他去逛后约有半个月的光景的时候，他却一个人搭了五点十分的夜车上拱宸桥小天王那里去。那一天晚上，不晓为什么原因，天气很冷很冷。他记得清清楚楚，那一天不过是中秋刚过的八月二十几里，但不晓怎么的，忽而吹来了几阵凉风，使冬衣未曾制就的一班杭州的市民，都感觉得比大寒前后还更凉冷的样子。他坐在小大王房里，喝喝酒，吃吃晚饭，听她唱唱小曲，竟把半夜的时光于不知不觉的中间飞度了过去。到了半夜十二点钟，他想出去，也已经不行了，所以就猫猫虎虎，留在她那里住了一夜。

自从那一夜后，他才知道了女人的滋味。小天王的嘴唇，她的脱下衣服来的时候的娇羞的样子，从帐子外面射进来的电灯光下的她的淡红的小汗衫，上半段纽扣解开以后的她的苍白的胸部。被他紧紧抱住以后的那一种触觉，最后同脱了骨肉似那一种出神。凡此种种的情况，在他脑里盘据了半个多月。无论在什么时候什么地方，只教他一想到这前后的感觉，他的耳朵就会嗡的响起来，他的身子的全体，就好像坐在火焰的峰头；两只大腿的中间，实际上就会同触着一块软肉似的酸胀起来。嗣后两年中间，他在小天王身上花的钱，少算算也有五千多块。

到了今年四月，他的父亲对于他的游荡，实在是无法子抵抗了，结局还是依了他母舅之计，为他娶了云芳过来，想教云芳来加以劝告和束缚。

他和云芳本来是外舅家的中表，两人从小就很要好的。新婚的头夜，闹房的客人都出去以后，他和云芳，就讲了半夜的话。他含着眼泪，向云芳说小天王的身世，说小天王待他的情谊，更说他自家对云芳虽有十分的热爱，但对小天王也不能断念的痴心。结果他说若要他和小天王绝交，除非把他先送到棺材里去之后才可以。聪明贤慧的云芳，对他这一种决心，当然不想用蛮法子来对付，三朝以后，倒是她出来向他的父母说情了。他果然中了云芳的诡计，结婚以后的两个月中间，并没有去过拱宸桥一次。

他父亲给他新市场开设分店以后的约莫一个月的时候，有一天午后他往城站去送客，在车站上忽又遇见了小天王。

《**解放**》｜ 童漪珊 ｜ 选自一九二七年《北洋日报》

　　那时候正是太阳晒得很热的六月中旬。他在车站里见了两月来不见的小天王的清淡的装束，旧日的回忆就复活了。当天晚上，他果然瞒过了云芳，上拱宸桥去过夜。在拱宸桥埠上以善应酬著名的这小天王，当然知道如何的再把他从云芳那里争夺过来的术数。那一晚小天王于哭骂他薄情之后，竟拿起了一把小刀来要自杀。后来听了他的许多誓咒和劝慰的话后，两人才收住眼泪抱着入睡。嗣后两三个月中间，他藉依分店里进款的宽绰，竟暗地里把小天王赎了出来，把她藏住在这一条小巷的楼上。

　　说到小天王的相貌，实际上比云芳也美不了许多。可是她那娇小的身材，灵活的眼睛，和一双红曲的嘴唇，却特别的能够钩引男人，使和她发生过一两次关系的人，永也不能忘记。

　　他一边在小巷里冒雪走着，一边俯伏着头，尽在想小天王那双嘴唇。他想起了三天前在她那里过夜的事情，他又想起了第二天早晨回到店里的时候，云芳含着微笑问他的话："小天王好么？你又有几天不去了，昨晚上可能睡着？"

　　走到了那一家门口，他开门进去，一直走到很黑的退堂夹弄的扶梯跟前，也没有遇见一个人。

　　"我们的这房东老太婆，今天怕又在楼上和小天王说话吧？让我悄悄地上去，骇她们一下。"

　　他心里这样的想着，脚步就自然而然的放轻了。幽脚幽手的走上了楼，走到了房门口，他举手轻轻一堆，房门却闩在那里。站住了脚，屏着气，侧耳一听，房里头并没有说话的声音。他就想伸出手来，敲门进去，但回头再一想时，觉得这事情有点奇怪。因为平时他来，老太婆总坐在楼下堂前面糊火柴盒子。他一向上楼来，还没有一次遇见小天王的房门闩锁过。含神屏气的更静立了几分钟，他忽而听见靠板壁的他和小天王老睡的床上，有一个男人的口音在轻轻的说：

"小天王！小天王！醒来！天快晚了，怕老郑要来了吧？"

他的全身的血，马上凝结住了，头发一根一根的竖立了起来。瞪着眼睛，捏紧拳头，他就想一脚踢进房去。但这铁样的决心，还没有下的时候，他又听见小天王睡态朦胧的说：

"像这样落雪的时候，他不会来的。"

他听了小天王的声气，同时飞电似的想起了她的那双嘴唇，喉头更是干烈起来，胸前的一腔杀气，更是往上奔塞得厉害。举了那只捏紧的拳头，正要打上门板上去的一刹那，他又听见男人说：

"我要去了，昨天老郑还托我借钱来着，我答应他今天去做回音的。让我去看看，他若在店里哩，我晚上再好来的。"

"啊！这男人原来是李芷春！"

他听出了李芷春的声音，一只举起来的手就缩回来了。向后抽了脚步，他一口气就走下了楼来。幸而那老太婆还没有回家，他一走出门，仍复轻轻的把门关上，就同发了疯的人似的狠命的在被雪下得微滑的小巷里飞奔跑跳。气也吐不出来，眼面前的物事也看不清楚，脑盖底下，他只觉得有一片火在那里烧着。方向也辨不清，思想也完全停止，迎面吹来的冷风和雪片也感觉不到，他只把两只脚同触了电似的尽在交换前进，不知跑了多少路，走了多少地方，等得神志清醒了一点的时候，他看看四周已经灰暗了。在这灰暗的空气里，还有一片一片的雪片在飞舞着。举起头来一看，眼面前却是黑黝黝的一片湖水。再举起眼来向远处看时，模糊的雪片层里，透射着几张灯火。同时湖水面上返射着的模糊的灯光和灰颓颓冷沉沉的山影，也射到了他的眼里。举起手来向衣袖上一摸，积在那里的雪片，很硬很冷的向他的触觉神经激刺了一下。他完全恢复了知觉，静静地站住了脚，把被飞雪湿透了的那顶黑绒帽子拿下来的时候，头上就放射了一阵蒸发出来的热气。更向眼下的空气里一看，他只看见几阵很急促地由他自己口中吐出来的白气，在和雪片争斗，这时候他身旁的枯树枝上，背后的人家屋上，和屋后的山上，已经有一层淡白的薄雪罩上了。从外套袋里，拿出手帕来把头上的汗擦了一擦，在灰暗的冷空气里静立了一会，向四边看了几周，他才辨出了方向，知道他自家的身体，站立在去钱王祠不远的湖滨的野道上面。

他把眼睛开闭了几次，咽下了几口唾沫，又静静的把喘着的气调节了一下，才把今天下午的事情，原原本本的想了起来。

"啊啊！怎么对得起云芳！怎么对得起云芳！"

"今天我出门的时候的她那一种温柔体贴的样子！"

"啊啊！我还有什么面目做人？"

他想到了这里，火热的颊上，就流下了两滴很大很冷的眼泪来。从他的喉咙里，渐渐的，发出了一种怖人的，和受了伤就快死的野兽似的鸣声。这声音起初很幽很沉重，渐渐地加响，终于号的一响吐露完结；一声完了，接着又是一声，静寂的山隩水上，和枯冷的树林，都像起了反应，他自家的耳朵里也听出了一种可怕的哀鸣声来；背后树枝上的积雪，索落索落的落下了几滴，他回头一看，在白茫茫的夜色里，仿佛看见了一只极大极大的黑手，在那里向他扑掠似的；他心里急了，不管东西南北，只死劲的向前跑跳，"扑通"的一响，他只觉得四肢半体，同时冰冷的凝聚了拢来。神志又清了一清，他晓得自家的身子，已经跌在湖里了。喉咙里想叫出"救命"的两个字来，但愈急愈叫不出，他只觉得他的颈项前后，好像有一个铁圈在那里抽紧来的样子。两只脚乱踢了一阵，两只手向湖面上划了几划，他的身体就全部淹没到水底里去了。

一九二七年一月十八日在上海

《妇女人相十品》｜日本｜喜多川歌麿

第

二辑

归航

　　微寒刺骨的初冬晚上，若在清冷同中世似的故乡小市镇中，吃了晚饭，于未敲二更之先，便与家中的老幼上了楼，将你的身体躺入温暖的被里，呆呆的隔着帐子，注视着你的低小的木桌上的灯光，你必要因听了窗外冷清的街上过路人的歌音和足声而泪落。你因了这灰暗的街上的行人，必要追想到你孩提时候的景象上去。这微寒静寂的晚间的空气，这幽闲落寞的夜行者的哀歌，与你儿童时代所经历的一样，但是睡在楼上薄棉被里，听这哀歌的人的变化却如何了？一想到这里谁能不生起伤感的情来呢？——但是我的此言，是为像我一样的无能力的将近中年的人而说的——

　　我在日本的郊外夕阳晼晚的山野田间散步的时候，也忽而起了一种同这情怀相像的怀乡的悲感；看看几个日夕谈心的朋友，一个一个的减少下去的时候，我也想把我的迷游生活结束了。

　　十年久住的这海东的岛国，把我那同玫瑰露似的青春消磨了的这异乡的天地，我虽受了她的凌辱不少，我虽不愿第二次再使她来吻我的脚底，但是因为这厌恶的情太深了，到了将离的时候，倒反而生出了一种不忍与她诀别的心来。啊啊，这柔情一脉，便是千古的伤心种子，人生的悲剧，大约是发芽在此地的吧？

　　我于未去日本之先，我的高等学校时代的生活背景，也想再去探看一回。我于永久离开这强暴的小国之先，我的迭次失败了

《霞关道》| 日本 | 歌川国芳 | 选自《东都名所》

的浪漫史的血迹，也想再去揩拭一回。

"轻薄淫荡的异性者呀，你们用了种种柔术想把来弄杀了的他，现在已经化作了仙人，想回到他的须弥故国去了。请你们尽在这里试用你们的手段吧，他将要骑了白鹤，回到他的母亲怀里去了。他回去之后，定将拥挟了霓裳仙子，舞几夜通宵的歌舞，他是再也不来向你们乞怜的了。"

我也想用于微笑，代替了这一段言语，向那些愚弄过我的妇人，告个长别，用以泄泄我的一段幽恨。为了这种种琐碎的原因，我的回国日期竟一天一天的延长了许多的时日。

从家里寄来的款也到了，几个留在东京过夏的朋友为我饯行的席也设了，想去的地方，也差不多去过了，几册爱读的书也买好了，但是要上船的第一天（七月的十五）我又忽而跑上日本邮船公司去，把我的船票改迟了一班，我虽知道在黄海的这面有几个——我只说几个——与我意气相合的朋友在那里等我，但是我这莫名其妙的离情，我这像将死时一样的哀感，究竟教我如何处置呢？我到七月十九的晚上，喝醉了酒，才上了东京的火车，上神户去乘翌日出发的归舟。

二十的早晨从车上走下来的时候，赤色的太阳光线已经将神户市的一大半房屋烧热了。神户市的附近，须磨是风光明媚的海滨村，是三伏中地上避暑的快乐园，当前年须磨寺大祭的晚上，是我与一个不相识的妇人共宿过的地方。依我目下的情怀说来，是不得不再去留一宵宿，叹几声别的，但是回故国的轮船将于午前十点钟开行，我只能在海上与她遥别了。

"妇人呀妇人，但愿你健在，但愿你荣华，我今天是不能来看你了。再会——不……不……永别了"

须磨的西边是明石，紫式部的同画卷似的文章，蓝苍的海浪，洁白的沙滨，参差雅淡的别庄，别庄内的美人，美人的幽梦……

"明石呀明石！我只能在游仙枕上，远梦到你的青松影里，再来和你的儿女谈多情的韵事了。"

八点半钟上了船，照管行李，整理舱位，足足忙了两个钟头；船的前后铁索响的时候，铜锣报知将开船的时候，我的十年中积下来的对日本的愤恨与悲哀，不由得化作了数行冰冷的清泪，把海湾一带的风景，染成了模糊像梦里的江山。

"啊啊，日本呀！世界一等强国的日本呀！国民比我们矮小，野心比我们强烈的日本呀！我去之后，你的海岸大约依旧是风光明媚，你的儿女大约依旧是荒淫无忌地过去的。天色的苍茫，海洋的浩荡，大约总不至因我之去而稍生变更的。我的同胞的青年，大约仍旧要上你这里来，继续了我的运命，受你的欺辱的。但是我的青春，我的在你这无情的地上化费了的青春！啊啊，枯死的青春呀，你大约总再也不能回复到我的身上来了吧！"

二十一日的早晨，我还在三等舱里做梦的时候，同舱的鲁君就跳到我的枕边上来说："到了到了！到门司了！你起来同我们上门司去吧！"

我乘的这只船，是经过门司不经过长崎的，所以门司，便是中途停泊的最后的海港；我的从昨日酝酿成的那种伤感的情怀，听了门司两字，又在我的胸中复活了起来。一只手擦着眼睛，一只手捏了牙刷，我就跟了鲁君走出舱来。淡蓝的天色，已经被赤热的太阳光线笼罩了东方半角。平静无波的海上，贯流着一种夏天早晨特有的清新的空气。船的左右岸有几堆同青螺似的小岛，

五卅惨案后上海街头的情景

受了朝阳的照耀，映出了一种浓润的绿色。前面去左船舷不远的地方有一条翠绿的横山，山上有两株无线电报的电杆，突出在碧落的背景里；这电杆下就是门司港市了。船又行进了三五十分钟，回到那横山正面的时候，我只见无数的人家，无数的工厂烟囱，无数的船舶和桅杆，纵横错落的浮映在天水中间的太阳光线里，船已经到了门司了。

门司是此次我的脚所践踏的最后的日本土地，上海虽然有日本的居民，天津汉口杭州虽然有日本的租界，但是日本的本土，怕今后与我便无缘分了。因为日本是我所最厌恶的土地，所以今后大约我总不至于再来的。因为我是无产阶级的一介分子，所以将来大约我总不至坐在赴美国的船上，再向神户横滨来泊船的。所以我可以说门司便是此次我的脚所践踏的最后的日本土地了。

我因为想深深的尝一尝这最后的伤感的离情，所以衣服也不换，面也不洗，等船一停下，便一个人跳上了一只来迎德国人的小汽船，跑上岸上去了。小汽船的速力，在海上振动了周围清新的空气，我立在船头上觉得一种微风同妇人的气息似的吹上了我的面来。蓝碧的海面上，被那小汽船冲起了一层波浪，汽船过处，现出了一片银白的浪花，在那里返射着朝日。

在门司海关码头上岸之后，我觉得射在灰白干燥的陆地路上的阳光，几乎要使我头晕；在海上不感得的一种闷人的热气，一步一步的逼上我的面来，我觉得我的鼻上有几颗珍珠似的汗珠滚出来了；我穿过了门司车站的前庭，便走进狭小的锦町街上去。我想永久将去日本之先，不得不买一点什么东西，作作纪念，所以在街上走了一回，我就踏进了一家书店。新刊的杂志有许多陈列在那里，我因为不想买日本诸作家的作品，来培养我的创作能力，所以便走近里面的洋书架去。小泉八云Lafcadio Hearn[1]的著作，Modern Library[2]的丛书占了书架的一大部分，我细细的看了一遍，觉得与我这时候的心境最适合的书还是去年新出版的John Paris[3]的那本Kimono（日本衣服之名）。

我将要去日本了，我在沦亡的故国山中，万一同老人追怀及少年时代的情人一般，有追思到日本的风物的时候，那时候我就可拿出几本描写日本的风俗人情的书来赏玩。这书若是日本人所著，他的描写，必至过于真确，那时候我的追寻远地的梦幻心境，倒反要被那真实粗暴的形相所打破。我在那时候若要在沙上建筑蜃楼，若要从梦里追寻生活，非要读读朦胧奇特、富有异国情调的，那些描写月下的江山，追怀远地的情事的书类不可；从此看来，这Kimono便是与这境状最适合的书了，我心里想了一遍，就把Kimono买了。从书店出来又在狭小的街上的暑热的太阳光里走了一段，我就忍了热从锦町三丁目走上幸町的通里山的街上去。幸町是三弦酒肉的巢窟，是红粉胭脂的堆栈，今天正好像是大扫除的日子，那些调和性欲，忠诚于她们的天职的妓女，都裸了雪样的洁白，风样的柔嫩的身体，在那里打扫，啊啊，这日本的最美的春景，我今天看后，怕也不能多看了。

我在一家姓安东的妓家门前站了一忽，同饥狼似的饱看了一回烂熟的肉体，便又走下幸町的街路，折回到了港口。路上的灰尘和太阳的光线，逼迫我的身体，致我不得不向咖啡店去休息一场；我在去码头不远的一家下等的酒店坐下的时候，身体也真疲劳极了。

---

1 小泉八云的原名。

2 现代图书馆。

3 约翰·巴黎，于1922年创作小说《和服》（Kimono）。

喝了一大瓶啤酒，吃了几碗日本固有的菜，我觉得我的消沉的心里，也生了一点兴致出来，便想尽我所有的金钱，上妓家去瞎闹一场；但拿出表来一看，已经过十二点了，船是午后二点钟就要拔锚的。

我出了酒店，手里拿了一本Kimono，在街上走了两步，就把游荡的邪心改过，到浴场去洗了一个澡，因以涤尽了十几年来，堆叠在我这微躯上的日本的灰尘与恶土。

上船的时候，已经是午后一点半了。三十分后开船的时候，我和许多去日本的中国人和日本人立在三等舱外甲板上的太阳影里看最后的日本的陆地。门司的人家远去了，工场的烟囱也看不清楚了，近海岸的无人绿岛也一个一个的少下去了，我正在出神的时候，忽听一等舱的船楼上有清脆的妇人声在那里说话；我抬起头来一看，见有一个年约十八九的中西杂种的少女，立在船楼的栏杆边上，在那里和一个红脸肥胖的下劣西洋人说话。那少女皮肤带有浅黑色，眼睛凹在鼻梁的两边，鼻尖高得很，瞳人带些微黄，但仍是黑色；头发用烙铁烫过，有一圈珍珠，带在蓬蓬的发下。她穿的是黄白薄绸的一件西洋的夏天女服，双袖短得很，她若把手与肩胛平张起来，你从袖口能看得出她腋下的黑影，和胸前的乳头来。她的颈项下的前后又裸着两块可爱的黄黑色的肥肉。下面穿的是一条短短的围裙，她的瘦长的两条脚露出在鱼白的湖绉裙下。从玄色的丝袜里蒸发出来的她的下体的香味，我好像也闻得出来的样子。看看她那微笑的短短的面貌，和一排洁白的牙齿，我恨不得拿出一把手枪来，把那同禽兽似的西洋人击杀了。

"年轻的少女呀，我的半同胞呀！你母亲已经为他们异类的禽兽点污了，你切不可再与他们接近才好呢！我并不想你，我并不在这里贪你的姿色；但是，但是像你这样的美人，万一被他们同野兽一样的西洋人蹂躏了去，教我如何能堪呢！你那柔软黄黑的肉体被那肥胖和雄猪似的洋人压着的光景，我便在想象的时候，也觉得眼睛里要喷出火来。少女呀少女！我并不要你爱我，我并不要你和我同梦。我只求你别把你的身体送给异类的外人去享乐就对了。我们中国也有美男子，我们中国也有同黑人一样强壮的伟男子，我们中国也有几千万几万万家财的富翁，你何必要接近外国人呢！啊啊，中国可亡，但是中国的女子是不可被他们外国人强奸去的。少女呀少女！你听了我的这哀愿吧！"

我的眼睛呆呆的在那里看守她那颧骨微突嘴巴狭小的面貌，我的心里同跪在圣女马利亚像前面的旧教徒一样，尽在那里念这些祈祷。感伤的情怀，一时征服了我的全体，我觉得眼睛里酸热起来，她的面貌，就好像有一层Veil[1]罩着的样子，也渐渐的朦胧起来了。

海上的景物也变了。近处的小岛完全失去了影子，空旷的海面上，映了夕照，远远里浮出了几处同眉黛似的青山；我在甲板上立得不耐烦起来，就一声也不响，低了头，回到了舱里。

太阳在西方海面上沉没了下去，灰黑的夜阴从大海的四角里聚集了拢来，我吃完了晚饭，仍复回到甲板上来，立在那少女立过的楼底直下。我仰起头来看看她立过的地方，心里就觉得悲哀起来，前次的纯洁的心情，早已不复在了，我心里只暗暗地想：

"我的头上那一块板，就是她曾经立过的地方。啊啊，要是她能爱我，就教我用无论什么方法去使她快乐，我也愿意的。啊啊，所罗门当日的荣华，比到纯洁的少女的爱情，只值得什么？

1　面纱。

《悲痛的圣母》│ 狄埃瑞克·布茨

174

事也不难，她立在我头上板上的时候，我只须用一点奇术，把我的头一寸一寸的伸长起来，钻过船板去就对了。"

想到了这里，我倒感着了一种滑稽的快感；但看看船外灰黑的夜阴，我觉得我的心境也同白日的光明一样，一点一点被黑暗腐蚀了。

我今后的黑暗的前程，也想起来了。我的先辈回国之后，受了故国社会的虐待，投海自尽的一段哀史，也想起来了。

"我在那无情的岛国上，受了十几年的苦，若回到故国之后，仍不得不受社会的虐待，教我如何是好呢！日本的少女轻侮我，欺骗我时，我还可以说'我是为人在客'，若故国的少女，也同日本妇人一样的欺辱我的时候，我更有什么话说呢！你看那Euroasian[1]不是已在那里轻侮我了么？她不是已经不承认我的存在了么？唉，唉，唉，唉，我错了，我错了。我是不该回国来的。一样的被人虐待，与其受故国同胞的欺辱，倒还不如受他国人的欺辱更好自家宽慰些。"

我走近船舷，向后面我所别来的国土一看，只见得一条黑线，隐隐的浮在东方的苍茫夜色里。我心里只叫着说：

"日本呀日本，我去了。我死了也不再回到你这里来了。但是，但是我受了故国社会的压迫，不得不自杀的时候，最后浮上我的脑子里来的，怕就是你这岛国哩！Avé Japon！[2]我的前途正黑暗得很呀！"

一九二二，七月二十六日，上海

1　欧亚混血儿。
2　再见，日本。

零余者[1]

> "Arm am Beutel, krank am Herzen,
>
> Schleppt ich meine langen Tage.
>
> Armut ist die groesste Plage,
>
> Reichtum ist das hoechste Gut.[2]"

不晓在什么时候什么地方看见过的这几句诗，轻轻的在口头念着，我两脚合了微吟的拍子，又慢慢的在一条城外的大道上走了。

> 袋里无钱，心头多恨。
>
> 这样无聊的日子，教我捱到何时始尽。
>
> 啊啊，贫苦是最大的灾星，
>
> 富裕是最上的幸运。

诗的意思，大约不外乎此，实际上人生的一切，我想也尽于此了。"不过令人愁闷的贫苦，何以与我这样的有缘？使人生快乐的富裕，何以总与我绝对的不来接近？"我眼睛呆呆的注视着

---

1 原载于一九二四年六月五日《太平洋》第四卷第七号，发表时题为《零余者的自觉》。

2 引自歌德的《掘宝者》，下文是其翻译。

前面空处，两脚一步一步踏上前去，一面口中虽在微吟，一面了无意中又在作这些牢骚的想头。

是日斜的午后，残冬的日影，大约不久也将收敛光辉了，城外一带的空气，仿佛要凝结拢来的样子。视野中散在那里的灰色的城墙，冰冻的河道，沙土的空地荒田，和几丛枯曲的疏树，都披了淡薄的斜阳，在那里伴人的孤独。一直前面大约在半里多路前的几个行人，因为他们和我中间距离太远了，在我脑里竟不发生什么影响。我觉得他们的几个肉体，和散在道旁的几家泥屋及左面远立着的教会堂，都是一类的东西，散漫零乱，中间没有半点联络，也没有半点生气，当然更没有一些儿的情感了。

"唉嘿，我也不知在这里干什么？"

微吟倦了，我不知不觉便轻轻的长叹了一声。慢慢的走去，脑里的思想，只往昏黑的方面进行；我的头愈俯愈下了。

实在我的衰退之期，来得太早了。……像这样一个人在郊外独步的时候，若我的身子忽而能同一堆春雪遇着热汤似的消化得干干净净，岂不很好么？……回想起来，又觉得我过去二十余年的生涯是很长的样子，……我什么事情没有做过？……儿子也生了，女人也有了，书也念了，考也考过好几次了，哭也哭过，笑也笑过，嫖赌吃着，心里发怒，受人欺辱，种种事情，种种行为，我都经验过了，我还有什么事情没有做过？……等一等，让我再想一想看，究竟有没有什么没有经验过的事情了……自家死还没有死过；啊，还有还有，我高声骂人的事情还不曾有过，譬如气得不得了的时候，放大了喉咙，把敌人大骂一场的事情。就是复仇复了的时候的快感，我还没有感得过……啊啊！还有还有，监牢还不曾坐过，……唉，但是假使这些事情，都被我经验

过了，也有什么？结果还不是一个空么？……嘿嘿，嗯嗯。到了
这里，我的思想的连续又断了。

> 袋里无钱，心头多恨。
> 这样无聊的日子，教我捱到何时始尽。
> 啊啊，贫苦是最大的灾星，
> 富裕是最上的幸运。

微微的重新念着前诗，我抬起头来一看，觉得太阳好像往西
边又落了一段，倒在右手路上的自己的影子，更长起来了。从后
面来的几乘人力车，也慢慢的赶过了我。一边让他们的路，一边
我听取了坐车的人和车夫在那里谈话的几句断片。他们的话题，
好像是关于女人的事情。啊啊，可羡的你们这几个虚无主义者，
你们大约是上前边黄土坑去买快乐去的吧，我见了你们，倒恨起
我自家没有以前的生趣来了。

一边想一边往西北的走去，不知不觉已走到了京绥铁路的
路线上。从此偏东北的再进几步，经过了白房子的地狱，便可顺
了通万牲园的大道进西直门去的，苍凉的暮色，从我的灰黄的周
围逼近拢来，那倾斜的赤日，也一步一步的低垂下去了。大好的
夕阳，留不多时，我自家以为在冥想里沉没得不久，而四边的急
景，却告诉我黄昏将至了。在这荒野里的物体的影子，渐渐的散
漫了起来。不知从何处吹来的微风，也有些急促的样子，带着一
种惨伤的寒意。后面踱踱踱踱的又来了一乘空的运货马车，一个
披着光面皮里子的车夫，默默的斜坐在前头车板上吃烟，我忽而
感觉得天寒岁暮，好像一个人飘泊在俄国的乡下。马车去远了，

如今西直门已不复存在，人们只能凭借旧照感受人世的沧桑了。

西直门旧影

白房子的门外，有几乘黑旧的人力车停在那里。车夫大约坐在踏脚板上休息，所以看不出他们的影子来。我避过了白房子的地狱，从一块高墈上的地里，打算走上通西直门的大道上去。从这高处向四边一望，见了凋丧零乱排列在灰色幕上的野景，更使我感得了一种日暮的悲哀。

唉唉，人生实在不知究竟是什么一回事？歌歌哭哭，死死生生，世界社会，兄弟朋友，妻子父母，还有恋爱，啊呀，恋爱，恋爱，恋爱，……还有金钱，……啊啊……

Armut ist die groesste Plage,

Reichtum ist das hoechste Gut.

好诗好诗！

The curfew tolls the knell of parting day,

The lowing herd winds slowly o'er the lea,

The ploughman homeward plods his weary way,

And leaves the world to darkness and to me.[1]

好诗好诗！

And leaves the world to darkness and to me.

1　引自格雷的《墓畔哀歌》。

我的错杂的思想，又这样的弥散开来了。天空高处，寒风呜呜的响了几下，我俯倒了头，尽往东北的走去，天就快黑了。

远远的城外河边，有几点灯火，看得出来，大约紫蓝的天空里，也有几点疏星放起光来了吧？大道上断续的有几乘空马车来往，车轮的踱踱踱踱的声音，好像是空虚的人生的反响，在灰暗寂寞的空气中散了。我遵了大道，以几点灯火作了目标，将走近西直门的时候，模糊隐约的我的脑里，忽而起了一个个霹雳。到这时候止，常在脑里起伏的那些毫无系统的思想，都集中在一个中心点上，成了一个霹雳，显现了出来。

"我是一个真正的零余者！"

这就是霹雳的核心，另外的许多思想，不过是些附属在这霹雳上的枝节而已。这样的忽而发现了思想的中心点，以后我就用了科学的方法推了下去：

——我的确是一个零余者，所以对于社会人世是完全没有用的。a superfluous man[1]！a useless man！superfluous！superfluous……证据呢？这是很容易证明的……。

这时候，我的两只脚已经在西直门内的大街上运转。四边来往的人类，究竟比城外混杂得多。天也已经昏黑，道旁的几家破店和小摊，都点上灯了。

——第一……我且从远处说起吧……第一，我对于世界是完全没有用的。我这样生在这里，世界和世界上的人类，也不能受一点益处；反之，我死了，世界社会，也没有一些儿损害，这是千真万真的。……第二，且说中国吧！对于这样混乱的中国，

1　零余者的英文。

《倒悬已解》 | 选自一九一一年《盛京时报》

我竟不能制造一个炸弹，杀死一个坏人。中国生我养我，有什么
用处呢？……再缩小一点，嗳，再缩小一点，第三，第三且说家
庭吧！啊，对于我的家庭，我却是个少不得的人了。在外国念书
的时候，已故的祖母听见说我有病，就要哭得两眼红肿。就是半
男性的母亲，当我有一次醉死在朋友家里的时候，也急得大哭起
来。此外我的女人，我的小孩，当然是少我不得的！哈哈，还好
还好，我还是个有用之人。

　　想到了这里，我的思想上又起了一个冲突。前刻发现的那个
思想上的霹雳，几乎可以取消的样子，但迟疑了一会，我终究解
决不了这个问题的矛盾性。抬起头来一看，我才知道我的身体已
被我搬在一条比较热闹的长街上行动。街路两旁的灯火很多，来
往的车辆也不少，人声也很嘈杂，已经是真正的黄昏时候了。

　　——像这样的时候，若我的女人在北京，大约我总不会到市上
来飘荡的吧！在灯火底下，抱了自家的儿子，一边吻吻他的小嘴，
一边和来往厨下忙碌的她问答几句，踱来踱去，踱去踱来，多少快
乐啊！啊啊，我对于我的女人，还是一个有用之人哩！不错不错，
前一个疑问，还没有解决，我究竟还是一个有用之人么？

　　这时候，我意识里的一切周围的印象，又消失了。我还是伏
倒了头，慢慢的在解决我的疑问：

　　——家庭，家庭，……第三，家庭，……让我看，哦，啊，

我对于家庭还是一个完全无用之人！……丝毫没有功利主义的存心，完全沉溺于盲目之爱的我的祖母，已经死了。母亲呢？……啊啊，我读书学术，到了现在，还不能做出一点轰轰烈烈的事业来，就是这几块钱……。

我那时候两只手却插在大氅的袋内，想到了这里，两只手自然而然的向袋里散放着的几张钞票捏了一捏。

——啊啊，就是这几块钱，还是昨天从母亲那里寄出来的，我对于母亲有什么用处呢？我对于家庭有什么用处呢？我的女人，我不去娶她，总有人会去娶她的；我的小孩，我不生他，也有人会生他的，我完全是一个无用之人呀，我依旧是一个无用之人呀！

急转直下的想到了这里，我的胸前忽觉得有一块铁板压着似的难过得很。我想放大了喉咙，啊的大叫它一声，但是把嘴张了好几次，喉头终放不出音来。没有方法，我只能放大了脚步，向前同跑也似的急进了几步。这样的不知走了几分钟，我看见一乘人力车跑上前来兜我的买卖。我不问皂白，跨上了车就坐定了。车夫问我上什么地方去，我用手向前指指，喉咙只是和被热铁封锁住的一样，一句话也讲不出来。人力车向前面跑去，我只见许多灯火人类，和许多不能类列的物体，在我的两旁旋转。

"前进！前进！像这样的前进吧！不要休止，不要停下来！"

我心里一边在这样的希望，一边却在恨车夫跑得太慢。

十三年正月十五日

北国的微音[1]

　　北国的寒宵，实在是沉闷得很，尤其是像我这样的不眠症者，更觉得春夜之长。似水的流年，过去真快，自从海船上别后，匆匆又换了年头。以岁月计算，虽则不过隔了五个足月，然而回想起来，我同你们在上海的历史，好像是隔世的生涯，去今已有几百年的样子。河畔冰开，江南草长，虫鱼鸟兽，各有阳春发动之心，而自称为动物中之灵长，自信为人类中的有思想者的我，依旧是奄奄待毙，没有方法消度今天，更没有雄心欢迎来日。几日前头，有一位日本的新闻记者，来访我的贫居。他问我："为什么要消沉到这个地步？"我问他："你何以不消沉，要从东城跑许多路特来访我？"他说："是为了职务。"我又问他："你的职务，是对谁的？"他说："我的职务，是对国家，对社会的。"我说："那么你就应该知道我的消沉也是对国家，对社会的。现在世上的国家是什么？社会是什么？尤其是我们中国？"他的来访的目的，本来是为问我对于日本对华文化事业的意见如何，中国将来的教育方针如何的——他之所以来访者，一则因为我在某校里教书，二则因为我在日本住过十多年，或者对于某种事项，略有心得的缘故——后来听了我这一段诡辩，他也把职务丢开，谈了许多无关紧要的闲话走

1　原载于一九二四年三月二十八日《创造周刊》第四十六号。

了。他走之后，我一个人衔了纸烟想想，觉得人类社会的许多事情，毕竟是庸人自扰。什么国富兵强，什么和平共乐，都是一班野兽，于饱食之余，在暖梦里织出来的回文锦字。像我这样的生性，在我这样的境遇下的闲人，更有什么可想，什么可做呢？写到这里我又想起T君批评我的话来了，他说"某书的作者，嘲世骂俗，却落得一个牢骚派的美名"。实在我想T君的话，一点儿也不错。人若把我们的那些浅薄无聊的"徒然草"合在一处，加上一个牢骚派的名目，思欲抹杀而厌鄙之，倒反便宜了我们。因为我们的那些东西，本来是同身上的积垢，口中的吐气一样，不期然而然的发生表现出来的，哪里配称作牢骚，更哪里配称作派呢？我读到《歧路》，沫若，觉得你对于自家的艺术的虚视——这虚视两字，我也不知道妥当不妥当，或者用怀疑两字比较得的切吧——也和我一样。不错不错，我这封信，是从友人宴会席上回来，读了《歧路》之后，拿起笔来写的。我写这一封信的动机，原是想和你们谈谈我对于《歧路》的感想的呀！

沫若！我觉得人生一切都是虚幻，真真实在的，只有你说的"凄切的孤单"，倒是我们人类从生到死味觉得到的唯一的一道实味。就是京沪报章上，为了金钱或者想建筑自家的名誉的缘故，在那里含了敌意，做文章攻击你的人，我仔细替他们一想，觉得他们也在感着这凄切的孤独。唯其感到孤独，所以他们只好做些文章来卖一点金钱，或者竟牺牲了你来博一点小小的名誉，毕竟他们还是人，还是我们的同类，这"孤单"的感觉，终究是逃不了的，所以他们的文章里最含恶意，攻击你最甚的处所，便是他们的孤独感表现得最切的地方。名利的争夺，欲牺牲他人而建立自己的恶心——简单点说，就说生存竞争吧——依我看来，颐和园十七孔桥是一座大理石桥梁，位于昆明湖上。十七个桥拱倒影于水，形成十七个变幻的椭圆，别有一番情趣。

Peking. Summer Palace — Marble bridge

颐和园十七孔桥

都是由这"孤单"的感觉催发出来的。人生的实际，既不外乎这"孤单"的感觉，那么表现人生的艺术，当然也不外乎此，因此我近来对于艺术的意见和评价，都和从前不同了。我觉得艺术并没有十分可以推崇的地方，她和人生的一切，也没有什么特异有区别的地方。努力于艺术，献身于艺术，也不须有特别的表现。牢牢捉住了这"孤单"的感觉，细细地玩味，由他写成诗歌小说也好，制成音乐美术品也好，或者竟不写在纸上，不画在布上壁上，不雕在白石上，不奏在乐器上，什么也不表现出来，只教他能够细细的玩味这"孤单"的感觉，便是绝好的"创造"。

仿吾！这一段无聊的废话，你看对不对？我在写这封信之先，刚从一位朋友处的宴会回来，席上遇见了许多在日本和你同科的自然科学家。他们都已经成了富者，现在是资本家了。我夹在这些衣狐裘者的老同学中间，当然觉得十分的孤独，然而看看他们挟了皮箧，奔走不宁的行动，好像他们也有些在觉得人生的孤寂的样子。我前边不是说过了么？唯其感到孤寂，所以要席不遑暖的去追求名利。然而究竟我不是他们，所以我这主观的推测，也许是错了的。

我现在因为抱有这一种感想，所以什么东西也写不下来，什么东西也不愿意拿来阅读。有时候要想玩味这"凄切的孤单"，在日斜的午后，老跑出城外去独步。这里城外多是黄沙的田野，有几处也有清溪断壁，绝似日本郊外未开辟之先的代代木新宿等处。不过这里一堆一堆的黄土小冢，和有钱的人家的白杨松树的坟茔很多，感视少微与日本不同一点。今晚在宴会的席上，在许多鸿儒谈笑的中间，我胸中的感觉，同在这样的白杨衰草的坟地里漫步时一样。不过有一点我觉得比从前进步了；从前我和境遇比我美满的朋友——实际上除你们几个人之外，哪一个境遇比我不美满？——相处，老要起一种感伤，有时竟会滴下泪来。现在非但眼泪不会滴下来，并且也能如他们一样的举起箸来取菜，提起杯来喝酒。不过从前的那一种喜欢谈话的冲动，现在没有了。他们入座，我也就坐，他们吃菜，我也吃菜。劝我喝酒，我就喝，干杯就干杯。席散了，我就回来。雇车雇不着，就慢慢的在黄昏的街道上走。同席者的汽车马车，从我身边过去的时候，他们从车中和我点头，我也回点一头。他们不点头，我也让他们的车子过去，横竖是在后头跟走几步，他们的车子就可以老远的上我前头去的。所以无避入叉路上去的必要。还有一点和从前不同的地方，就是我默默的坐在那里，他们来要求我猜拳的时候，我总笑笑，摇摇头，举起杯来喝一杯酒，教他们去要求坐在我下面的一个人猜。近来喝酒也喝不大醉，醉了也不过默默的走回家来坐坐，吸吸烟，倒点茶喝喝。

今晚的宴会，散得很早，我回家来吸吸烟喝喝茶，觉得还睡不着，所以又拿出了周报的《歧路》来看。沫若！大卫生的诗，实在是做得不坏，不过你的几行诗，我也很喜欢念。你的小孩的那个两脚没有的洋囝，我说还是包包好，寄到日本去吧！回头他们去买一个新的时候，怕又要破费几角钱哩。

昨天一个朋友来说他读到《歧路》，真的眼泪出了。我劝他小心些，这句话不要说出来教人家听见，恐怕有人要说他的眼泪不值钱。他说近来他也感染了一种感伤病，不晓得怎么的，感情好像回返小孩子时代去了。说到这里，他忽而眼圈又红了起来，叫了我一声："达夫！我……我可惜没有钱……"我也对他呆看了半晌，后来他一句话也不说，立起身来就走，我也默默的送他出门去了。（这样的朋友，上我这里来的很多。他们近来知道了我的脾气，来的时候，艺术也不谈了，我的几篇无聊的作品和周报季刊的事情也不提起了。有几次我们真有主客两人相对，默默而过半点钟的时候。像这样的pause¹的中间，我觉得我的精神上最感得满足。因为有客人在前头，我一时可以不被那一种独坐时常想出来的无聊的空虚思想所侵蚀，而一边这来客又不在言语，我的听取对话和预备回答的那些麻烦注意可以省去。）不过，沫若！我说你那一篇《歧路》写得很可惜，你若不写出来，你至少可以在那一种浓厚的孤独感里浸润好几天。现在写出了之后，我怕你的那一种"凄切的孤单"之感，要减少了吧？

仿吾！我说你还是保守着独身主义，不要想结婚的好！恐怕你若结了婚，一时要失掉你的这孤独之感。而这孤独之感，依我说来，便是艺术的酵素，或者竟可以说是艺术的本身。所以你若结了婚，怕一时要与艺术违离。讲到这里我怕你要反问我"那么你们呢？你和沫若呢？"是的，我和沫若是一时与艺术离异过的，不过现在我们已经恢复了原来的孤独罢了……

嗳！嗳！不知不觉，已经写到午前三点钟了。

仿吾！沫若！要想写的话，是写不完的，我迟早还是弄几个车钱到上海来一次吧！大约我在北京打算只住到六月，暑假以后，我怎么也要设法回浙江去实行我的乡居的宿愿。若在最近的时期中弄不到车钱，不能够到上海来，那么我们等六月里再见吧！

一九二四年三月七日午前三时

1　停顿。

一个人在途上

在东车站的长廊下和女人分开以后，自家又剩了孤零丁的一个。频年飘泊惯的两口儿，这一回的离散，倒也算不得甚么特别，可是端午节那天，龙儿刚死，到这时候北京城里难已起了秋风，但是计算起来，去儿子的死期，究竟还只有一百来天。在车座里，稍稍把意识灰复转来的时候，自家就想起了卢骚晚年的作品；《孤独散步者的梦想》的头上的几句话。

"自家除了己身以外，已经没有弟兄，没有邻人，没有朋友，没有社会了，自家在这世上，像这样的，已经成了一个孤独者了。……"

然而当年的卢骚还有弃养在孤儿院内的五个儿子，而我自己哩，连一个抚育到五岁的儿子还抓不住！

离家的远别，本来也只为想养活妻儿。去年在某大学的被逐，是万料不到的事情。其后兵乱迭起，交通阻绝，当寒冬的十月，会病倒在沪上，也是谁也料想不到的。今年二月，好容易到得南方，静息了一年之半，谁知这刚养得出趣的龙儿，又会遭此凶疾呢？

龙儿的病报，本是广州得着，匆促北航，到了上海，接连接了几个北京来的电报，换船到天津，已经是旧历的五月初十。到家之夜，一见了门上的白纸条儿，心里已经是跳得忙乱，从苍茫

天津白河码头

这是二十世纪三十年代天津的白河码头，由此经南运河可通济南，经北运河可达北平。

的暮色里赶到哥哥家中，见了衰病的她，因为在大众之前，勉强将感情压住，草草吃了夜饭，上床就寝，把电灯一灭，两人只有紧抱的痛哭，痛哭，痛哭，只是痛哭，气也换不过来，更哪里有说一句话的余裕？

受苦的时间，的确脱煞过去的太悠徐，今年的夏季，只是悲叹的连续。晚上上床，两口儿，那敢提一句话？可怜这两个迷散的灵心，在电灯灭黑的黝暗里，所摸走的荒路，每会凑集在一条线上，这路的交叉点里，只有一块小小的墓碑，墓碑上只有"龙儿之墓"的四个红字。

妻儿因为在浙江老家内，不能和母亲同住，不得已而搬往北京当时我在寄食的哥哥家去，是去年的四月中旬，那时候龙儿正长得肥满可爱，一举一动，处处教人欢喜。到了五月初，从某地回京，觉得哥哥家太狭小，就在什刹海的北岸，租定了一间渺小的住宅。夫妻两个，日日和龙儿伴乐，闲时也常在北海的荷花深处，及门前的杨柳中带龙儿去走走。这一年的暑假，总算过得快乐，最闲适。

秋风吹叶落的时候，别了龙儿和女人，再上某地大学去为朋友帮忙，当时他们俩还往西车站去送我来哩！这是去年秋晚的事情，想起来还同昨日的情形一样。

过了一月，某地的学校里发生事情，又回京了一次，在什刹海小住了两星期，本来打算不再出京了，然碍于朋友的面子，又不得不于一天寒风刺骨的黄昏，上西车站去乘车。这时候因为怕龙儿要哭，自己和女人，吃过晚饭，便只说要往哥哥家里去，只许他送我们到门口。记得那一天晚上他一个人和老妈子立在门口，等我们俩去了好远，还"爸爸！爸爸！"的叫了几声。啊啊，这几声的呼唤，是我在这世上听到的他叫我的最后的声音。

出京之后，到某地住了一宵，就匆促往上海。接续便染了病，遇了强盗辈的争夺政权，其后赴南方暂住，一直到今年的五月，才返北京。

想起来，龙儿实在是一个填债的儿子，是当乱离困厄的这几年中间，特来安慰我和他娘的愁闷的使者！

自从他在安庆生落地以来，我自己没有一天脱离过苦闷，没有一处安住到五个月以上。我的女人，也和我分担当着十字架的重负，只是东西南北的奔波飘泊。然当日夜难安，悲苦得不了的时候，只教他的笑脸一开，女人和我，就可以把一切穷愁，丢在脑后。而今年五月初十待我赶到北京的时候，他的尸体，早已在妙光阁的广谊园地下躺着了。

他的病，说是脑膜炎。自从得病之日起，一直到旧历端午节的午时绝命的时候止，中间经过有一个多月的光景。平时被我们宠坏了的他，听说此番病里，却乖顺得非常。叫他吃药，他就大口的吃，叫他用冰枕，他就很柔顺的躺上。病后还能说话的时候，只问他的娘，"爸爸几时回来？""爸爸在上海为我定做的小皮鞋，已经做好了没有？"我的女人，于惑乱之余，每幽幽的问他："龙！你晓得你这一场病，会不会死的？"他老是很不愿意的回答说："那儿会死的哩？"据女人含泪的告诉我说，他的谈吐，绝不似一个五岁的小儿。

未病之前一个月的时候，有一天午后他在门口玩耍，看见西面来了一乘马车，马车里坐着一个戴灰白帽子的青年。他远远看见，就急忙丢下了伴侣，跑进屋里叫他娘出来，说"爸爸回来了，爸爸回来了！"因为我去年离京时所带的，是一样的一顶白灰呢帽。他娘跟他出来到门前，马车已经过去了他就死劲的拉住了他娘，哭喊着说："爸爸怎么不家来吓？爸爸怎么不家来吓？"他娘说慰了半天，他还尽是哭着，这也是他娘含泪和我说的。现在回想起来，自己实在不该抛弃了他们，一个人在外面流荡，致使那小小的灵心，常有望远思亲之痛。

去年六月，搬往什刹海之后，有一次我们在堤上散步，因为他看见了人家的汽车，硬是哭着要坐，被我痛打了一顿。又有一次，他是因为要穿洋服，受了我的毒打。这实在只能怪我做父亲的没有能力，不能做洋服给他穿，雇汽车给他坐。早知他要这样的早死，我就是典当强劫，也应该去弄一点钱来，满足他无邪的欲望。到现在追想起来，实在觉得对他不起，实在是我太无容人之量了。

我女人说，濒死的前五天，在病院里，他连叫了几夜的爸爸。她问他"叫爸爸干什么？"他又不响了，停一会儿，就又再叫起来，到了旧历五月初三日，他已入了昏迷状态，医师替他抽骨髓，他只会直叫一声"干吗？"喉头的气管，咯咯在抽咽，眼睛只往上吊送，口头流些白沫，然而一口气总不肯断。他娘哭叫几声"龙！龙！"他的眼角上，就迸流下眼泪出来，后来他娘看他苦得难过，倒对他说：

"龙，你若是没有命的，就好好的去吧！你是不是想等爸爸回来，就是你爸爸回来，也不过是这样的替你医治罢了。龙！你有什么不了的心愿呢？龙！与其这样的抽咽受苦，你还不如快快的去吧！"

他听了这一段话，眼角上眼泪，更是涌流得厉害。到了旧历端午节的午时，他竟等不着我的回来，终于断气了。

丧葬之后，女人搬往哥哥家里，暂住了几天。我于五月十日晚上，下车赶到什刹海的寓宅，打门打了半天，没有应声。后来抬头一看，才见了一张告示邮差送信的白纸条。

自从龙儿生病以后，连日连夜看护久已倦了的她，又哪里经得起最后的这一个打击？自己当到京之夜，见了她的衰容，见了她的眼泪，又哪里能够不痛哭呢！

在哥哥家里小住了两三天，我因为想追求龙儿生前的遗迹，一定要女人和我仍复搬回什刹海的住宅去住它一两个月。

搬回去那天，一进上屋的门，就见了一张被他玩破的今年正月里的花灯。听说这张花灯，是南城大姨妈送他的，因为他自家烧破了一个窟窿，他还哭过好几次来的。

其次，便是上房里砖上的几堆烧纸钱的痕迹！当他下殓时烧的。

院子有一架葡萄，两颗枣树，去年采取葡萄枣子的时候，他站在树下，兜起了大褂，仰头在看树上的我。我摘取一颗，丢入了他的大褂斗里，他的哄笑声，要继续到三五分钟，今年这两颗枣树结满了青青的枣子，风起的半夜里，老有熟极的枣子辞枝自落，女人和我，睡在床上，有时候且哭且谈，总要到更深人静，方能入睡。在这样的幽幽的谈话中间，最怕听的，就是这滴答的坠枣之声。

到京的第二日，和女人去看他的坟墓。先在一家南纸铺里买了许多冥府的钞票，预备去烧送给他。直到到了妙光阁的广谊园茔地门前，她方从呜咽里清醒过来，说："这是钞票，他一个小孩如何用得呢？"就又回车转来，到琉璃厂去买些有孔的纸钱。他在坟前哭了一阵，把纸钱钞烧化的时候，却叫着说：

"龙！这一堆是钞票，你收在那里，待长大了的时候再用。

要买什么，你先拿这一堆钱去用吧。"

这一天在他的坟上坐着，我们直到午后七点，太阳平西的时候，才回家来。临走的时候，他娘还哭叫着说：

"龙！龙！你一个人在这里不怕冷静的么？龙！龙！人家若来欺你，你晚上来告诉娘罢！你怎么不想回来了呢？你怎么梦也不来托一个呢？"

箱子里，还有许多散放着的他的小衣服。今年北京的天气，到七月中旬，已经是很冷了。当微凉的早晚，我们俩都想换上几件夹衣，然而因为怕见他旧时的夹衣袍裤，我们俩却尽是一天一天的捱着，谁也不说出口来，说"要换上件夹衫。"

有一次和女人在那里睡午觉，她骤然从床上坐了起来，鞋也不拖，光着袜子，跑上了上房起坐室里，并且更掀帘跑上外面院子里去。我也莫名其妙跟着她跑到外面的时候，只见她在那里四面找寻什么。找寻不着，呆立了一会，她忽然放声哭了起来，并且抱住了我急急的追问说："你听不听见？你听不听见？"哭完之后，她才告诉我说，在半醒半睡的中间，她听见"娘！娘！"的叫了几声，的确是龙的声音，他很坚硬的说："的确是龙回来了。"

北京的朋友亲戚，为安慰我们起见，今年夏天常请我们俩去吃饭听戏，她老不愿意和我同去，因为去年的六月，我们无论上那里去玩，龙儿是常和我们在一处的。

今年的一个暑假，就是这样的，在悲叹和幻梦的中间消逝了。

这一回南方来催我就道的信，过于匆促，出发之前，我觉得还有一件大事情没有做了。

中秋节前新搬了家，为修理房屋，部署杂事，就忙了一个星期，又因了种种琐事，不能抽出空来，再上龙儿的墓地去探望一

紫禁城的角楼

回。女人上东车站来送我上车的时候，我心里尽是酸一阵痛一阵的在回念这一件恨事。有好几次想和她说出来，教她于两三日后再往妙光阁去探望一趟，但见了她的憔悴尽的颜色，和苦忍住的凄楚，又终于一句话也没有讲成。

现在去北京远了，去龙儿更远了，自家只一个人，只是孤零丁的一个人。在这里继续此生中大约是完不了的飘泊。

一九二六年 十月五日在上海旅馆内

马蜂的毒刺

这几年来，自己因为不能应时豹变，顺合潮流的结果，所以弄得失去了职业，失去了朋友亲人，失去了一切的一切，只剩了孤零丁的一个，落在时代的后面浮沉着。人家要我没落，但肉体却仍旧在维持着它的旧日的作用，不肯好好儿的消亡下去。人家劝我自杀，但穷得连买一点药买一支手枪的余裕都没有，而堕落颓废的我的意志也连竖直耳朵，听一听人家的劝告的毅力都决拿不起来。在这无可奈何的楚歌声里，自然而然，我便成了一个与猪狗一样的一点儿自决心责任心也没有的行尸走肉了，对这一个行尸，人家还在说是什么"运命论者"。

运命论者也好，颓废堕落也没有法子。可是像猪一样的这一块走肉中间，有时候还不能完全把知觉感情等稍为高尚一点的感觉杀死，于是突然之间，就同癫痫病者的发作一样，会有一种很深沉很悲痛的孤寂之感袭上身来。

有一天，也是在这一种发作之后，我忽而想起了一位不相识的青年写给我的几封信。这一位好奇的青年，大约也同我一样的在感到孤独吧，他写来的几封满贮着热情的信上，说无论如何总想看一看我这一块走肉。想起了他，那一天早晨，我就借得了几个零用钱，飘然坐上了车，走到了上海最热闹的一区地方去拜访了一次。

　　两人见到了面，不消说是各有一种欢喜之情感到的。我也一时破了长久沉默的戒，滔滔谈了许多前后不接的闲天，他也全身抖擞了起来，似乎是喜欢得不得了的样子。谈了一会，我觉得饿了，就和他一同出来去吃了一点点心，吃饱了之后又同他走了一圈，谈了半天。

　　他怎么也不肯和我别去，一定要邀我回到他的旅馆去和他同吃午饭。但可怜的我那时候心里头又起了别的作用了，一时就想去看一回好久没有见到而相约已经有好几次的一位书店里的熟人。我就告诉他说，吃饭是不能同他在一道吃的。他问为什么？我说因为今天是有人约我吃饭的。他问在什么地方？我说在某处某地的书店楼上。他问几点钟？我说正午十二点。因此他就很悲哀地和我在马路上分开了手，我回头来看了几眼，看见他老远的还立在那里目送我的行。

　　和他分开之后去会到了那位书店的熟人，不幸吃饭的地点临时改变了。我们吃完饭后，坐到了两点多钟才走下楼来。正走到了一处宽广的野道上的时候，我看见前面路上向着我们，太阳光下有一位横行阔步，好像是兴奋得很的青年在走。走近来一看却正是午前我去访他和他在马路上别去的那位纯直的少年朋友。

　　他立在我的面前，面色涨得通红，眉毛竖了起来，眼睛里同喷火山似的放出了两道异样的光，全身和两颧骨似乎在格格地发抖，盯视住了我的颜面，半晌说不出话来。两只手是捏紧了拳头垂在肩下的。我也同做了一次窃贼，被抓着了赃证者一样，一时急得什么话也想不出来。两人对头呆立了一阵，终究还是我先破口说："你上什么地方去？"

他又默默地毒视了我一阵，才大声的喝着说："你为什么要骗我？你为什么要撒谎？"我看了他那双冒火的眼光，觉得知觉也没有了，神志也昏乱了，不晓回答了他几句什么样的支吾言语，就匆匆逃开了他的面前。但同时在我的脑门的正中，仿佛是感到了一种隐隐的痛楚。仿佛是被一只马蜂放了一针毒刺似的。我觉得这正是一只马蜂的毒刺，因为我在这一次偶尔的失言之中，所感到的苦痛不过是暂时的罢了，而在他的洁白的灵魂之上，怕不得不印上一个极深刻的永久消不去的毒印。听说马蜂尾上的毒刺是只有一次好用的，这是它最后的一件自卫武器，这一次的他岂不也同马蜂一样，受了我的永久的害毒了么？我现在当一个人感到孤独的时候，每要想起这一件事情来，所以近来弄得连无论什么人的信札都不敢开读，无论什么人的地方都不敢去走动了。这一针小小的毒刺，大约是可以把我的孤独钉住，使它随伴我到我的坟墓里去的，细细玩味起来，倒也能够感到一点痛定之后的宽怀情绪，可是那只马蜂，那只已经被我解除了武装的马蜂，却太可怜了，我在此地还只想诚恳地乞求它的饶恕。

一九二九年四月作

故都的秋

秋天，无论在什么地方的秋天，总是好的；可是啊，北国的秋，却特别地来得清，来得静，来得悲凉。我的不远千里，要从杭州赶上青岛，更要从青岛赶上北平来的理由，也不过想饱尝一尝这"秋"，这故都的秋味。

江南，秋当然也是有的；但草木凋得慢，空气来得润，天的颜色显得淡，并且又时常多雨而少风；一个人夹在苏州上海杭州，或厦门香港广州的市民中间，浑浑沌沌地过去，只能感到一点点清凉，秋的味，秋的色，秋的意境与姿态，总看不饱，尝不透，赏玩不到十足。秋并不是名花，也并不是美酒，那一种半开半醉的状态，在领略秋的过程上，是不合适的。

不逢北国之秋，已将近十余年了。在南方每年到了秋天，总要想起陶然亭的芦花，钓鱼台的柳影，西山的虫唱，玉泉的夜月，潭柘寺的钟声。在北平即使不出门去吧，就是在皇城人海之中，租人家一椽破屋来住着，早晨起来，泡一碗浓茶、向院子一坐，你也能看得到很高很高的碧绿的天色，听得到青天下驯鸽的飞声。从槐树叶底，朝东细数着一丝一丝漏下来的日光，或在破壁腰中，静对着像喇叭似的牵牛花（朝荣）的蓝朵，自然而然地也能够感觉到十分的秋意。说到了牵牛花，我以为以蓝色或白色者为佳，紫黑色次之，淡红色最下。最好，还要在牵牛花底，教长着几根疏疏落落的尖细且长的秋草，使作陪衬。

北国的槐树，也是一种能使人联想起秋来的点缀。像花而又不是花的那一种落蕊，早晨起来，会铺得满地。脚踏上去，声音也没有，气味也没有，只能感出一点点极微细极柔软的触觉。扫街的在树影下一阵扫后，灰土上留下来的一条条扫帚的丝纹，看起来既觉得细腻，又觉得清闲，潜意识下并且还觉得有点儿落寞，古人所说的梧桐一叶而天下知秋的遥想，大约也就在这些深沈的地方。

秋蝉的衰弱的残声，更是北国的特产；因为北平处处全长着树，屋子又低，所以无论在什么地方，都听得见它们的啼唱。在南方是非要上郊外或山上去才听得到的。这秋蝉的嘶叫，在北平可和蟋蟀耗子一样，简直像是家家户户都养在家里的家虫。

还有秋雨哩，北方的秋雨，也似乎比南方的下得奇，下得有味，下得更像样。

在灰沈沈的天底下，忽而来一阵凉风，便息列索落地下起雨来了。一层雨过，云渐渐地卷向了西去，天又青了，太阳又露出脸来了；着着很厚的青布单衣或夹袄的都市闲人，咬着烟管，在雨后的斜桥影里，上桥头树底下去一立，遇见熟人，便会用了缓慢悠闲的声调，微叹着互答着的说：

颐和园昆明湖上的石舫，总长三十六米，用巨大的白石雕砌而成，两层的舱楼为木结构，雕饰得富丽堂皇。图为清末出品的老明信片。

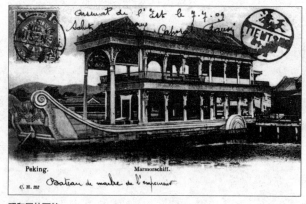

颐和园的石舫

"唉，天可真凉了——"（这了字念得很高，拖得很长。）

"可不是么？一层秋雨一层凉啦！"

北方人念阵字，总老像是层字，平平仄仄起来，这念错的歧韵，倒来得正好。

北方的果树，到秋来，也是一种奇景。第一是枣子树；屋角，墙头，茅房边上，灶房门口，它都会一株株地长大起来。像橄榄又像鸽蛋似的这枣子颗儿，在小椭圆形的细叶中间，显出淡绿微黄的颜色的时候，正是秋的全盛时期；等枣树叶落，枣子红完，西北风就要起来了，北方便是尘沙灰土的世界，只有这枣子、柿子、葡萄，成熟到八九分的七八月之交，是北国的清秋的佳日，是一年之中最好也没有的Golden Days。[1]

有些批评家说，中国的文人学士，尤其是诗人，都带着很浓厚的颓废色彩，所以中国的诗文里，颂赞秋的文字特别的多。但外国的诗人，又何尝不然？我虽则外国诗文念得不多，也不想开出账来，做一篇秋的诗歌散文抄，但你若去一翻英德法意等诗人的集子，或各国的诗文的Anthology[2]来，总能够看到许多关于秋的歌颂与悲啼。各著名的大诗人的长篇田园诗或四季诗里，也总以关于秋的部分，写得最出色而最有味。足见有感觉的动物，有情趣的人类，对于秋，总是一样的能特别引起深沈，幽远，严厉，萧索的感触来的。不单是诗人，就是被关闭在牢狱里的囚犯，到了秋天，我想也一定会感到一种不能自己的深情；秋之于人，何尝有国别，更何尝有人种阶级的区别呢？不过在中国，文字里有一个"秋士"的成语，读本里又有着很普遍的欧阳子的《秋声》

---

1 黄金时期。

2 文选，诗选。

与苏东坡的《赤壁赋》等，就觉得中国的文人，与秋的关系特别深了。可是这秋的深味，尤其是中国的秋的深味，非要在北方，才感受得到底。

南国之秋，当然是也有它的特异的地方的，譬如廿四桥的明月，钱塘江的秋潮，普陀山的凉雾，荔枝湾的残荷等等，可是色彩不浓，回味不永。比起北国的秋来，正像是黄酒之与白干，稀饭之与馍馍，鲈鱼之与大蟹，黄犬之与骆驼。

秋天，这北国的秋天，若留得住的话，我愿把寿命的三分之二折去，换得一个三分之一的零头。

一九三四年八月，在北平

惜掌之歌

北国的人，欢迎春天，南国的人，至少也不怕春天，只有生长在中部中国的我们，觉得春天实在是一段无可奈何的受难时节；苏东坡说："欲断魂"？陆机说："节运同可悲，莫若春气甚"，而"王孙游兮不归，春草生兮萋萋"，当不只是楚国人的悲哀，因为"吴地月明人倚棹，江村笛好晚登楼"的吟者，也正在啼春怨别，晚上睡不着觉。

今年的春天，尤其狞猛得可怕，这一种热法，这一种Tempo[1]的快法，正像是大艳的毒妇，在张了血腥气的大口要吞人的样子。我已经有两三个星期，感到了精神的异状，心里只在暗暗地担忧，怕神经纤弱，受不了这浓春的压迫。果然前几天阮玲玉自杀了，西湖边上也发现了几次寻自尽的人；大抵疯症总是在春天发作的。

前几天遇见了友人沈尔乔氏，他告诉了我以济良所女择配的经过，告诉了我举行仪式的节目，送了我两张请帖，教我到了那天，一定去参观一下，或者还可以发表一点意见。这原是与节季无关，与我的神经也无大碍的事情。可是到了集团结婚式举行的昨日，天气又是那么的热，太阳又是那么的猛。早晨起来，就有

1　节奏、拍子。

点预感，觉得今天可有点不对，写东西是写不成了。出去也未见得一定可以得到一天的快乐，因为空气沉浊，晴光里似乎含有着雷电的威胁的样子。

十点半钟，别厂戏院，人实在挤得太多；先坐在楼上，可真了不得，哪里来的这么些个人头，这么些个人的眼睛！你试想想，一层一层堆在那里的，尽是些身体看不见的人头，而人头上又各张着了两只眼睛。我到了这些地方又常要犯一种抽象幻视的毛病的，原因大约是为了年轻的时候教书教得太多的缘故。坐落不久，向四周上下看了几转，这毛病果然发作了；我的近旁，我的脚下，非但不见了人的身体，并且也不见了人头，而悬挂在空中，一张一合在那里堆垒着的，尽是些没有身体也没有头只上下长着毛毛黑黝黝的眼睛。我发起抖来了，身上满身出了冷汗。霞是晓得我有这一种病症的，手招着我，就陪我到了楼底下前排还空着的座上。闭上了眼睛，正想把精神调整一下的时候，耳边又来了几声同野兽远远在怒号似的鸣声。张开眼睛来一看，只看见了一堆肉，向我说话。再仔细一看，又看见这一堆肉上，似乎有猴儿玩把戏时穿的一块棕色的洋呢罩在那里，肉的堆上仿佛更有两块小玻璃在放光。在这里，我的幻视的神经，只捞取了一堆肉，一件大小不配的棕色的洋装，和一个能发音的小小的空洞。

"请你走出去吧！这里不是你坐的，请走出去吧！这里不是你坐的！"

我又发起抖来了，脸色似乎也变了青绿。可是耳神经接受了几句成言语的声音以后，病魔倒是被逐走了，到此我才看出了一个圆脸肥胖穿着西装胸前挂有一块粉红绸的人，他大约是救济院的职员，今天是受了院长之命，来司纠察的。我先告诉他以人挤得太多，楼上的座位于我不宜的理由，后来更告诉他我是被院长请来参加这盛会的；他听了我这哀告，神气更加飞扬了，本来还带有几分劝告语气的词句，立时变成了强迫命令的腔调。脱离了恐怖病和幻视病，回复到常态以后的我，原也是个普通的人，反拨的感情，当然是有的。手掌是举起来了，举到了和腰骨成直角的地位了，就可以伸出去了，眼睛稍稍偏了一偏，我却看见了坐在我边上的霞。

"一样的是人，他也是有父母老婆的人，我若批他一掌，于我原是没有益处，而于他且将成为奇耻大辱。万一他老婆也在这里，使她见了她男人的受此奇辱，岂不要使她失去对丈夫的信仰？"

心里这样想着，我的神经，非但脱出了病态，并且更进入了一种平时不大逢着的镇静谐和的极境。我站了起来，柔婉地将手拍上了他的肩头，并且宽慰他说：

"朋友，我原谅你。我就离开此地，但以后请你也保持着这一种严格守法的精神。"

到了戏院外面，觉得空气虽则稍稍稀薄了一点，但闷人的春霭，仍旧是熏蒸得厉害。

饭前三杯酒一喝，昏昏沉沉有点想睡了，忽而又来了一位新丧老父的朋友，接着又是海外初回的诗人等的来访，大家围坐着谈了半日闲天，天气向晚转凉，头脑既清，而兴致又回复到了二十年前年少无愁的境地。傍晚出去吃酒，在盐桥边更遇见了那位邀我去参加胜会的沈氏，立谈了一下，向他道了贺，我们就上了酒店。

在酒店里，事情又发生了，原因是为了酒的不足，和酒保的狡猾。同去的叶氏，大约是有点醉意了吧，拔出拳头，就演了一出打店。

　　黄昏起了西北风，在沙石乱飞，微雨洒襟的暗路上走着回来，我用了钱大王欢宴父老时所唱的吴歌拍子，唱出了这么的一曲小调：

　　　　"我爱惜我侬的手掌，

　　　　我也顾全了他的面！

　　　　打人出气者谁氏？

　　　　叶公可是疯子？"

　　　　　　　　　　　　　　　三月十七日

住所的话

自以为青山到处可埋骨的飘泊惯的流入,一到了中年,也颇以没有一个归宿为可虑;近来常常有求田问舍之心,在看书倦了之后,或夜半醒来,第二次再睡不着的枕上。

尤其是春雨萧条的暮春,或风吹枯木的秋晚,看看天空,每会作赏雨茅屋及江南黄叶村舍的梦想;游子思乡,飞鸿倦旅,把人一年年弄得意气消沉的这时间的威力,实在是可怕,实在是可恨。

从前很喜欢旅行,并且特别喜欢向没有火车飞机轮船等近代交通利器的偏僻地方去旅行。一步一步的缓步着,向四面绝对不曾见过的山川风物回视着,一刻有一刻的变化,一步有一步的境界。到了地旷人稀的地方,你更可以高歌低唱,袒裼裸裎,把社会上的虚伪的礼节,谨严的态度,一齐洗去。人与自然,合而为一,大地高天,形成屋宇。蠛蠓蚁虱,不觉其微,五岳昆仑,也不见其大。偶或遇见些茅篷泥壁的人家,遇见些性情纯朴的农牧,听他们谈些极不相干的私事,更可以和他们一道的悲,一道的喜。半岁的鸡娘,新生一蛋,其乐也融融,与国王年老,诞生独子时的欢喜,并无什么分别。黄牛吃草,嚼断了麦穗数茎,今年的收获,怕要减去一勺,其悲也戚戚,与国破家亡的流离惨苦,相差也不十分远。

至于有山有水的地方呢,看看云容岩影的变化,听听大浪啮叽的音乐，应临流垂钓，或松下息阴。行旅者的乐趣，更加可以多得如放翁的入蜀道，刘阮的上天台。

这一种好游旅，喜飘泊的情性，近年来渐渐地减了；连有必要的事情，非得上北平上海去一次不可的时候，都一天天地拖延下去，只想不改常态，在家吃点精致的菜，喝点芳醇的酒，睡睡午觉，看看闲书，不愿意将行动和平时有所移易；总之是懒得动。

而每次喝酒，每次独坐的时候，只在想着计划着的，却是一间洁净的小住宅，和这住宅周围的点缀与铺陈。

若要住家，第一的先决问题，自然是乡村与城市的选译。以清静来说，当然是乡村生活比较得和我更为适合。可是把文明利器——如电灯自来水等——的供给，家人买菜购物的便利，以及小孩的教育问题等合计起来，却又觉得住城市是必要的了。县城市之外形，而又富有乡村的景象之田园都市，在中国原也很多。北方如北平，就是一个理想的都城；南方则未建都前之南京，濒海的福州等处，也是住家的好地。可是乡土的观念，附着在一个人的脑里，同毛发的生于皮肤一样，丛长着没有什么不对，全脱了却也势有点儿不可能。所以三年之前，也是在一个春雨霏微的节季，终于听了霞的劝告，搬上杭州来住下了。

杭州这一个地方，有山有湖，还有文明的利器，儿童的学校，去上海也只有四个钟头的火车路程，住家原没有什么不合适。可是杭州一般的建筑物，实在太差，简直可以说没有一间合乎理想的住宅，旧式的房子呢，往往没有院子，顶多顶多也不过有一堆不大有意义的假山，和一条其实是只能产生蚊子的鱼池。所谓新式房子呢，更加恶劣了，完全是上海弄堂洋房的抄袭，冬天住住，还可以勉强，一到夏天，就热得比蒸笼还要难受。而大

仲夏的玄武湖

图为二十世纪三十年代南京的玄武湖。人们乘画舫游于湖上，可得片刻舒心的享受。

抵的杭州住宅，都没有浴室的设备，公共浴场呢，又觉得不卫生而价贵。

所以自从迁到杭州来住后，对于住所的问题，更觉得切身地感到了。地皮不必太大，只教有半亩之宫，一亩之隙，就可以满足。房子亦不必太讲究，只须有一处可以登高望远的高楼，三间平屋就对。但是图书室，浴室，猫狗小舍，儿童游嬉之处，灶房，却不得不备。房子的四周，一定要有阔一点的回廊；房子的内部，更需要亮一点的光线。此外是四周的树木和院子里的草地了，草地中间的走路，总要用白沙来铺才好。四面若有邻舍的高墙，当然要种些爬山虎以掩去墙头，若系旷地，只须植一道矮矮的木栅，用黑色一涂就可以将就。门窗当一例以厚玻璃来做，屋瓦应先钉上铅皮，然后再覆以茅草。

照这样的一个计划来建筑房子，大约总要有二千元钱来买地皮四千元钱来充建筑费，才有点儿希望。去年年底，在微醉之后，将这私愿对一位朋友说了一遍，今年他果然送给了我一块地，所以起楼台的基础，倒是有了。现在只想筹出四千元钱的现款来建造那一所理想的住宅。胡思乱想的结果，在前两三个月里，竟发了疯，将烟钱酒钱省下一半，去买了许多奖券；可是一回一回的买了几次，连末尾也不曾得过，而吃了坏烟坏酒的结果，身体却显然受了损害了。闲来无事，把这一番经过，对朋友一说，大家笑了一场之后，就都为我设计，说从前的人，曾经用过的最上妙法，是发自己的讣闻，其次是做寿，再次是兜会。

可是为了一己的舒服，而累及亲戚朋友，也着实有点说不过去，近来心机一转，去买了些《芥子园》，《三希堂》等画谱来，在开始学画了；原因是想靠了卖画，来造一所房子，万一画画，仍旧是不能吃饭，那么至少至少，我也可以画许多房子，挂在四壁，给我自己的想像以一顿醉饱，如饥者的画饼，旱天的画云霓。这一个计划，若不至于失败，我想在半年之后，总可以得到一点安慰。

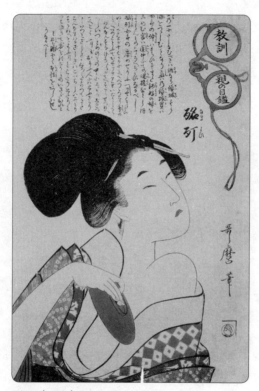

《酩酊》│ 日本 │ 喜多川歌麿

第

三辑

怀鲁迅[1]

真是晴天霹雳，在南台的宴会席上，忽而听到了鲁迅的死！

发出了几通电报，荟萃了一夜行李，第二天我就匆匆跳上了开往上海的轮船。

二十二日上午十时船靠了岸，到家洗了一个澡，吞了两口饭，跑到胶州路万国殡仪馆去，遇见的只是真诚的脸，热烈的脸，悲愤的脸，和千千万万将要破裂似的青年男女的心肺与紧捏的拳头。

这不是寻常的丧葬，这也不是沉郁的悲哀，这正像是大地震要来，或黎明将到时充塞在天地之间的一瞬间的寂静。

生死，肉体，灵魂，眼泪，悲叹，这些问题与感觉，在此地似乎太渺小了，在鲁迅的死的彼岸，还照耀着一道更伟大、更猛烈的寂光。

没有伟大的人物出现的民族，是世界上最可怜的生物之群；有了伟大的人物，而不知拥护、爱戴、崇仰的国家，是没有希望的奴隶之邦。因鲁迅的一死，使人们自觉出了民族的尚可以有为，也因鲁迅之死，使人家看出了中国还是奴隶性很浓厚的半绝望的国家。

鲁迅的灵柩，在夜阴里被埋入浅土中去了；西天角却出现了一片微红的新月。

一九三六年十月二十四日在上海

1　原载于一九三六年十一月一日《文学》第七卷第五号。

《鲁迅画像》┃ 日本 ┃ 堀尾纯一

志摩在回忆里

新诗传宇宙，竟尔乘风归去，同学同庚，老友如君先宿草。

华表托精灵，何当化鹤重来，一生一死，深闺有妇赋招魂。

这是我托杭州陈紫荷先生代作代写的一副挽志摩的挽联。陈先生当时问我和志摩的关系，我只说他是我自小的同学，又是同年，此外便是他这一回的很适合他身分的死。

做挽联我是不会做的，尤其是文言的对句。而陈先生也想了许多成句，如"高处不胜寒"，"犹是深闺梦里人"之类，但似乎都寻不出适当的上下对，所以只成了上举的一联。这挽联的好坏如何，我也不晓得，不过我觉得文句做得太好，对仗对得太工，是不大适合于哀挽的本意的。悲哀的最大表示，是自然的目瞪口呆，僵若木鸡的那一种样子，这我在小曼夫人当初次接到志摩的凶耗的时候曾经亲眼见过。其次是抚棺的一哭，这我在万国殡仪馆中，当日来吊的许多志摩的亲友之间曾经看到过。至于哀挽诗词的工与不工，那却是次而又次的问题了；我不想说志摩是如何如何的伟大，我不想说他是如何如何的可爱，我也不想说我因他之死而感到怎么怎么的悲哀，我只想把在记忆里的志摩来重描一遍，因而再可以想见一次他那副凡见过他一面的人谁都不容易忘去的面貌与音容。

才女陆小曼

徐志摩因迷恋才女林徽因而与妻子张幼仪离婚，无奈林徽因却嫁给了梁思成。后徐志摩又结识了才女陆小曼，两人结为夫妻。陆小曼是徐志摩现实中的女人，而林徽因是他理想中的女人。在理想与现实的夹缝中，徐志摩活得真不轻松。

大约是在宣统二年（一九一〇）的春季，我离开故乡的小市，去转入当时的杭府中学读书，——上一期似乎是在嘉兴府中读的，终因路远之故而转入了杭府——那时候府中的监督，记得是邵伯炯先生，寄宿舍是大方伯的图书馆对面。

当时的我，是初出茅庐的一个十四岁未满的乡下少年，突然间闯入了省府的中心，周围万事看起来都觉得新异怕人。所以在宿舍里，在课堂上，我只是诚惶诚恐，战战兢兢，同蜗牛似地蜷伏着，连头都不敢伸一伸出壳来。但是同我的这一种畏缩态度正相反的，在同一级同一宿舍里，却有两位奇人在跳跃活动。

一个是身体生得很小，而脸面却是很长，头也生得特别大的小孩子。我当时自己当然总也还是一个小孩子，然而看见了他，心里却老是在想："这顽皮小孩，样子真生得奇怪"，仿佛我自己已经是一个大孩似的。还有一个日夜和他在一块，最爱做种种淘气的把戏，为同学中间的爱戴集中点的，是一个身材长得相当的高大，面上也已经满示着成年的男子的表情，由我那时候的心里猜来，仿佛是年纪总该在三十岁以上的大人，——其实呢，他也不过和我们上下年纪而已。

他们俩，无论在课堂上或在宿舍里，总在交头接耳的密谈着，高笑着，跳来跳去，和这个那个闹闹，结果却终于会出其不意地做出一件很轻快很可笑很奇特的事情来吸收大家的注意的。

而尤其使我惊异的，是那个头大尾巴小，戴着金边近视眼镜的顽皮小孩，平时那样的不用功，那样的爱看小说——他平时拿在手里的总是一卷有光纸上印着石印细字的小本子——而考起来或作起文来却总是分数得得最多的一个。

像这样的和他们同住了半年宿舍，除了有一次两次也上了他们一点小当之外，我和他们终究没有发生什么密切一点的关系；后来似乎我的宿舍也换了，除了在课堂上相聚在一块之外，见面的机会更加少了。年假之后第二年的春天，我不晓为了什么，突然离去了府中，改入了一个现在似乎也还没有关门的教会学校。从此之后，一别十余年，我和这两位奇人——一个小孩，一个大人——终于没有遇到的机会。虽则在异乡飘泊的途中，也时常想起当日的旧事，但是终因为周围环境的迁移激变，对这微风似的少年时候的回忆，也没有多大的留恋。

民国十三四年——一九二三、四年——之交，我混迹在北京的软红尘里；有一天风定日斜的午后，我忽而在石虎胡同的松坡图书馆里遇见了志摩。仔细一看，他的头，他的脸，还是同中学时候一样发育得分外的大，而那矮小的身材却不同了，非常之长大了，和他并立起来，简直要比我高一二寸的样子。

他的那种轻快磊落的态度，还是和孩时一样，不过因为历尽了欧美的游程之故，无形中已经锻炼成了一个长于社交的人了。笑起来的时候，可还是同十几年前的那个顽皮小孩一色无二。

从这年后，和他就时时往来，差不多每礼拜要见好几次面。他的善于座谈，敏于交际，长于吟诗的种种美德，自然而然地使他成了一个社交的中心。当时的文人学者，达官丽姝，以及中学时候的倒霉同学，不论长幼，不分贵贱，都在他的客座上可以看得到。不管你是如何心神不快的时候，只教经他用了他那种浊中带清的洪亮的声音，"喂，老×，今天怎么样？什么什么怎么样了？"的一问，你就自然会把一切的心事丢开，被他的那种快乐的光耀同化了过去。

正在这前后，和他一次谈起了中学时候的事情，他却突然的呆了一呆，张大了眼睛惊问我说：

"老李你还记得起记不起？他是死了哩！"

这所谓老李者，就是我在头上写过的那位顽皮大人，和他一道进中学的他的表哥哥。

其后他又去欧洲，去印度，交游之广，从中国的社交中心扩大而成为国际的。于是美丽宏博的诗句和清新绝俗的散文，也一年年的积多了起来。一九二七年的革命之后，北京变了北平，当时的许多中间阶级者就四散成了秋后的落叶。有些飞上了天去，成了要人，再也没有见到的机会了，有些也竟安然地在牖下到了黄泉；更有些，不死不生，仍复在歧路上徘徊着，苦闷着，而终于寻不到出路。是在这一种状态之下，有一天在上海的街头，我又忽而遇见志摩："喂，这几年来你躲在什么地方？"

兜头的一喝，听起来仍旧是他那一种洪亮快活的声气。在路上略谈了片刻，一同到了他的寓里坐了一会，他就拉我一道到了大赉公司的轮船码头。因为午前他刚接到了无线电报，诗人泰戈尔回印度的船系定在午后五时左右靠岸，他是要上船去看看这老诗人的病状的。

当船还没有靠岸，岸上的人和船上的人还不能够交谈的时候，他在码头上的寒风里立着——这时候似乎已经是秋季了——静静地呆呆地对我说：

"诗人老去，又遭了新时代的摈斥，他老人家的悲哀，正是孔子的悲哀。"

因为泰戈尔这一回是新从美国日本去讲演回来，在日本在美国都受了一部分新人的排斥，所以心里是不十分快活的；并且又因年老之故，在路上更染了一场重病。志摩对我说这几句话的时

泰戈尔、徐志摩与林徽因

一九二四年泰戈尔访华，徐志摩和林徽因同任翻译。

候，双眼呆看着远处，脸色变得青灰，声音也特别的低。我和志摩来往了这许多年，在他脸上看出悲哀的表情来的事情，这实在是最初也便是最后的一次。

从这一回之后，两人又同在北京的时候一样，时时来往了。可是一则因为我的疏懒无聊，二则因为他跑来跑去的教书忙，这一两年间，和他聚谈时候也并不多。今年的暑假后，他于去北平之先曾大宴了三日客。头一天喝酒的时候，我和董任坚先生都在那里。董先生也是当时杭府中学的旧同学之一，席间我们也曾谈到了当时的杭州。在他遇难之前，从北平飞回来的第二天晚上，我也偶然的，真真是偶然的，闯到了他的寓里。

那一天晚上，因为有许多朋友会聚在那里的缘故，谈谈说说，竟说到了十二点过。临走的时候，还约好了第二天晚上的后会才兹分散。但第二天我没有去，于是就永久失去了见他的机会了，因为他的灵柩到上海的时候是已经殓好了来的。

文人之中，有两种人最可以羡慕。一种是像高尔基一样，活到了六七十岁，而能写许多有声有色的回忆文的老寿星，其他的一种是如叶赛宁一样的光芒还没有吐尽的天才夭折者。前者可以写许多文学史上所不载的文坛起伏的经历，他个人就是一部纵的文学史。后者则可以要求每个同时代的文人都写一篇吊他哀他或评他骂他的文字，而成一部横的放大的文苑传。

现在志摩是死了，但是他的诗文是不死的，他的音容状貌可也是不死的，除非要等到认识他的人老老少少一个个都死完的时候为止。

一九三一年十二月十一日

叶赛宁与邓肯

叶赛宁是俄国著名诗人。伊莎朵拉·邓肯是美国著名舞蹈家。两人于一九二二年结婚，但不久就分手了。

　　[附记] 上面的一篇回忆写完之后，我想想，想想，又在陈先生代做的挽联里加入了一点事实，缀成了下面的四十二字：

　　三卷新诗，廿年旧友，与君同是天涯，只为佳人难再得。
　　一声河满，九点齐烟，化鹤重归华表，应愁高处不胜寒。

　　　　　　　　　　　　　　　　一九三一年十二月十九日

给一位文学青年的公开状

今天的风沙实在太大了，中午吃饭之后，我因为还要去教书，所以没有许多工夫和你谈天。我坐在车上，一路的向北走去，沙石飞进了我的眼睛。一直到午后四点钟止，我的眼睛四周的红圈，还没有褪尽。恐怕同学们见了要笑我，所以于上课堂之先，我从高窗口在日光大风里把一双眼睛曝晒了许多时。我今天上你那公寓里来看了你那一副样子，觉得什么话也说不出来。现在我想趁着这大家已经睡寂了的几点钟工夫，把我要说的话，写一点在纸上。

平素不认识的可怜的朋友，或是写信来，或是亲自上我这里来的，很多很多。我因为想报答两位也是我素不认识而对于我却有十二分的同情过的朋友的厚恩起见，总尽我的力量帮助他们。可是我的力量太薄弱了，可怜的朋友太多了，所以结果近来弄得我自家连一条棉裤也没有。这几天来天气变得很冷，我老想买一件外套，但始终没有买成。尤其是使我羞恼的，因为恰逢此刻，我和同学们所读的书里，正有一篇俄国果戈理著的嘲弄像我们一类人的小说《外套》。现在我的经济状态，比从前并没有什么宽裕，从数目上讲起来，反而比从前要少——因为现在我不能向家里去要钱花，每月的教书钱，额面上虽则有五十三加六十四合一百十七块，但实际上拿得到的只有三十三四块——而我的嗜好果戈理是俄国作家，代表作有《死魂灵》、《钦差大臣》等。果戈理的作品富于幽默与讽刺意味，同时饱含人世的辛酸，因此普希金曾说其幽默是「含泪的笑」。

《果戈理像》

日深，每月光是烟酒的账，也要开销二十多块。我曾经立过几次对天的深誓，想把这一笔糜费节省下来，但愈是没有钱的时候，愈想喝酒吸烟。向你讲这一番苦话，并不是因为怕你要来问我借钱，而先事预防，我不过欲以我的身体来做一个证据，证明目下的中国社会的不合理，以大学校毕业的资格来糊口的你那种见解的错误罢了。

引诱你到北京来的，是一个国立大学毕业的头衔，你告诉我说，你的心里，总想在国立大学弄到毕业，毕业以后至少生计问题总可以解决。现在学校都已考完，你一个国立大学也进不去，接济你的资金的人，又因为他自家的地位动摇，无钱寄你，你去投奔你同县而且带有亲属的大慈善家H，H又不纳，穷极无路，只好写封信给一个和你素不相识而你也明明知道是和你一样穷的我，在这时候这样的状态之下，你还要口口声声的说什么"大学教育"，"念书"，我真佩服你的坚忍不拔的雄心。不过佩服虽可佩服，但是你的思想的简单愚直，也却是一样的可惊可异。现在你已经是变成了中性——半去势的文人了，有许多事情，譬如说高尚一点的，去当土匪，卑微一点的，去拉洋车等事情，你已经是干不了的了，难道你还嫌不足，还要想穿几年长袍，做几篇白话诗，短篇小说，达到你的全去势的目的么？大学毕业，以后就可以有饭吃，你这一种定理，是哪一本书上翻来的？

像你这样一个白脸长身，一无依靠的文学青年，即使将面包和泪吃，勤勤恳恳的在大学窗下住它五六年，难道你拿毕业文凭的那一天，天上就忽而会下起珍珠白米的雨来的么？

现在不要说中国全国，就是在北京的一区里头，你且去站在十字街头，看见穿长袍黑马褂或哔叽旧洋服的人，你且试对他们行一个礼，问他们一个人要一个名片来看看，我恐怕你不上半天，就可以积起一大堆的什么学士，什么博士来，你若再行一个礼，问一问他们的职业，我恐怕他们都要红红脸说："兄弟是在这里找事情的。"他们是什么？他们都是大学毕业生吓，你能和他们一样的有钱读书么？你能和他们一样的有钱买长袍黑马褂哔叽洋服么？即使你也和他们一样的有了读书买衣服的钱，你能保得住你毕业的时候，事情会来找你么？

大学毕业生坐汽车，吸大烟，一掷千金的人原是有的。然而他们都是为新上台的大老经手减价卖职的人，都是有大刀枪杆在后面援助的人，都是有几个什么长在他们父兄身上的人，再粗一点说，他们至少也都是会爬乌龟钻狗洞的人，你要有他们那么的后援，或他们那么的乌龟本领，狗本领，那么你就是大学不毕业，何尝不可以吃饭？

我说了这半天，不过想把你的求学读书，大学毕业的迷梦打破而已。现在为你计，最上的上策，是去找一点事情干干。然而土匪你是当不了的，洋车你也拉不了的，报馆的校对，图书馆的拿书者，家庭教师，看护男，门房，旅馆火车菜馆的伙计，因为没有人可以介绍，你也是当不了的，——我当然是没有能力替你介绍，——所以最上的上策，于你是不成功的了。其次你就去革命去罢，去制造炸弹去罢！但是革命不是同割枯草一样，用了你那裁纸的小刀，就可以革得成的呢？炸弹是不是可以用了你头发上的灰垢和半年不换的袜底里的污泥来调合的呢？这些事情，你去问上帝去罢！我也不知道。

比较上可以做得到，并且也不失为中策的，我看还是弄几个旅费，回到湖南你的故土，去找出四五年你不曾见过的老母和你的小妹妹来，第一天相持对哭一天，第二天因为哭了伤心，可以在床上你的草窠睡去一天，既可以休养，又可以省几粒米下来熬稀粥，第三天以后，你和你的母亲妹妹，若没有衣服穿，不妨三人紧紧的挤在一处，以体热互助的结果，同冬天雪夜的群羊一样，倒可以使你的老母不至冻伤，若没有米吃，你在日中天暖一点的时候，不妨把年老的母亲交付给你妹妹的身体烘着，你自己可以上村前村后去掘一点草根树根来煮汤吃。草根树根里也有淀粉，我的祖母未死的时候，常把洪杨乱日，她老人家尝过的这滋味说给我听，我所以知道。现在我既没有余钱，可以赠你，就把这秘方相传，作个我们两位穷汉，在京华尘土里相遇的纪念罢！若说草根树根，也被你们的督军省长师长议员知事掘完，你无论走往何处再也找不出一块一截来的时候，那么你且咽着自家的口水，同唱戏似的把北京的豪富人家的蔬菜，有色有香的说给你的老母亲小妹妹听听，至少在未死前的一刻半刻中间，你们三个昏乱的脑子里，总可以大事铺张的享乐一回。

但是我听你说，你的故乡连年兵燹，房屋田产都已毁尽，老母弱妹也不知是生是死，五年来音信不通，并且现在回湖南的火车不开，就是有路费也回去不得，何况没有路费呢！

上策不行，次之中策也不行，现在我为你实在是没有什么法子好想了。不得已我就把两个下策来对你讲罢！

第一，现在听说天桥又在招兵，并且听说取得极宽，上自五十岁的老人起，下至十六七岁的少年止，一律都收，你若应募之后，马上开赴前敌，打死在租界以外的中国地界，虽然不能说是为国效忠，也可以算得是为招你的那个同胞效了命，岂不是比饿死冻死在你那公寓的斗室里，好得多么？况且万一不开往前敌，或虽开往前敌而不打死的时候，只教你能保持你现在的这种纯洁的精神，只教你能有如现在想进大学读书一样的精神来宣传你的理想，难保你所属的一师一旅，不为你所感化。这是下策的第一个。

第二，这才是真真的下策了！你现在不是只愁没有地方住没有地方吃饭而又苦于没有勇气自杀么？你没有能力做土匪，没有能力拉洋车，是我今天早晨在你公寓里第一眼看见你的时候，已经晓得的。但是有一件事情，我想你还能胜任的，要干的时候一定是干得到的。这是什么事情呢？啊啊，我真不愿意说出来——我并不是怕人家对我提起诉讼，说我在嗾使你做贼，啊呀，不愿意说倒说出来了，做贼，做贼，不错，我所说的这件事情就是叫你去偷窃呀！

无论什么人的无论什么东西，只教你偷得着，尽管偷罢！偷到了，不被发觉，那么就可以把这你偷自他，他抢自第三人的，在现在社会里称为赃物，在将来进步了的社会里，当然是要分归你有的东西，拿到当铺——我虽然不能为你介绍职业，但是像这样的当铺却可以为你介绍几家——里去换钱用。万一发觉了呢？也没有什么。第一你坐坐监牢，房钱总可以不付了。第二监狱里的饭，虽然没有今天中午我请你的那家馆子里的那么好，但是饭钱可以不付的。第三或者什么什么司令，以军法从事，把你枭首示众的时候，那么你的无勇气的自杀，总算是他来代你执行了，也是你的一件快心的事情，因为这样的活在世上，实在是没有什么意思。

我写到这里，觉得没有话再可以和你说了，最后我且来告诉你一种实习的方法罢！

你若要实行上举的第二下策，最好是从亲近的熟人方面做起。譬如你那位同乡的亲戚老H家里，你可以先去试一试看。因为他的那些堆积在那里的财富，不过是方法手段不同罢了，实际

Hongkong, "The Stocks" Exhibition of criminals in the streets.

戴脚枷示众的人犯

上也是和你一样的偷来抢来的。你若再慑于他的慈和的笑里的尖刀，不敢去向他先试，那么不妨上我这里来作个破题儿试试。我晚上卧房的门常是不关，进去很便。不过有一个缺点，就是我这里没有什么值钱的物事。但是我有几本旧书，却很可以卖几个钱。你若来时，最好是预先通知我一下，我好多服一剂催眠药，早些睡下，因为近来身体不好，晚上老要失眠，怕与你的行动不便。还有一句话——你若来时，心肠应该要练得硬一点，不要因为是我的书的原因，致使你没有偷成，就放声大哭起来——

一九二四年十一月十三日午前二时

雨[1]

周作人先生名其书斋曰"苦雨"，恰正与东坡的喜雨亭名相反。其实，北方的雨，却都可喜，因其难得之故。像今年那么大的水灾，也并不是雨多的必然结果；我们应该责备治河的人，不事先预防，只晓得糊涂搪塞，虚糜国帑，一旦有事，就互相推诿，但救目前。人生万事，总得有个变换，方觉有趣；生之于死，喜之于悲，都是如此，推及天时，又何尝不然？无雨哪能见晴之可爱，没有夜也将看不出昼之光明。

我生长江南，按理是应该不喜欢雨的；但春日暝蒙，花枝枯竭的时候，得几点微雨，又是一件多么可爱的事情！"小楼一夜听春雨"，"杏花春雨江南"，"天街细雨润如酥"，从前的诗人，早就先我说过了。夏天的雨，可以杀暑，可以润禾，它的价值的大，更可以不必再说。而秋雨的霏微凄冷，又是别一种境地，昔人所谓"雨到深秋易作霖，萧萧难会此时心"的诗句，就在说秋雨的耐人寻味。至于秋女士的"秋雨秋风愁煞人"的一声长叹，乃别有怀抱者的托辞，人自愁耳，何关雨事。三冬的寒雨，爱的人恐怕不多。但"江关雁声来渺渺，灯昏宫漏听沉沉"的妙处，若非身历其境者决领悟不到。记得曾宾谷曾以《诗品》

1　原载于一九三五年十月二十七日《立报·言林》。

《秋瑾像》

中语名诗，叫作《赏雨茅屋斋诗集》。他的诗境如何，我不晓得，但"赏雨茅屋"这四个字，真是多么的有趣！尤其是到了冬初秋晚，正当"苍山寒气深，高林霜叶稀"的时节。

一文一武的教训[1]

中国在最近又接着了两位外国导师的教训，一位是文的，一位是武的。

文的，当然是那位油嘴老翁萧伯纳。他在北平对新闻记者说：中国人的一种奇异的特性，是他们对一切外国人的那种不可思议的客气和亲善，而在他们自己的中间，却老是那么不客气，老在打着仗的。他又说，长城是无异于平常的矮墙了。

武的，就是新近攻进热河来的日本帝国主义者的大炮和飞机。这些大炮和飞机，也在笑着对中国人说：你们中国人对外国人真客气，对自己的老百姓真太不客气。东三省一让几千几万里，现在这热河，等你们的战时公债弄到手，后援慰劳金收集起来之后，少不得又要退让的。长城一道，本来是筑以防外国的来侵的，现在却作了外国人的堡垒和界线，总算是中国人替外国人费力筑成的防御工事了。

一面想起在所谓国难期中的山东，四川，贵州的战争，真不得不令人佩服，佩服这两位外国导师的教训的确切。末了，我只好来抄两句改两句旧诗，以表彰我大中华民族的进步。

改《诗经》：兄弟阋于墙，外迎其侮。

---

1 原载于一九三三年二月二十五日《申报·自由谈》。

长城

抄人嘲李鸿章翁同和诗：宰相合肥天下瘦，军机常熟庶民荒。

改昔人咏长城诗：秦筑长城比铁牢，当时城此岂知劳，可怜一月初三夜，白送他人作战壕。

"天凉好个秋"[1]

全先生的朋友说：中国是没有救药的了，但中国是有救药得很。季陶先生说：念佛拜忏，可以救国。介石先生说：长期抵抗，可以救国。行边会议的诸先生说：九国公约，国际联盟，可以救国。汉卿先生说：不抵抗，枕戈待旦，可以救国。血魂团说：炸弹可以救国。青年党说：法雪斯蒂可以救国。这才叫，戏法人人会变，只有巧妙不同。中国是大有救药在哩，说什么没有救药？

九一八纪念，只许沉默五分钟，不许民众集团集会结社。

中国的国耻纪念日，却又来得太多，多得如天主教日历上的殉教圣贤节一样，将来再过一百年二百年，中国若依旧不亡，那说不定，一天会有十七八个国耻纪念。长此下去，中国的国民，怕只能成为哑国民了，因为五分钟五分钟的沉默起来，却也十分可观。

韩刘打仗，通电上都有理由，却使我不得不想起在乡下春联摊上，为过旧历年者所老写的一副对来，叫作"公说公有理，婆说婆有理，大家有理。你过你新年，我过我新年，各自新年。"

百姓想做官僚军阀，官僚军阀想做皇帝，做了皇帝更想成仙。秦始皇对方士说："世间有没有不死之药的？若有的话，那我就吃得死了都也甘心，务必为朕去采办到来！"只有没出息的文人说：

---

1 原载于《论语》一九三二年十月第三期。

"愿作鸳鸯不羡仙。"

吴佩孚将军谈仁义，郑××对李顿爵士也大谈其王道，可惜日本的参谋本部陆军省和日内瓦的国际联盟，不是孔孟的弟子。

故宫的国宝，都已被外国的收藏家收藏去了，这也是当局者很好的一个想头。因为要看的时候，中国人是仍旧可以跑上外国去看的。一个穷学生，半夜去打开当铺的门来，问当铺里现在是几点钟了？因为他那个表，是当铺里为他收藏在那里的，不就是这个意思么？

伦敦的庚款保管购办委员会，因为东三省已被日人占去，筑路的事情搁起，铁路材料可以不必再买了，正在对余下来的钱，想不出办法来。而北平的小学教员，各地的教育经费，又在各闹饥荒。我想，若中国连本部的十八省，也送给了日人的话，岂不更好？因为庚款的余资，更可以有余，而一般的教育，却完全可以不管。

节制生育，是新马尔萨斯主义，中国军阀的济南保定等处的屠杀，中部支那的"剿匪"，以及山东等处的内战，当是新新马尔萨斯主义。甚矣哉，优生学之无用也。因为近来有人在说："节产不对，择产为宜"，我故而想到了这一层。

有话则长，无话则短，不想再写了，来抄一首辛稼轩的《丑奴儿》词，权作尾声："少年不识愁滋味，爱上层楼，爱上层楼，为赋新词强说愁。而今识尽愁滋味，欲说还休，欲说还休，却道天凉好个秋。"

日本的文化生活

　　无论那一个中国人，初到日本的几个月中间，最感觉到苦痛的，当是饮食起居的不便。

　　房子是那么矮小的，睡觉是在铺地的席子上睡的，摆在四脚高盘里的菜蔬，不是一块烧鱼，就是几块同木片似的牛蒡。这是二三十年前，我们初去日本念书时的大概情形；大地震以后，都市西洋化了，建筑物当然改了旧观，饮食起居，和从前自然也是两样，可是在饮食浪费过度的中国人的眼里，总觉得日本的一般国民生活，远没有中国那么的舒适。

　　但是住得再久长一点，把初步的那些困难克服了以后，感觉就马上会大变起来；在中国社会里无论到什么地方去也得不到的那一种安稳之感，会使你把现实的物质上的痛苦忘掉，精神抖擞，心气和平，拼命的只想去搜求些足使智识开展的食粮。

　　若再在日本久住下去，滞留年限，到了三五年以上，则这岛国的粗茶淡饭，变得件件都是怀恋；生活的刻苦，山水的秀丽，精神的饱满，秩序的整然，回想起来，真觉得在那儿过的，是一段蓬莱岛上的仙境里的生涯，中国的社会，简直是一种乱杂无章，盲目的土拨鼠式的社会。

　　记得有一年在上海生病，忽而想起了学生时代在日本吃过的早餐酱汤的风味；教医院厨子去做来吃，做了几次，总做不像，后来终于上一位日本友人的家里去要了些来，从此胃口就日渐开了；这虽是我个人的生活的一端，但也可以看出日本的那一种简易生活的耐人寻味的地方。

而且正因为日本一般的国民生活是这么刻苦的结果，所以上下民众，都只向振作的一方面去精进。明治维新，到现在不过七八十年，而整个国家的进步，却尽可以和有千余年文化在后的英法德意比比；生于忧患，死于逸乐，这话确是中日两国一盛一衰的病源脉案。

刻苦精进，原是日本一般国民生活的倾向，但是另一面哩，大和民族，却也并不是不晓得享乐的野蛮原人。不过他们的享乐，他们的文化生活，不喜铺张，无伤大体；能在清淡中出奇趣，简易里寓深意，春花秋月，近水遥山，得天地自然之气独多，这，一半虽则也是奇山异水很多的日本地势使然，但一大半却也可以说是他们那些岛国民族的天性。

先以他们的文学来说吧，最精粹最特殊的古代文学，当然是三十一字母的和歌。写男女的恋情，写思妇怨男的哀慕，或写家国的兴亡，人生的流转，以及世事的无常，风花雪月的迷人等等，只有清清淡淡，疏疏落落的几句，就把乾坤今古的一切情感都包括得纤屑不遗了。至于后来兴起的俳句哩，又专以情韵取长，字句更长——只十七字母——而余韵余情，却似空中的柳浪，池上的微波，不知所自始，也不知其所终，飘飘忽忽，袅袅婷婷；短短的一句，你若细嚼反刍起来，会经年累月的使你如吃橄榄，越吃越有回味。最近有一位俳谐师高滨虚子，曾去欧洲试了一次俳句的行脚，从他的记行文字看来，到处只以和服草履作横行的这一位俳人，在异国的大都会，如伦敦、柏林等处，却也

《无题》| 日本 | 菱川师宣

遭见了不少的热心作俳句的欧洲男女。他回国之后，且更闻有西欧数处在计划着出俳句的杂志。

其次，且看看他们的舞乐看！乐器的简单，会使你回想到中国从前唱"南风之熏矣"的上古时代去。一棹七弦或三弦琴，拨起来声音也并不响亮；再配上一个小鼓——是专配三弦琴的，如能乐，歌舞伎，净琉璃等演出的时候——同凤阳花鼓似的一个小鼓，敲起来，也只是咚咚地一种单调的鸣声。但是当能乐演到半酣，或净琉璃唱到吃紧，歌舞伎舞至极顶的关头，你眼看着台上面那种舒徐缓慢的舞态——日本舞的动作并不复杂，并无急调——耳神经听到几声玎玎玲玲与咚咚笃拍的声音，却自然而然的会得精神振作，全身被乐剧场面的情节吸引过去。以单纯取长，以清淡制胜的原理，你只教到日本的上等能乐舞台或歌舞伎座去一看，就可以体会得到。将这些来和西班牙舞的铜琶铁板，或中国戏的响鼓十番一比，觉得同是精神的娱乐，又何苦嘈嘈杂杂，闹得人头脑昏沉才能得到醍醐灌顶的妙味呢？

还有秦楼楚馆的清歌，和着三味线太鼓的哀音，你若当灯影阑珊的残夜，一个人独卧在"水晶帘卷近秋河"的楼上，远风吹过，听到它一声两声，真像是袁啼雁叫，会动荡你的心腑，不由你不扑簌簌地落下几点泪来；这一种悲凉的情调，也只有在日本，也只有从日本的简单乐器和歌曲里，才感味得到。

此外，还有一种合着琵琶来唱的歌；其源当然出于中国，但悲壮激昂，一经日本人的粗喉来一喝，却觉得中国的黑头二面，决没有那么的威武，与"春雨楼头尺八箫"的尺八，正足以代表两种不同的心境；因为尺八音脆且纤，如怨如慕，如泣如诉，迹近女性的缘故。

日本人一般的好作野外嬉游，也是为我们中国人所不及的地方。春过彼岸，樱花开作红云；京都的岗山丸山，东京的飞鸟上野，以及吉野等处，全国的津津曲曲，道路上差不多全是游春的男女。"家家扶得醉人归"的《春社》之诗，仿佛是为日本人而咏的样子。而祇园的夜樱与都踊，更可以使人魂销魄荡，把一春的尘土，刷落得点滴无余。秋天的枫叶红时，景状也是一样。此外则岁时伏腊，即景言游，凡潮汐干时，蕨薇生日，草菌簇起，以及萤火虫出现的晚上，大家出狩，可以谑浪笑傲，脱去形骸；至于元日的门松，端阳的张鲤祭雏，七夕的拜星，中元的盆踊，以及重九的栗糕等等，所奉行的虽系中国的年中行事，但一到日本，却也变成了很有意义的国民节会，盛大无伦。

日本人的庭园建筑，佛舍浮屠，又是一种精微简洁，能在单纯里装点出趣味来的妙艺。甚至家家户户的厕所旁边，都能装置出一方池水，几树楠天，洗涤得窗明宇洁，使你闻觉不到秽浊的熏蒸。

在日本习俗里最有趣味的一种幽闲雅事，是叫作茶道的那一番礼节；各人长跪在一堂，制茶者用了精致的茶具，规定而熟练的动作，将末茶冲人碗内，顺次递下，各喝取三口又半，直到最后，恰好喝完。进退有节，出人如仪，融融泄泄，真令人会想起唐宋以前，太平盛世的民风。

还有"生花"的插置，在日本也是一种有派别师承的妙技；一只瓦盆，或一个净瓶之内，插上几枝红绿不等的花枝松干，更加以些泥沙岩石的点缀，小小的一穿围里，可以使你看出无穷尽的多样一致的配合来。所费不多，而能使满室生春，这又是何等经济而又美观的家庭装饰！

日本人的和服，穿在男人的身上，倒也并不十分雅观；可是女性的长袖，以及腋下袖口露出来的七色的虹纹，与束腰带的颜

《风中艺妓》∣日本∣歌川丰广

色来一辉映，却又似万花缭乱中的蝴蝶的化身了。《蝴蝶夫人》这一出歌剧，能够耸动欧洲人的视听，一直到现在，也还不衰的原因，就在这里。

日本国民的注重清洁，也是值得我们钦佩的一件美德。无论上下中等的男女老幼，大抵总要每天洗一次澡；住在温泉区域以内的人，浴水火热，自地底涌出，不必烧煮，洗澡自然更觉简便；就是没有温泉水脉的通都大邑的居民，因为设备简洁，浴价便宜之故，大家都以洗澡为一天工作完了后的乐事。国民一般轻而易举的享受，第一要算这种价廉物美的公共浴场了，这些地方，中国人真要学学他们才行。

凡上面所说的各点，都是日本固有的文化生活的一小部分。自从欧洲文化输入以后，各都会都摩登化了，跳舞场，酒吧间，西乐会，电影院等等文化设备，几乎欧化到了不能再欧，现在连男女的服装，旧剧的布景说白，都带上了牛酪奶油的气味；银座大街的商店，门面改换了洋楼，名称也唤作了欧语，譬如水果饮食店的叫作Fruits Parlour，旗亭的叫作Cafe Vienna或Barcelona之类，到处都是；这一种摩登文化生活，我想叫上海人说来，也约略可以说得，并不是日本独有的东西，所以此地从略。

末了，还有日本的学校生活，医院生活，图书馆生活，以及海滨的避暑，山间的避寒，公园古迹胜地等处的闲游漫步生活，或日本阿尔泊斯与富士山的攀登，两国大力士的相扑等等，要说着实还可以说说，但天热头昏，挥汗执笔，终于不能详尽，只能等到下次有机会的时候，再来写了。

一九三六年八月在福州

暴力与倾向[1]

《明史》里有一段记载说："燕王即位，铉被执，入见；背立庭中，正言不屈；割其耳鼻，终不回顾。成祖怒，齑其肉纳铉口，曰：'甘乎？'厉声曰：'忠臣之肉，有何不甘！'至死，骂不绝口。命盛油镬，投尸煮之，拨使北向，辗转向外。更令内侍以铁棒夹之北向，成祖笑曰：'尔今亦朝我耶？'语未毕，油沸，内侍手皆烂，咸弃棒走，骨仍向外。"

这一段记载的真实性，虽然还有点疑问，因为去今好几世纪以前的事情，史官之笔，须打几个折扣来读，正未易言；但有两点，却可以用我们所耳闻目睹的事实来作参证，料想它的不虚。第一，是中国人用虐刑的天才，大约可以算得起世界第一了。就是英国的亨利八世，在历史上是以暴虐著名的，但说到了用刑的一点，却还赶不上中国现代的无论那一处侦探队或捕房暗探室里的私刑。杠杆的道理，外国人发明了是用在机械上面的，而中国人会把它去用在老虎凳上；电气的发明，外国人是应用在日用的器具之上，以省物力便起居施疗治的，而中国人独能把它应用作拷问之助。从这些地方看来，则成祖的油锅，铁棒，"割肉令自啖之"等等花样，也许不是假话。第二，想用暴力来统一思想，

---

1 选自郁达夫《闲书》，上海良友图书印刷公司一九三六年五月三十日版。

甚至不惜用卑污恶劣的手段，来使一般人臣服归顺的笨想头，也是"自古已然，于今尤烈"的中国人的老脾气。

可是，私刑尽管由你去用，暴力也尽管由你去加，但铁铉的尸骨，却终于不能够使它北面而朝，也是人类的一种可喜的倾向。"匹夫不可夺志也"，是中国圣经贤传里曾经提出过的口号。"除死无他罪，讨饭不再穷"，是民间用以自硬的阿Q的强词。可惜成祖还见不及此，否则油锅，铁棒等麻烦，都可以省掉，而明史的史官，也可以略去那一笔记载了。

一九三四年

第

四辑

北平的四季[1]

对于一个已经化为异物的故人，追怀起来，总要先想到他或她的好处；随后再慢慢的想想，则觉得当时所感到的一切坏处，也会变作很可寻味的一些纪念，在回忆里开花。关于一个曾经住过的旧地，觉得此生再也不会第二次去长住了，身处入了远离的一角，向这方向的云天遥望一下，回想起来的，自然也同样地只是它的好处。

中国的大都会，我前半生住过的地方，原也不在少数；可是当一个人静下来回想起从前，上海的闹热，南京的辽阔，广州的乌烟瘴气，汉口武昌的杂乱无章，甚至于青岛的清幽，福州的秀丽，以及杭州的沉着，总归都还比不上北京——我住在那里的时候，当然还是北京——的典丽堂皇，幽闲清妙。

先说人的分子吧，在当时的北京，——民国十一二年前后——上自军财阀政客名优起，中经学者名人，文士美女教育家，下而至于负贩拉车铺小摊的人，都可以谈谈，都有一艺之长，而无憎人之貌；就是由荐头店荐来的老妈子，除上炕者是当然以外，也总是衣冠楚楚，看起来不觉得会令人讨嫌。

其次说到北京物质的供给哩，又是山珍海错，洋广杂货，以

1　原载于一九三六年七月一日《宇宙风》第二十期。

琉璃厂街

琉璃厂街是北京古老的文化街，成形于明末清初。

及萝卜白菜等本地产品，无一不备，无一不好的地方。所以在北京住上两三年的人，每一遇到要走的时候，总只感到北京的空气太沉闷，灰沙太暗淡，生活太无变化；一鞭走出，出前门便觉胸舒，过芦沟方知天晓，仿佛一出都门，就上了新生活开始的坦道似的；但是一年半载，在北京以外的各地——除了在自己幼年的故乡以外——去一住，谁也会得重想起北京，再希望回去，隐隐地对北京害起剧烈的怀乡病来。这一种经验，原是住过北京的人，个个都有，而在我自己，却感觉得格外的浓，格外的切。最大的原因或许是为了我那长子之骨，现在也还埋在郊外广谊园的坟山，而几位极要好的知己，又是在那里同时毙命的受难者的一群。

北平的人事品物，原是无一不可爱的，就是大家觉得最要不得的北平的天候，和地理联合上一起，在我也觉得是中国各大都会中所寻不出几处来的好地。为叙述的便利起见，想分成四季来约略地说说。

北平自入旧历的十月之后，就是灰沙满地，寒风刺骨的节季了，所以北平的冬天，是一般人所最怕过的日子。但是要想认识一个地方的特异之处，我以为顶好是当这特异处表现得最圆满的时候去领略；故而夏天去热带，寒天去北极，是我一向所持的哲理。北平的冬天，冷虽则比南方要冷得多，但是北方生活的伟大幽闲，也只有在冬季，使人感受得最澈底。

先说房屋的防寒装置吧，北方的住屋，并不同南方的摩登都市一样，用的是钢骨水泥，冷热气管；一般的北方人家，总只是矮矮的一所四合房，四面是很厚的泥墙；上面花厅内都有一张暖坑，一所回廊；廊子上是一带明窗，窗眼里糊着薄纸，薄纸内又装上风门，另外就没有什么了。在这样简陋的房屋之内，你只教把炉子一生，电灯一点，棉门帘一挂上，在屋里住着，却一辈子总是暖炖炖像是春三四月里的样子。尤其会得使你感觉到屋内的温软堪恋的，是屋外窗外面呜呜在叫啸的西北风。天色老是灰沉沉的，路上面也老是灰的围障，而从风尘灰土中下车，一踏进屋里，就觉得一团春气，包围在你的左右四周，使你马上就忘记了屋外的一切寒冬的苦楚。若是喜欢吃吃酒，烧烧羊肉锅的人，那冬天的北方生活，就更加不能够割舍；酒已经是御寒的妙药了，再加上以大蒜与羊肉酱油合煮的香味，简直可以使一室之内，涨满了白濛濛的水蒸温气。玻璃窗内，前半夜，会流下一条条的清汗，后半夜就变成了花色奇异的冰纹。

到了下雪的时候哩，景象当然又要一变。早晨从厚棉被里张开眼来，一室的清光，会使你的眼睛眩晕。在阳光照耀之下，雪也一粒一粒的放起光来了，蛰伏得很久的小鸟，在这时候会飞出来觅食振翎，谈天说地，吱吱的叫个不休。数日来的灰暗天空，愁云一扫，忽然变得澄清见底，翳障全无；于是年轻的北方住民，就可以营屋外的生活了，溜冰，做雪人，赶冰车雪车，就在这一种日子里最有劲儿。

我曾于这一种大雪时晴的傍晚，和几位朋友，跨上跛驴，出西直门上骆驼庄去过过一夜。北平郊外的一片大雪地，无数枯树林，以及西山隐隐现现的不少白峰头，和时时吹来的几阵雪样的西北风，所给与人的印象，实在是深刻，伟大，神秘到了不可以言语来形容。直到了十余年后的现在，我一想起当时的情景，还会得打一个寒颤而吐一口清气，如同在钓鱼台溪旁立着的一瞬间一样。

北国的冬宵，更是一个特别适合于看书，写信，追思过去，与作闲谈说废话的绝妙时间。记得当时我们兄弟三人，都住在北京，每到了冬天的晚上，总不远千里地走拢来聚在一道，会谈少年时候在故乡所遇所见的事事物物。小孩们上床去了，佣人们也都去睡觉了，我们弟兄三个，还会得再加一次煤再加一次煤地长谈下去。有几宵因为屋外面风紧天寒之故，到了后半夜的一二点钟的时候，便不约而同地会说出索性坐坐到天亮的话来。像这一种可宝贵的记忆，像这一种最深沉的情调，本来也就是一生中不能够多享受几次的昙花佳境，可是若不是在北平的冬天的夜里，那趣味也一定不会得像如此的悠长。

总而言之，北平的冬季，是想赏识赏识北方异味者之唯一的机会；这一季里的好处，这一季里的琐事杂忆，若要详细地写起来，总也有一部《帝京景物略》那么大的书好做；我只记下了一点点自身的经历，就觉得过长了，下面只能再来略写一点春和夏以及秋季的感怀梦境，聊作我的对这日就沦亡的故国的哀歌。

春与秋，本来是在什么地方都属可爱的时节，但在北平，却与别地方也有点儿两样。北国的春，来得较迟，所以时间也比较得短。西北风停后，积雪渐渐地消了，赶牲口的车夫身上，看不见那件光板老羊皮的大袄的时候，你就得预备着游春的服饰与金钱；因为春来也无信，春去也无踪，眼睛一眨，在北平市内，春光就会得同飞马似的溜过。屋内的炉子，刚拆去不久，说不定你就马上得去叫盖凉棚的才行。

而北方春天的最值得记忆的痕迹，是城厢内外的那一层新绿，同洪水似的新绿。北京城，本来就是一个只见树木不见屋顶的绿色的都会，一踏出九城的门户，四面的黄土坡上，更是杂树丛生的森林地了；在日光里颤抖着的嫩绿的波浪，油光光，亮晶晶，若是神经系统不十分健全的人，骤然间身入到这一个淡绿色的海洋涛浪里

Kameelrücken-Brücke in Wan-schau-schan bei Peking

98a. Max Nössler & Co., Shanghai, 38 Nanking Road

《颐和园的玉带桥》 | 洋人在上海印制的老明信片

去一看，包管你要张不开眼，立不住脚，而昏厥过去。

北平市内外的新绿，琼岛春阴，西山积翠诸景里的新绿，真是一幅何等奇伟的外光派的妙画！但是这画的框子，或者简直说这画的画布，现在却已经完全掌握在一只满长着黑毛的巨魔的手里了！北望中原，究竟要到哪一日才能够重见得到天日呢？

从地势纬度上讲来，北方的夏天，当然要比南方的夏天来得凉爽。在北平城里过夏，实在是并没有上北戴河或西山去避暑的必要。一天到晚，最热的时候，只有中午到午后三四点钟的几个钟头，晚上太阳一下山，总没有一处不是凉阴阴要穿单衫才能过去的；半夜以后，更是非盖薄棉被不可了。而北平的天然冰的便宜耐久，又是夏天住过北平的人所忘不了的一件恩惠。

我在北平，曾经过过三个夏天；像什刹海，菱角沟，二闸等暑天游耍的地方，当然是都到过的；但是在三伏的当中，不问是白天或是晚上，你只教有一张藤榻，搬到院子里的葡萄架下或藤花阴处去躺着，吃吃冰茶雪藕，听听盲人的鼓词与树上的蝉鸣，也可以一点儿也感不到炎热与薰蒸。而夏天最热的时候，在北平顶多总不过九十四五度，这一种大热的天气，全夏顶多顶多又不过十日的样子。

在北平，春夏秋的三季，是连成一片；一年之中，仿佛只有一段寒冷的时期，和一段比较得温暖的时期相对立。由春到夏，是短短的一瞬间，自夏到秋，也只觉得是过了一次午睡，就有点儿凉冷起来了。因此，北方的秋季也特别的觉得长，而秋天的回味，也更觉得比别处来得浓厚。前两年，因去北戴河回来，我曾在北平过过一个秋，在那时候，已经写过一篇《故都的秋》，对这北平的秋季颂赞过了一遍了，所以在这里不想再来重复；可是

《墨梅》| 清代 | 顾鹤庆

北平近郊的秋色，实在也正像是一册百读不厌的奇书，使你愈翻愈会感到兴趣。

秋高气爽，风日晴和的早晨，你且骑着一匹驴子，上西山八大处或玉泉山碧云寺去走走看；山上的红柿，远处的烟树人家，郊野里的芦苇黍稷，以及在驴背上驮着生果进城来卖的农户佃家，包管你看一个月也不会看厌。春秋两季，本来是到处都好的，但是北方的秋空，看起来似乎更高一点，北方的空气，吸起来似乎更干燥健全一点。而那一种草木摇落，金风肃杀之感，在北方似乎也更觉得要严肃，凄凉，沉静得多。你若不信，你且去西山脚下，农民的家里或古寺的殿前，自阴历八月至十月下旬，去住它三个月看看。古人的"悲哉秋之为气"以及"胡笳互动，牧马悲鸣"的那一种哀感，在南方是不大感觉得到的，但在北平，尤其是在郊外，你真会得感至极而涕零，思千里兮命驾。所以我说，北平的秋，才是真正的秋；南方的秋天，不过是英国话里所说的Indian Summer或叫作小春天气而已。

统观北平的四季，每季每节，都有它的特别的好处；冬天是室内饮食奄息的时期，秋天是郊外走马调鹰的日子，春天好看新绿，夏天饱受清凉。至于各节各季，正当移换中的一段时间哩，又是别一种情趣，是一种两不相连，而又两都相合的中间风味，如雍和宫的打鬼，净业庵的放灯，丰台的看芍药，万牲园的寻梅花之类。

五六百年来文化所聚萃的北平，一年四季无一月不好的北平，我在遥忆，我也在深祝，祝她的平安进展，永久地为我们黄帝子孙所保有的旧都城。

一九三六年五月廿七日

苏州烟雨记

一

悠悠的碧落，一天一天的高远起来。清凉的早晚，觉得天寒袖薄，要缝件夹衣，更换单衫。楼头思妇，见了鹅黄的柳色，牵情望远，在绸衾的梦里，每欲奔赴玉门关外去。当这时候，我们若走出户外天空下去，老觉得好像有一件什么重大的物事，被我们忘了似的。可不是么？三伏的暑热，被我们忘掉了哟！在都市的沉浊的空气中栖息的裸虫！在利欲的争场上吸血的战士！年年岁岁，不知四季的变迁，同鼹鼠似的埋伏在软红尘里的男男女女！你们想发现你们的灵性不想？你们有没有向上更新的念头？你们若欲上空旷的地方，去呼一口自由的空气，一则可以醒醒你们醉生梦死的头脑，二则可以看看那些就快凋谢的青枝绿叶，豫藏一个来春再见之机，那么请你们跟了我来，Und ich, ich schnuere den Sack und wandere,[1]我要去寻访伍子胥吹箫吃食之乡，展拜秦始皇求剑凿穿之墓，并想看看那有名的姑苏台苑哩！

"象以齿毙，膏用明煎"，为人切不可有所专好，因为一有了嗜癖，就不得不为所累。我闲居沪上，半年来既无职业，也无忙事，本来只须有几个买路钱，便是天南地北，也可以悠然独往

1　德语，我要带着行李去旅游。

的，然而实际上却是不然。因为自去年同几个同趣味的朋友，弄了几种我们所爱的文艺刊物出来之后，愚蠢的我们，就不得不天天服赫拉克勒斯（Hercules）的苦役了，所以九月三日的早晨，决定和友人沈君，乘车上苏州去的时候，我还因有一篇文字没有交出之故，心里只在怦怦的跳动。

那一天（九月三日）也算是一天清秋的好天气。天上虽没有太阳，然而几块淡青的空处，和西洋女子的碧眼一般，在白云浮荡的中间，常在向我们地上的可怜虫密送秋波。不是雨天，不是晴日，若硬要把这一天的天气分出类来，我不管气象台的先生们笑我不笑我，姑且把它叫风云飞舞，阴晴交让的初秋的一日吧。

这一天的早晨，同乡的沈君，跑上我的寓所来说："今天我要上苏州去。"

我从我的屋顶下的房里，看看窗外的天空，听听市上的杂噪，忽而也起了一种怀慕远处之情（Sehusucht nach der Ferne）。九点四十分的时候，我和沈君就摇来摇去站在三等车中，被机关车搬向苏州去了。

"仙侣同舟！"古人每当行旅的时候，老在心中窃望着这一种艳福。我想人既是动物，无论男女，欲念总不能除，而我既是男人，女人当然是爱的。这一回我和沈君匆促上车，初不料的车上的人是那样拥挤的，后来从后面走上了前面，忽在人丛中听出了一种清脆的笑声来。" 明眸皓齿的你们这几位女青年，你们可是上苏州去的么？"我见了她们的那一种活泼的样子，真想开口问她们一声，但是三千年的道德观，和见人就生恐惧的我的自卑狂，只使我红了脸，默默的站在她们身边，不过暗暗的闻吸闻吸从她们发上身上口中蒸发出来的香气罢了。我把她们偷看了几眼，心里又长叹了一声：“啊啊！容颜要美，年纪要轻，更要有钱！”

二

我们同车的几个"仙侣"，好像是什么女学校的学生。她们的活泼的样子——使恶魔讲起来就是轻佻——丰肥的肉体——使恶魔讲起来就是多淫——和烂熟的青春，都是神仙应有的条件，但是只有一件，只有一件事情，使我无论如何也不能把她们当作神仙的眷属看。非但如此，为这一件事情的原故，我简直不能把她们当作我的同胞看。这是什么呢，这便是她们故意想出风头而用的英文的谈话。假使我是不懂英文的人，那末从她们的绯红的嘴唇里滚出来的叽哩咕噜，正可以当作天女的灵言听了，倒能够对她们更加一层敬意。假使我是崇拜英文的人，那末听了她们的话，也可以感得几分亲热。但是我偏偏是一个程度与她们相仿的半通英文而又轻视英文的人，所以我的对她们的热意，被她们的谈话一吹几乎吹得冰冷了。世界上的人类，抱着功利主义，受利欲的催眠最深的，我想没有过于英美民族的了。但我们的这几位女同胞，不用《西厢》、《牡丹亭》上的说白来表现她们的思想，不把《红楼梦》上言文一致的文字来代替她们的说话，偏偏要选了商人用的这一种有金钱臭味的英语来卖弄风情，是多么杀风景的事情啊！你们即使要用外国文，也应选择那神韵悠扬的法国语，或者更适当一点的就该用半清半俗，薄爱民语（La Langue des Bohemiens），何以要用这卑俗的英语呢？啊啊，当现在崇拜黄金的世界，也无怪某某女学等卒业出来的学生，不愿为正当的中国人的糟糠之室，而愿意自荐枕席于那些犹太种的英美的下流商人的。我的朋友有一次说，"我们中国亡了，倒没有什么可惜，我们中国的女性亡了，却是很可惜的。现在在洋场上作寓公的有钱有势的中国的人物，尤其是外交商界政界的人物，他们的妻女，差不多没有一个不失身于外国的下流流氓的，你看这事伤心不伤心哩！"我是两性问题上的一个国粹保存主义者，最不忍见我国的娇美的女同胞，被那些外国流氓去足践。我的在外国留学时代的游荡，也是本于这主义的一种复仇的心思。我现在若有黄金千万，还想去买些白奴来，供我们中国的黄包车夫苦力小工享乐啦！

唉唉！风吹水绉，干侬底事，她们在那里贱卖血肉，于我何尤。我且探头出去看车窗外的茂茂的原田，青青的草地，和清溪茅舍，丛林旷地吧！

"啊啊，那一道隐隐的飞帆，这大约是苏州河吧！"我看了那一条深碧的长河，长河彼岸的粘天的短树，和河内的帆船，就叫着问我的同行者沈君，他还没有回答我之先，立在我背后的一位老先生却回答说："是的，那是苏州河，你看隐约的中间，不是有一条长堤看得见么！没有这一条堤，风势很大，是不便行舟的。"

我注目一看，果真在河中看出了一条隐约的长堤来。这时候，在东面车窗下坐着的旅客，都纷纷站起来望向窗外去。我把头朝转来一望，也看见了一个汪洋的湖面，起了无数的清波，在那里汹涌。天上黑云遮满了，所以湖面也只似用淡墨涂成的样子。湖的东岸，也有一排矮树，同凸出的雕刻似的，以阴沉灰黑的天空作了背景，在那里作苦闷之状。我不晓是什么理由，硬想把这一排沿湖的列树，断定是白杨之林。

三

车过了阳澄湖，同车的旅客，大家不向车的左右看而注意到

《红楼梦》插图 ┃ 清代 ┃ 改琦

车的前面去，我知道苏州就不远了。等苏州城内的一枝尖塔看得出来的时候，几位女学生，也停住了她们的黄金色的英语，说了几句中国话。

"苏州到了！"

"可惜我们不能下去！"

"But we will come in the winter．"

她们操的并不是柔媚的苏州音，大约是南京的学生吧？也许是上北京去的，但是我知道了她们不能同我一道下车，心里却起了一种微微的失望。

"女学生诸君，愿你们自重，愿你们能得着几位金龟佳婿，我要下车去了。"

心里这样的讲了几句，我等着车停之后，就顺着了下车的人流，也被他们推来推去的推下了车。

出了车站，马路上站了一忽，我只觉得许多穿长衫的人，路的两旁停着的黄包车，马车，车夫和驴马，都在灰色的空气里混战。跑来跑去的人的叫唤，一个钱两个钱的争执，萧条的道旁的杨柳，黄黄的马路，和在远处看得出来的一道长而且矮的土墙，便是我下车在苏州得着的最初的印象。

湿云低垂下来了。在上海动身时候看得见的几块青淡的天空也被灰色的层云埋没煞了。我仰起头来向天空一望，脸上早接受了两三点冰冷的雨点。

"危险危险，今天的一场冒险，怕要失败。"

我对在旁边站着的沈君这样讲了一句，就急忙招了几个马车夫来问他们的价钱。

我的脚踏苏州的土地，这原是第一次。沈君虽已来过一二回，

苏州水景

但是那还是前清太平时节的故事，他的记忆也很模糊了。并且我这一回来，本来是随人热闹，偶尔发作的一种变态旅行，既无作用，又无目的的，所以马夫问我"上哪里去？"的时候，我想了半天，只回答了一句"到苏州去！"究竟沈君是深于世故的人，看了我的不知所措的样子，就不慌不忙的问马车夫说："到府门去多少钱？"

好像是老熟的样子。马车夫倒也很公平，第一声只要了三块大洋。我们说太贵，他们就马上让了一块，我们又说太贵，他们又让了五角。我们又试了试说太贵，他们却不让了，所以就在一乘开口马车里坐了进去。

起初看不见的微雨，愈下愈大了，我和沈君坐在马车里，尽在野外的一条马路上横斜的前进。青色的草原，疏淡的树林、蜿蜒的城墙，浅浅的城河，变成这样，变成那样的在我们面前交换。醒人的凉风，休休的吹上我的微热的面上，和嗒嗒的马蹄声，在那里合奏交响乐。我一时忘记了秋雨，忘记了在上海剩下的未了的工作，并且忘记了半年来失业困穷的我，心里只想在马车上作独脚的跳舞，嘴里就不知不觉的念出了几句独脚跳舞的歌来：

> "秋在何处，秋在何处？
> 在蟋蟀的床边，在怨妇楼头的砧杵，
> 你若要寻秋，你只须去落寞的荒郊行旅，
> 刺骨的凉风，吹消残暑，
> 漫漫的田野，刚结成禾黍，
> 一番雨过，野路牛迹里贮着些儿浅渚，
> 悠悠的碧落，反映在这浅渚里容与，
> 月光下，树林里，萧萧落叶的声音，便是秋的私语。"

　　我把这几句词不像词，新诗不像新诗的东西唱了一回，又向四边看了一回，只见左右都是荒郊，前面只是一条没有尽头的长路，所以心里就害怕起来，怕马夫要把我们两个人搬到杳无人迹的地方去杀害。探头出去，大声的喝了一声："喂！你把我们拖上什么地方去？"

　　那狡猾的马夫，突然吃了一惊，噗的从那坐凳上跌下来，他的马一时也惊跳了一阵，幸而他虽跌倒在地下，他的马缰绳，还牢捏着不放，所以马没有逃跑。他一边爬起来，一边对我们说："先生！老实说，府门是送不到的，我只能送你们上洋关过去的密度桥上。从密度桥到府门，只有几步路。"

　　他说的是没有丈夫气的苏州话，我被他这几句柔软的话声一说，心已早放下了，并且看看他那五十来岁的面貌，也不像杀人犯的样子，所以点了一点头，就由他去了。

　　马车到了密度桥，我们就在微雨里走了下来，上沈君的友人寄寓在那里的葑门内的严衙前去。

四

　　进了封建时代的古城，经过了几条狭小的街巷，更越过了许多环桥，才寻到了沈君的友人施君的寓所。进了葑门以后，在那些清冷的街上，所得着的印象，我怎么也形容不出来。上海的市场，若说是二十世纪的市场，那末这苏州的一隅，只可以说是十八世纪的古都了。上海的杂乱的情形，若说是一个Busy Port，[1]那么苏州只可以说是一个Sleepy Town[2]了。总之阊门外的繁华，我

1　繁忙的港口。
2　寂静的小镇。

未曾见到，专就我于这葑门里一隅的状况看来，我觉得苏州城，竟还是一个浪漫的古都，街上的石块，和人家的建筑，处处的环桥河水和狭小的街衢，没有一件不在那里夸示过去的中国民族的悠悠的态度。这一种美，若硬要用近代语来表现的时候，我想没有比"颓废美"的三字更适当的了。况且那时候天上又飞满了灰黑的湿云，秋雨又在微微的落下。

施君幸而还没有出去，我们一到他住的地方，他就迎了出来。沈君为我们介绍的时候，施君就慢慢的说：

"原来就是郁君么？难得难得，你做的那篇……我已经拜读了，失意人谁能不同声一哭！"

原来施君是我们的同乡，我被他说得有些羞愧了，想把话头转一个方向，所以就问他说：

"施君，你没有事么？我们一同去吃饭吧。"

实际上我那时候，肚里也觉得非常饥饿了。

严衙前附近，都是钟鸣鼎食之家，所以找不出一家菜馆来。没有方法，我们只好进一家名锦帆榭的茶馆，托茶博士去为我们弄些酒菜来吃。因为那时候微雨未止，我们的肚里却响得厉害，想想饿着肚在微雨里奔跑，也不值得，所以就进了那家茶馆——一则也因为这家茶馆的名字不俗——打算坐它一二个钟头，再作第二步计划。

古语说得好，"有志者事竟成！"我们在锦帆榭的清淡的中厅桌上，喝喝酒，说说闲话，一天微雨，竟被我们的意志力，催阻住了。

初到一个名胜的地方，谁也同小孩子一样，不愿意悠悠的坐着的，我一见雨止，就促施君沈君，一同出了茶馆，打算上各处

城隍廟內景

去逛去。从清冷修整狭小的卧龙街一直跑将下去，拐了一个弯，又走了几步，觉得街上的人和两旁的店，渐渐儿的多起来，繁盛起来，苏州城里最多的卖古书、旧货的店铺，一家一家的少了下去，卖近代的商品的店家，逐渐惹起我的注意来了，施君说："玄妙观就要到了，这就是观前街。"

到了玄妙观内，把四面的情形一看，我觉得玄妙观今日的繁华，与我空想中的境状大异。讲热闹赶不上上海午前的小菜场，讲怪异远不及上海城内的城隍庙，走尽了玄妙观的前后，在我脑里深深印入的印象，只有二个，一个是三五个女青年在观前街的一家箫琴铺里买箫，我站到她们身边去对她们呆看了许久，她们也回了我几眼。一个玄妙观门口的一家书馆里，有一位很年轻的学生在那里买我和我朋友共编的杂志。除这两个深刻的印象外，我只觉得玄妙观里的许多茶馆，是苏州人的风雅的趣味的表现。

早晨一早起来，就跑上茶馆去。在那里有天天遇见的熟脸。对于这些熟脸，有妻子的人，觉得比妻子还亲而不狎，没有妻子的人，当然可把茶馆当作家庭，把这些同类当作兄弟了。大热的时候，坐在茶馆里，身上发出来的一阵阵的汗水，可以以口中咽下去的一口口的茶去填补。茶馆内虽则不通空气，但也没有火热的太阳，并且张三李四的家庭内幕和东洋中国的国际闲谈，都可以消去逼人的盛暑。天冷的时候，坐在茶馆里，第一个好处，就是现成的热茶。除茶喝多了，小便的时候要起冷痉之外，吞下几碗刚滚的热茶到肚里，一时却能消渴消寒。贫苦一点的人，更可以藉此熬饥。若茶馆主人开通一点，请几位奇形怪状的说书者来说书，风雅的茶客的兴趣，当然更要增加。有几家茶馆里有几个茶客，听说从十几岁的时候坐起，坐到五六十岁死时候止，坐的老是同一个座位，天天上茶馆来一分也不迟，一分也不早，老是在同一个时间。非但如此，有几个人，他自家死的时候，还要把这一个座位写在遗嘱里，要他的儿子天天去坐他那一个遗座。近来百货店的组织法应用到茶业上，茶馆的前头，除香气烹人的"火烧""锅贴""包子""烤山芋"之外，并且有酒有菜，足可使茶客一天不出外而不感得什么缺憾。像上海的青莲阁，非但饮食俱全，并且人肉也在贱卖，中国的这样文明的茶馆，我想该是二十世纪的世界之光了。所以盲目的外国人，你们若要来调查中国的事情，你们只须上茶馆去调查就是，你们要想来管理中国，也须先去征得各茶馆里的茶客的同意，因为中国的国会所代表的，是中国人的劣根性无耻与贪婪，这些茶客所代表的倒是真真的民意哩！

五

出了玄妙观，我们又走了许多路，去逛遂园，遂园在苏州，同我在上海一样，有许多人还不晓得它的存在。从很狭很小的一个坍败的门口，曲曲折折走尽了几条小弄，我们才到了遂园的中心。苏州的建筑，以我这半日的经验讲来，进门的地方，都是狭窄芜废，走过几条曲巷，才有轩敞华丽的屋宇。我不知这一种方式，还是法国大革命前的民家一样，为避税而想出来的呢？还是为唤醒观者的观听起见，用修辞学上的欲扬先抑的笔法，使能得着一个对称的效力而想出来的？

遂园是一个中国式的庭园，有假山有池水有亭阁，有小桥也有几枝树木。不过各处的坍败的形迹和水上开残的荷花荷叶，同暗澹的天气合作一起，使我感到了一种秋意，使我看出了中国的将来和我自家的凋零的结果。啊！遂园呀遂园，我爱你这一种颓唐的情调！

　　在荷花池上的一个亭子里，喝了一碗茶，走出来的时候，我们在正厅上却遇着了许多穿轻绸绣缎的绅士淑女，静静的坐在那里喝茶咬瓜子，等说书者的到来。我在前面说过的中国人的悠悠的态度，和中国的亡国的悲壮美，在此地也能看得出来。啊啊，可怜我为人在客，否则我也挨到那些皮肤嫩白的太太小姐们的边上去静坐了。

　　出了遂园，我们因为时间不早，就劝施君回寓。我与沈君在狭长的街上飘流了一会，就决定到虎丘去。

（此稿执笔者因病中止）

一九二三年九月

江南的冬景

凡在北国过过冬天的人，总都知道围炉煮茗，或吃煊羊肉，剥花生米，饮白干的滋味。而有地炉、暖炕等设备的人家，不管它门外面是雪深几尺，或风大若雷，而躲在屋里过活的两三个月的生活，却是一年之中最有劲的一段蛰居异境；老年人不必说，就是顶喜欢活动的小孩子们，总也是个个在怀恋的，因为当这中间，有的萝卜，雅儿梨等水果的闲食，还有大年夜，正月初一、元宵等热闹的节期。

但在江南，可又不同；冬至过后，大江以南的树叶，也不至于脱尽。寒风——西北风——间或吹来，至多也不过冷了一日两日。到得灰云扫尽，落叶满街，晨霜白得像黑女脸上的脂粉似的清早，太阳一上屋檐，鸟雀便又在吱叫，泥地里便又放出水蒸气来，老翁小孩就又可以上门前的隙地里去坐着曝背谈天，营屋外的生涯了；这一种江南的冬景，岂不也可爱得很么？

我生长江南，儿时所受的江南冬日的印象，铭刻特深，虽则渐入中年，又爱上了晚秋，以为秋天正是读读书，写写字的人的最惠节季，但对于江南的冬景，总觉得是可以抵得过北方夏夜的一种特殊情调，说得摩登些，便是一种明朗的情调。

我也曾到过闽粤，在那里过冬天，和暖原极和暖，有时候到了阴历的年边，说不定还不得不拿出纱衫来着；走过野人的篱落，更还看得见许多杂七杂八的秋花！一番阵雨雷鸣过后，凉冷一点；至多也只好换上一件夹衣，在闽粤之间，皮袍棉袄是绝对用不着的；这一种极南的气候异状，并不是我所说的江南的冬景，只能叫它作南国的长春，是春或秋的延长。

江南的地质丰腴而润泽，所以含得住热气，养得住植物；因而长江一带，芦花可以到冬至而不败，红叶亦有时候会保持得三个月以上的生命。像钱塘江两岸的乌桕树，则红叶落后，还有雪白的桕子着在枝头，一点一丛，用照相机照将出来，可以乱梅花之真。草色顶多成了赭色，根边总带点绿意，非但野火烧不尽，就是寒风也吹不倒的。若遇到风和日暖的午后，你一个人肯上冬郊去走走，则青天碧落之下，你不但感不到岁时的肃杀，并且还可以饱觉着一种莫名其妙的含蓄在那里的生气；"若是冬天来了，春天也总马上会来"的诗人的名句，只有在江南的山野里，最容易体会得出。

说起了寒郊的散步，实在是江南的冬日，所给与江南居住者的一种特异的恩惠；在北方的冰天雪地里生长的人，是终他的一生，也决不会有享受这一种清福的机会的。我不知道德国的冬天，比起我们江浙来如何，但从许多作家的喜欢以Spaziergang一字来做他们的创造题目的一点看来，大约是德国南部地方，四季的变迁，总也和我们的江南差仿不多。譬如说十九世纪的那位乡土诗人洛在格（Peter Rosegger1843—1918）吧，他用这一个"散步"做题目的文章尤其写得多，而所写的情形，却又是大半可以拿到中国江浙的山区地方来适用的。

江南河港交流，且又地滨大海，湖沼特多，故空气里时含水分；到得冬天，不时也会下着微雨，而这微雨寒村里的冬霖景

诗人雪莱

雪莱（1792—1822），英国文学史上最有才华的抒情诗人之一。他最广为引用的诗句是《西风颂》（Ode To The West Wind）的最后两句：「如果冬天来了，春天还会远吗？」

象，又是一种说不出的悠闲境界。你试想想，秋收过后，河流边三五家人家会聚在一道的一个小村子里，门对长桥，窗临远阜，这中间又多是树枝槎桠的杂木树林；在这一幅冬日农村的图上，再洒上一层细得同粉也似的白雨，加上一层淡得几不成墨的背景，你说还够不够悠闲？若再要点景致进去，则门前可以泊一只乌篷小船，茅屋里可以添几个喧哗的酒客，天垂暮了，还可以加一味红黄，在茅屋窗中画上一圈暗示着灯光的月晕。人到了这一个境界，自然会得胸襟洒脱起来，终至于得失俱亡，死生不同了；我们总该还记得唐朝那位诗人做的"暮雨潇潇江上树"的一首绝句吧？诗人到此，连对绿林豪客都客气起来了，这不是江南冬景的迷人又是什么？

一提到雨，也就必然的要想到雪："晚来天欲雪，能饮一杯无？"自然是江南日暮的雪景。"寒沙梅影路，微雪酒香村"，则雪月梅的冬宵三友，会合在一道，在调戏酒姑娘了。"柴门村犬吠，风雪夜归人"，是江南雪夜，更深人静后的景况。"前树深雪里，昨夜一枝开"又到了第二天的早晨，和狗一样喜欢弄雪的村童来报告村景了。诗人的诗句，也许不尽是在江南所写，而做这几句诗的诗人，也许不尽是江南人，但假了这几句诗来描写江南的雪景，岂不直截了当，比我这一支愚劣的笔所写的散文更美丽得多？

有几年，在江南也许会没有雨没有雪的过一个冬，到了春间阴历的正月底或二月初再冷一冷下一点春雪的；去年（一九三四）的冬天是如此，今年的冬天恐怕也不得不然，以节气推算起来，大约太冷的日子，将在一九三六年的二月尽头，最多也总不过是七八天的样子。像这样的冬天，乡下人叫作旱冬，对于麦的收成或者好些，但是人口却要受到损伤；旱得久了，白喉，流行性感冒等疾病自然容易上身，可是想恣意享受江南的冬景的人，在这一种冬天，倒只会得到快活一点，因为晴和的日子多了，上郊外去闲步逍遥的机会自然也多；日本人叫作Hi-king[1]，德国人叫作Spaziergang狂者，所最欢迎的也就是这样的冬天。

窗外的天气晴朗得像晚秋一样；晴空的高爽，日光的洋溢，引诱得使你在房间里坐不住，空言不如实践，这一种无聊的杂文，我也不再想写下去了，还是拿起手杖，搁下纸笔，上湖上散散步吧！

一九三五年十二月一日

---

1 **ハイキング**，徒步旅行。

玉皇山

　　杭州西湖的周围，第一多若是蚊子的话，那第二多当然可以说是寺院里的和尚尼姑等世外之人了。若五台、普陀各佛地灵场，本来为出家人所独占的共和国，情形自然又当别论；可是你若上湖滨去散一回步，注意着试数它一数，大约平均隔五分钟总可以见到一位缁衣秃顶的佛门子弟，漫然阔步在许多摩登士女的中间；这，说是湖山的点缀，当然也可以。

　　杭州的和尚尼姑，虽则多到了如此，但道士可并不见得比别处更加令人触目，换句话说，就是数目并不比别处特别的多。建炎南渡，推崇道教，甚至官位之中，也有宫观提举的一目；而上皇，太后，宫妃，藩主等退隐之所，大抵都是道观，一脉相沿，按理而讲，杭州是应该成为道教的中心区域的，但事实上却又不然。《西湖游览志》里所说的那些城内外的胜迹道院，现在大都只变了一个地名，院且不存，更哪里来的道士？

　　西湖边上，住道士的大寺观，为一般人所知道而且有时也去去的，北山只有一个黄龙洞，南山当然要推玉皇山了。玉皇山屹立在西湖与钱塘江之间，地势和南北高峰堪称鼎足；登高一望，西北看得尽西湖的烟波云影，与夫围绕在湖上的一带山峰；西南是之江，叶叶风帆，有招之即来，挥之便去之势；向东展望海门，一点巽峰，两派潮路，气象更加雄伟；至于隔岸的越山，江边的巨塔，因为是居高临下

雷峰夕照

雷峰塔是西湖边的名塔，与保俶塔隔湖相对，旧时有『雷峰如老衲，保俶如美人』之说。『雷峰夕照』是西湖十景之一。本图是旧塔倩影，原塔已于一九二七年倒塌。

的关系，俯视下去，倒觉得卑卑不足道了。像这样的一座玉皇山，而又近在城南尺五之间，阖城的人，全湖的眼，天天在看它，照常识来判断，当然应该成为湖上第一个名区的，可是香火却终于没有灵隐三竺那么的兴旺，我在私下，实在有点儿为它抱不平。

细想想，玉皇山的所以不能和灵隐三竺一样的兴盛，理由自然是有的，就是因为它的高，它的孤峰独立，不和其他的低峦浅阜联结在一道。特立独行之士，孤高傲物之辈，大抵不为世谅，终不免饮恨而终的事例，就可以以这玉皇山的冷落来做证明。

唯其太高，唯其太孤独了，所以玉皇山上自古迄今，终于只有一个冷落的道观；既没有名人雅士的题咏名篇，也没有豪绅富室的捐输施舍，致弄得千余年来，这一座襟长江而带西湖的玉柱高峰，志书也没有一部。光绪年间，听说曾经有一位监院的道士——不知是否月中子？——托人编撰过一册薄薄的《玉皇山志》的，但它的目的，只在搜集公文案牍而已，记兴革、述山川的文字是没有的，与其称它作志，倒还不如说它是契据的好。

我闲时上山去，于登眺之余，每想让出几个月的工夫来，为这一座山，为这一座山上的寺观，抄集些像志书材料的东西；可是蓄志多年，看书也看得不少，但所得的结果，也仅仅二三则而已。这山唐时为玉柱峰，建有玉龙道院；宋时为玉龙山，或单称龙山，以与东面的凤凰山相对，使符郭璞"龙飞凤舞到钱塘"之句；入明无为宗师，创建福星观，供奉玉皇上帝，始有玉皇山的这一个名字。清康熙年间，两浙总督李敏达公，信堪舆之说，以为离龙回首，所以城中火患频仍，就在山头开了日月两池，山腰造了七只铁缸，以象北斗七星之像，合之紫阳山上的坎卦石和北城的水星阁，作了一个大大的镇火灾的迷阵，于是玉皇山上的七星缸也就著名了。洪杨时毁后，又由杨昌濬总督重修了一次，现在的道观，却是最近的监院紫东李道士的中兴工业，听说已经花去了十余万金钱，还没有完工哩。这是玉皇山寺观兴废的大略，系道士向我述说的历史，而田汝成的《游览志》里之所记，却又有点不同，他说："龙山一名卧龙山，又名龙华山，与上下石龙相接。山北有鸿雁池，其东为白塔岭。上有天真禅寺，梁龙德中钱王建寺，今唯一庵存焉。山腰为登云台，又名拜郊台，盖钱王僭郊天地之所也。宋籍田在山麓天龙寺下，中阜规园，环以沟塍，作八卦状，俗称九宫八卦田，至今不紊。山旁有宋郊坛。"

关于玉皇山的历史，大约尽于此了，至于八卦田外的九连塘（或作九莲塘），以及慈云（东面）丁婆（西面）两岭的建筑物古迹等，当然要另外去考；而俗传东面山头的百花公主点将台和海宁陈阁老的祖坟在八卦田下等神话，却又是无稽之谈了。

玉皇山的坏处，实在也就是它的好处。因为平常不大有人去，因为山高难以攀登，所以你若想去一游，不会遇到成千成万的下级游人，如吴山的五狼八豹之类。并且紫来洞新开，东面由长桥而去的一条登山大道新辟，你只教有兴致，有走三里山路的脚力，上去花它一整天的工夫，看看长江，看看湖面，便可以把一切的世俗烦恼，一例都消得干干净净。我平时爱上吴山，可以借登高的远望而消胸中的块磊，可是块磊大了，几杯薄酒和小小的吴山，还消它不得的时候，就只好上玉皇山去。去年秋天，记得曾和增敭他们去过一次，大家都惊叹为杭州的新发现；今年也复去过两回，每次总能够发现一点新的好处，所以我说，玉皇山在杭州，倒像是我的一部秘藏之书，东坡食蚝，还有私意，我在这里倒真吐露了我的肺腑衷情。

一九三五年十一月

感伤的行旅

一

犹太人的漂泊，听说是上帝制定的惩罚。中欧一带的"寄泊栖"[1]的游行，仿佛是这一种印度支尼族浪漫的天性。大约是这两种意味都完备在我身上的缘故吧，在一处沉滞得久了，只想把包裹雨伞背起，到绝无人迹的地方去吐一口郁气。更况且节季又是霜叶红时的秋晚，天色又是同碧海似的天天晴朗的青天，我为什么不走？我为什么不走呢？

可是说话容易，实践艰难，入秋以后，想走想走的心愿，却起了好久了，而天时人事，到了临行的时节，总有许多阻障出来。八个瓶儿七个盖，凑来凑去凑不周全的，尤其是几个买舟借宿的金钱。我不会吹箫，我当然不能乞食，况且此去，也许在吴头，也许向楚尾，也许在中途被捉，被投交有砂米饭吃有红衣服着的笼中，所以踏上火车之先，我总想多带一点财物在身边，免得为人家看出，看出我是一个无产无职的游民。

旅行之始，还是先到上海，向各处去交涉了半天。等到几个版税拿到在手里，向大街上买就了些旅行杂品的时候，我的灵魂

1　现译吉卜赛。

老上海一瞥

已经飞到了空中，"Over the hills and far away！"[1]坐在黄包车上的身体，好像在腾云驾雾，扶摇上九万里外去了。头一晚，就在上海的大旅馆里借了一宵宿。

是月暗星繁的秋夜，高楼上看出去，能够看见的，只是些黄苍颓荡的电灯光。当然空中还有许多同蜂衙里出了火似的同胞的杂噪声，和许多有钱的人在大街上驶过的汽车声溶合在一处，在合奏着大都会之夜的"新魔丰腻"，但最触动我这感伤的行旅者的哀思的，却是在同一家旅舍之内，从前后左右的宏壮的房间里发出来的娇艳的肉声，及伴奏着的悲凉的弦索之音。屋顶上飞下来的一阵两阵的比西班牙舞乐里的皮鼓铜琶更野噪的锣鼓响乐，也未始不足以打断我这愁人秋夜的客中孤独，可是同败落头人家的喜事一样，这一种绝望的喧阗，这一种勉强的干兴，终觉得是肺病患者的脸上的红潮，静听起来，仿佛是有四万万的受难的人民，在这野声里啜泣似的，"如此烽烟如此（乐），老夫怀抱若为开"呢？

不得已就只好在灯下拿出一本德国人的游记来躺在床沿上胡乱地翻读……

一七七六，九月四日，来干思堡，侵晨。

早晨三点，我轻轻地偷逃出了卡儿斯罢特，因为否则他们怕将不让我走。那一群将很亲热地为我做八月廿八的生日的朋友们，原也有扣留住我的权利；可是此地却不可再事淹留下去了……

这样地跟这一位美貌多才的主人公看山看水，一直的到了月下行车，将从勃伦纳到物络那（Vom Brenner bis Verona）的时候，我也就在悲凉的弦索声，杂噪的锣鼓声，和怕人的汽车声中昏沉睡着了。

1　在遥远群山的那一边。

　　不知是在什么地方，我自身却立在黑沉沉的天盖下俯看海水，立脚处仿佛是危岩巉兀的一座石山。我的左壁，就是一块身比人高的直立在那里的大石。忽而海潮一涨，只见黑黝黝的涡旋，在灰黄的海水里鼓荡，潮头渐长渐高，逼到脚下来了。我苦闷了一阵，却也终于无路可逃，带粘性的潮水，就毫无踌躇地浸上了我的两脚，浸上了我的腿部，腰部，终至于将及胸部而停止了。一霎时水又下退，我的左右又变了石山的陆地，而我身上的一件青袍，却为水浸湿了。在惊怖和懊恼的中间，梦神离去了我，手支着枕头，举起上半身来看看外边的样子，似乎那些毫无目的，毫无意识，只在大街上闲逛、瞎挤、乱骂、高叫的同胞们都已归笼去了，马路上只剩了几声清淡的汽车警笛之声，前后左右的娇艳的肉声和弦索声也减少了，幽幽寂寂，仿佛从极远处传来似的，只有间隔得很远的竹背牙牌互击的操塔的声音。大约夜也阑了，大家的游兴也倦了吧，这时候我的肚里却也咕噜噜感到了一点饥饿。

　　披上棉袍，向里间浴室的磁盆里放了一盆热水，漱了一漱口，擦了一把脸，再回到床前安乐椅上坐下，呆看住电灯擦起火柴来吸烟的时候，我不知怎么的斗然间却感到了一种异样的孤独。这也许是大都会中的深夜的悲哀，这也许是中年易动的人生的感觉，但无论如何，我觉得这样的再在旅舍里枯坐是耐不住的了，所以就立起身来，开门出去，想去找一家长夜开炉的菜馆，去试一回小吃。

　　开门出去，在静寂粉白和病院里的廊子一样的长巷中走了一段，将要从右角转入另一条长廊去的时候，在角上的那间房里，忽而走出了一位二十左右，面色洁白妖艳，一头黑发松长披在肩上，全身像裸着似的只罩着一件金黄长毛丝绒的Negligee[1]的妇人来。这一回的出其不意地在这一个深夜的时间里忽儿和我这样的一个潦倒的中年男子的相遇，大约也使她感到了一种惊异，她起始只张大了两只黑晶晶的大眼，怀疑惊问似的对我看了一眼，继而脸上涨起了红霞，似羞缩地将头俯伏了下去，终于大着胆子向我的身边走过，走到另一间房间里去了。我一个人发了一脸微笑，走转了弯，轻轻地在走向升降机去的中间，耳朵里还听见了一声她关闭房门的声音，眼睛里还保留着她那丰白的圆肩的曲线，和从宽散的她的寝衣中透露出来的胸前的那块倒三角形的雪嫩的白肌肤。

司升降机的工人和在廊子的一角呆坐着的几位茶役，都也睡态朦胧了，但我从高处的六层楼下来，一到了底下出大门去的那条路上，却不料竟会遇见这许多暗夜之子在谈笑取乐的。他们的中间，有的是跟妓女来的龟奴鸨母，有的是司汽车的机器工人，有的是身上还披着绒毯的住宅包车夫，有的大约是专等到了这一个时候，夹入到这些人的中间来骗取一枝两枝香烟，谈谈笑笑藉此过夜的闲人吧！这一个大门道上的小社会里，这时候似乎还正在热闹的黄昏时候一样，而等我走出大门，向东边角上的一家茶馆里坐定，朝壁上的挂钟细细看了一眼时，却已经是午前的三点钟了。

吃取了一点酒菜回来，在路上向天空注看了许多回。西边天上，正挂着一钩同镰刀似的下弦残月，东北南三面，从高屋顶的电火中间窥探出去，似还见得到一颗两颗的黯淡的秋星，大约明朝不会下雨这一件事情总可以决定的了。我长啸了一声，心里却

1　女睡衣，便服。

感到了一点满足，想这一次的出发也还算不坏，就再从升降机上来，回房脱去了袍袄，沉酣地睡着了四五个钟头。

二

几个钟头的酣睡，已把我长年不离身心的疲倦医好了一半了，况且赶到车站的时候，正还是上行特别快车将发未动的九点之前，买了车票，挤入了车座，浩浩荡荡，火车头在晨风朝日之中，将我的身体搬向北去的中间，老是自伤命薄，对人对世总觉得不满的我这时代落伍者，倒也感到了一心的快乐。"旅行果然是好的"，我斜倚着车窗，目视着两旁的躺息在太阳和风里的大地，心里却在这样的想："旅行果然是不错，以后就决定在船窗马背里过它半生生活吧！"

江南的风景，处处可爱，江南的人事，事事堪哀，你看，在这一个秋尽冬来的寒月里，四边的草木，岂不还是青葱红润的么？运河小港里，岂不依旧是白帆如织满在行驶的么？还有小小的水车亭子，疏疏的槐柳树林。平桥瓦屋，只在大空里吐和平之气，一堆一堆的干草堆儿，是老百姓在这过去的几个月中间力耕苦作之后的黄金成绩，而车辚辚，马萧萧，这十余年中间，军阀对他们的征收剥夺，掳掠奸淫，从头细算起来，哪里还算得明白？江南原说是鱼米之乡，但可怜的老百姓们，也一并的作了那些武装同志们的鱼米了。逝者如斯，将来者且更不堪设想，你们且看看政府中什么局长什么局长的任命，一般物价的同潮也似的怒升，和印花税地税杂税等名目的增设等，就也可以知其大概了。啊啊，圣明天子的朝廷大事，你这贱民哪有左右容喙的权利，你这无智的牛马，你还是守着古圣昔贤的大训，明哲以保其身，且细赏赏这车窗外面的迷人秋景吧！人家瓦上的浓霜去管它作甚？

车窗外的秋色，已经到了烂熟将残的时候了。而将这秋色秋风的颓废末级，最明显地表现出来的，要算浅水滩头的芦花丛薮，和沿流在摇映着的柳色的鹅黄。当然杞树、枫树、柏树的红叶，也一律的在透露残秋的消息，可是绿叶层中的红霞一抹，即在春天的二月，只教你向树林里去栽几株一丈红花，也就可以酿成此景的。至于西方莲的殷红，则不问是寒冬或是炎夏，只教你培养得宜，那就随时随地都可以将其他树叶的碧色去衬它的朱红。所以我说，表现这大江南岸的残秋的颜色，不是枫林的红艳和残叶的青葱，却是芦花的丰白与岸柳的髟黄。

秋的颜色，也管不得许多，我也不想来品评红白，裁答一重公案，总之对这些大自然的四时烟景，毫末也不曾留意的我们那火车机头，现在却早已冲过了长桥几架，抄过了阳澄湖岸的一角，一程一程的在逼近姑苏台下去了。

苏州本来是我侬旧游之地，"一帆冷雨过娄门"的情趣，闲雅的古人，似乎都在称道。不过细雨骑驴，延着了七里山塘，缓缓的去莫拜真娘之墓的那种逸致，实在也尽值得我们的怀忆的。还有日斜的午后，或者上小吴轩去泡一碗清茶，凭栏细数数城里人家的烟灶，或者在冷红阁上，开开它朝西一带的明窗，静静儿的守着夕阳的晼晚西沉，也是尘俗都消的一种游法。我的此来，本来是无遮无碍的放浪的闲行，依理是应该在吴门下榻，离沪的第一晚是应该去听听寒山寺里的夜半清钟的，可是重阳过后，这近边又有了几次农工暴动的风声，军警们提心吊胆，日日在搜查旅客，骚扰居民，像这样的暴风雨将到未来的恐怖期间，我也不想再去多劳一次军警先生的驾了，所以车停的片刻时候，我只在

捕鱼

车里跑上先跑落后的看了一回虎丘的山色，想看看这本来是不高不厚的地皮，究竟有没有被那些要人们刮尽。但是还好，那一堆小小的土山，依旧还在那里点缀苏州的景致。不过塔影萧条，似乎新来瘦了，它不会病酒，它不会悲秋，这影瘦的原因，大约总是因为日脚行到了天中的缘故吧。拿出表来一看，果然已经是十一点多钟，将近中午的时刻了。

　　火车离去苏州之后，路线的两边，耸出了几条绀碧的山峰来。在平淡的上海住惯的人，或者本来是从山水中间出来，但为生活所迫，就不得不在看不见山看不见水的上海久住的人们，大约到此总不免要生出异样的感觉来的吧。同车的有几位从上海来的旅客，一样的因看见了这西南一带的连山而在作点头的微笑。啊啊，人类本来就是大自然的一部分细胞，只教天性不灭，决没有一个会对了这自然的和平清景而不想赞美的。所以那些卑污贪暴的军阀委员要人们，大约总已经把人性灭尽了的缘故吧，他们只知道要打仗，他们只知道要杀人，他们只知道如何的去敛钱争势夺权利用，他们只知道如何的来破坏农工大众的这一个自然给与我们的伊甸园。啊呀，不对，本来是在说看山的，多嘴的小子，却又破口牵涉起大人先生们的狼心狗计来了，不说吧，还是不说吧。将近十二点了，我还是去炒盘芥莉鸡丁弄瓶"苦配"啤酒来浇浇魂磊的好。

三

　　正吞完最后的一杯苦酒的时候，火车过了一个小站，听说是无锡就在眼前了。

　　天下第二泉水的甘味，倒也没有什么可以使人留恋的地方。但震泽湖边的芦花秋草，当这一个肃杀的年时，在理想上当然是可以引人入胜的，因为七十二山峰的峰下，处处应该有低浅的水滩，三万六千顷的周匝，少算算也应该有千余顷的浅渚，以这一个统计来计算太湖湖上的芦花，那起码要比扬子江河身的沙渚上的芦田多些。我是曾在太平府以上九江以下的扬子江头看过伟大的芦花秋景的，所以这一回很想上太湖去试试运气看，看我这一次的臆测究竟有没有和事实相合的地方。这样的决定在无锡下车之后，倒觉得前面相去只几里地的路程特别的长了起来，特别快车的速力也似乎特别慢起来了。

无锡究竟是出大政客的实业中心地，火车一停，下来的人竟占了全车的十分之三四。我因为行李无多，所以一时对那些争夺人体的黄包车夫们都失了敬，一个人踏出站来，在荒地上立了一会，看了一出猴子戴面具的把戏，想等大伙的行客散了，再去叫黄包车直上太湖边去。这一个战略，本是我在旅行的时候常用常效的方法，因为车刚到站，黄包车价总要比平时贵涨几倍，等大家散尽，车夫看看不得不等第二班车了，那他的价钱就会低让一点，可以让到比平时只贵两成三成的地步。况且从车站到湖滨，随便走哪一条路，总要走半个钟头才能走到，你若急切的去叫车，那客气一点的车夫，会索价一块大洋，不客气的或者竟会说两块三块都不定的。所以夹在无锡的市民中间，上车站前头的那块荒地上去看一出猴犬两明星合演的拿手好戏，也是一件有意义的事情，因为我在看把戏的中间就在摆布对车夫的战略呀。殊不知这一次的作战，我却大大的失败了。

原来上行特别快车到站是正午十二点的光景，这一班车过后，则下行特快的到来要在下午的一点半过，车夫若送我到湖边去呢，那下半日的他的买卖就没有了，要不是有特别的好处，大家是不愿意去的。况且时刻又来得不好，正是大家要去吃饭缴车的时候，所以等我从人丛中挤攒出来，想再回到车站前头去叫车的当儿，空洞的卵石马路上，只剩了些太阳的影子，黄包车夫却一个也看不见了。

没有办法，只好唱着"背转身，只埋怨，自己做差"而慢慢的踱过桥去，在无锡饭店的门口，反出了一个更贵的价目，才叫着了一乘黄包车拖我到了迎龙桥下。从迎龙桥起，前面是宽广的汽车道了，两公司的驶往梅园的公共汽车，隔十分就有一乘开行，并且就是不坐汽车，从迎龙桥起再坐小照会的黄包车去，也是十分舒适的。到了此地，又是我的世界了，而实际上从此地起，不但有各种便利的车子可乘，就是叫一只湖船，叫她直摇出去，到太湖边上去摇它一晚，也是极容易办到的事情，所以在一家新的公共汽车行的候车的长凳上坐下的时候，我心里觉得是已经到了太湖边上的样子。

开原乡一带，实在是住家避世的最好的地方。九龙山脉，横亘在北边，锡山一塔，障得住东来的烟灰煤气，西南望去，不是龙山山脉的蜿蜒的余波，便是太湖湖面的镜光的返照。到处有桑麻的肥地，到处有起屋的良材，耕地的整齐，道路的修广，和一种和平气象的横溢，是在江浙各农区中所找不出第二个来的好地。可惜我没有去做官，可惜我不曾积下些钱来，否则我将不买阳羡之田，而来这开原乡里置它的三十顷地。营五亩之居，筑一亩之室。竹篱之内，树之以桑，树之以麻，养些鸡豚羊犬，好供岁时伏腊置酒高会之资；酒醉饭饱，在屋前的太阳光中一躺，更可以叫稚子开一开留声机器，听听克拉衣斯勒的提琴的慢调和卡儿骚的高亢的悲歌。若喜欢看点新书，那火车一搭，只教有半日工夫，就可以到上海的璧

《淮扬洁秋图》 ┃ 清代 ┃ 石涛

恒、别发，去买些最近出版的优美的书来。这一点卑卑的愿望，啊啊，这一点在大人先生的眼里看起来，简直是等于矮子的一个小脚指头般大的奢望，我究竟要在何年何月，才享受得到呢？罢罢，这样的在公共汽车里坐着，这样的看看两岸的疾驰过去的桑田，这样的注视注视龙山的秋景，这样的吸收吸收不用钱买的日色湖光，也就可以了，很可以了，我还是不要作那样的妄想，且念首清诗，聊作个过屠门的大嚼吧！

> Mine be a cot beside the hill
>
> A bee-hive's hum shall soothe my ear;
>
> A willowy brook that turns a mill,
>
> With many a fall shall linger near.
>
> The swal'ow, oft, beneath my thatch
>
> Shall twitter from her clay-built nest;
>
> Oft shall the pilgrim lift the latch,
>
> And share my meal, a welcome guest.
>
> Around my ivied porch shall spring
>
> Each fragrant flower that drinks the dew;
>
> And Lucy, at her wheel, shall sing
>
> In russet-gown and apron blue.
>
> The village-church among the trees,
>
> Where first our marriage-vows were given,
>
> With merry peals shall swell the breeze
>
> And point with taper spire to Heaven.[1]

---

1 Samuel Rogers 的《A wish》。

这样的在车窗口同诗里的蜜蜂似的哼着念着，我们的那乘公
共汽车，已经驶过了张巷荣巷，驶过了一支小山的腰岭，到了梅
园的门口子。

四

梅园是无锡的大实业家荣氏的私园，系筑在去太湖不远的一
支小山上的别业，我的在公共汽车里想起的那个愿望，他早已大
规模地为我实现造好在这里了；所不同者，我所想的是一间小小
的茅篷，而他的却是红砖的高大的洋房，我是要缓步以当车，徒
步在那些桑麻的野道上闲走的，而他却因为时间是黄金就非坐汽
车来往不可的这些违异。然而人同此心，心同此理，看将起来，
有钱的人的心理，原也同我们这些无钱无业的闲人的心理是一样
的。我在此地要感谢荣氏的竟能把我的空想去实现而造成这一个
梅园，我更要感谢他既造成之后而能把它开放，并且非但把它开
放，而又能在梅园里割出一席地来租给人家，去开设一个接待来
游者的公共膳宿之场。因为这一晚我是决定在梅园里的太湖饭店
内借宿的。

大约到过无锡的人总该知道，这附近的别墅的位置，除了刚
才汽车通过的那支横山上的一个别庄之外，总算这梅园的位置算顶
好了。这一条小小的东山，当然也是龙山西下的波脉里的一条，南
去太湖，约只有小三里不足的路程。而在这梅园的高处，如招鹤坪
前，太湖饭店的二楼之上，或再高处那荣氏的别墅楼头，南窗开
了，眼下就见得到太湖的一角，波光容与，时时与独山、管社山的
山色相掩映。至于园里的瘦梅千树，小榭数间，和曲折的路径，高
而不美的假山之类，不过尽了一点点缀的余功，并不足以语园林营

《墨梅》┃清代┃赵之琛

造的匠心之所在的的。所以梅园之胜，在它的位置，在它的与太湖的接而不离，离而又接的妙处；我的不远数十里的奔波，定要上此地来借它一宿的原因，也只想利用利用这一点特点而已。

在太湖饭店的二楼上把房间开好，喝了几杯既甜且苦的惠泉山酒之后，太阳已有点打斜了，但拿出表来一看，时间还只是午后的两点多钟。我的此来，原想看一看一位朋友所写过的太湖的落日，原想看看那落日与芦花相映的风情的；若现在就赶往湖滨，那未免去得太早，后来怕要生出久候无聊的感想来。所以走出梅园，我就先叫了一乘车子，再回到惠山寺去，打算从那里再由别道绕至湖滨，好去赶上看湖边的落日。但是锡山一停，惠山一转，遇见些无聊的俗物在惠山泉水旁的大嚼豪游，及许多武装同志们的沿路的放肆高笑，我心里就感到了一心的不快，正同被强人按住在脚下，被他强塞了些灰土尘污到肚里边去的样子，我的脾气又发起来了，我只想登到无人来得的高山之上去尽情吐泻一番，好把肚皮里的抑郁灰尘都吐吐干净。穿过了惠山的后殿，一步一登，朝着只有斜阳和衰草在弄情调戏的濯濯的空山，不晓走了多少时候，我竟走到了龙山第一峰的头茅篷外了。

目的总算达到了，惠山锡山寺里的那些俗物，都已踏踢在我的脚下，四大皆空，头上身边，只剩了一片蓝苍的天色和清淡的山岚。在此地我可以高啸，我可以俯视无锡城里的几十万为金钱名誉而在苦斗的苍生，我可以任我放开大口来骂一阵无论哪一个凡为我所疾恶者，骂之不足，还可以吐他的面，吐面不足，还可以以小便来浇上他的身头。我可以痛哭，我可以狂歌，我等爬山的急喘回复了一点之后，在那块头茅篷前的山峰头上竟一个人演了半日的狂态，直到喉咙干哑，汗水横流，太阳也倾斜到了很低很低的时候为止。

气竭声嘶，狂歌高叫的声音停后，我的两只本来是为我自己的噪聒弄得昏昏的耳里，忽而沁的钻入了一层寂静，风也无声，日也无声，天地草木都仿佛在一击之下变得死寂了。沉默，沉默，沉默，空处都只是沉默。我被这一种深山里的静寂压得怕起来了，头脑里却起了一种很可笑的后悔。"不要这世界完全被我骂得陆沉了哩？"我想，" 不要山鬼之类听了我的啸声来将我接受了去，接到了他们的死灭的国里去了哩？"我又想，"我在这里踏着的不要不是龙山山头，不要是阴间的滑油山之类哩？"我再想。于是我就注意看了看四边的景物，想证一证实我这身体究竟还是仍旧活在这卑污满地的阳世呢，还是已经闯入了那个鬼也在想革命而谋做阎王的阴间。

朝东望去，远散在锡山塔后的，依旧是千万的无锡城内的民家和几个工厂的高高的烟突，不过太阳斜低了，比起午前的光景来，似乎加添了一点倦意。俯视下去，在东南的角里，桑麻的林影，还是很浓很密的，并且在那条白线似的大道上，还有行动的车类的影子在那里前进呢，那么至少至少，四周都只是死灭的这一个观念总可以打破了。我宽了一宽心，更掉头朝向了西南，太阳落下了，西南全面，只是眩目的湖光，远处银蓝蒙浓，当是湖中间的峰面的暮霭，西面各小山的面影，也都变成了紫色了。因为看见了斜阳，看见了斜阳影里的太湖，我的已经闯入了死界的念头虽则立时打消，但是日暮途穷，只一个人远处在荒山顶上的一种实感，却油然的代之而起。我就伸长了脖子拼命的查看起四面的路来，这时候我实在只想找出一条近而且坦的便道，好遵此便道而且赶回家去。因为现在我所立着的，是龙山北脉在头茅篷下折向南去的一条支岭的高头，东西南三面只是岩石和泥沙，没有一条走路的。若两回至头茅篷前，重沿了来时的那条石级，再下至惠山，则无缘无故便白白的不得不多走许多的回头曲路，大丈夫是不走回头路的，我一边心里虽在这样的同小孩子似的想着，但实在我的脚力也有点虚竭了。"啊啊，要是这儿有一所庵庙的话，那我就可以不必这样的着急了。"我一边尽在看四面的地势，一边心里还在作这样的打算，"这地点多么好啊，东面可以看无锡全市，西面可以见太湖的夕阳，后面是头茅篷的高顶，前面是朝正南的开原乡一带的村落，这里比起那头茅篷来，形势不晓要好几十倍。无锡人真没有眼睛，怎么会将这一块龙山南面的平坦的山岭这样的弃置着，而不来造一所庵庙的呢？唉唉，或者他们是将这一个好地方留着，留待我来筑室幽居的吧？或者几十年后将有人来，因我今天的在此一哭而为我起一个痛哭之台，而与我那故乡的谢氏西台来对立的吧？哈哈，哈哈。不错，很不错。"末后想到了这一个夸大妄想狂者的想头之后，我的精神也抖擞起来了，于是拔起脚跟，不管它有路没路，只是往前向那条朝南斜拖下去的山坡下乱走。结果在乱石上滑坐了几次，被荆棘钩破了一块小襟和一双线袜，我跳过几块岩石，不到三十分钟，我也居然走到了那支荒山脚下的坟堆里了。

到了平地的坟树林里来一看，西天低处太阳还没有完全落尽，走到了离坟不远的一个小村子的时候，我看了看表，已经是五点多了。村里的人家，也已经在预备晚餐，门前晒在那里的干草豆其，都已收拾得好好，老农老妇，都在将暗未暗的天空下，在和他们的孙儿孙女游耍。我走近前去，向他们很恭敬的问了问到梅园的路径，难得他们竟有这样的热心，居然把我领到了通汽车的那条大道之上。等我雇好了一乘黄包车坐上，回头来向他们道谢的时候，我的眼角上却又扑簌簌地滚下了两粒感激的大泪来。

五

山居清寂，梅园的晚上，实在是太冷静不过。吃过了晚饭，向庭前去一走，只觉得四面都是茫茫的夜雾和每每的荒田，人家也看不出来，更何况乎灯烛辉煌的夜市。绕出园门，正想拖了两只倦脚走向南面野田里去的时候，在黄昏的灰暗里我却在门边看见了一张有几个大字写在那里的白纸。摸近前去一看，原来是中华艺大的旅行写生团的通告。在这中华艺大里，我本有一位认识的画家C君在那里当主任的，急忙走回饭店，教茶房去一请，C君果然来了。我们在灯下淡了一会，又出去在园中的高亭上站立了许多时候，这一位不趋时尚，只在自己精进自己的技艺的画家，平时总老是讷讷不愿多说话的，然而今天和我的这他乡的一遇，仿佛把他的习惯改过来了，我们谈了些以艺术作了招牌，拼命的在运动做官做委员的艺术家的行为。我们又谈到了些设了很好听的名目，而实际上只在骗取青年学子的学费的艺术教育家的心迹。我们谈到了艺术的真髓，谈到了中国的艺术的将来，谈到了革命的意义，谈到了社会上的险恶的人心，到了叹声连发，不忍再谈下去的时候，高亭外的天色也完全黑了。两人伸头出去，默默地只看了一回天上的几颗早见的明星。我们约定了下次到上海时，再去江湾访他的画室的日期，就各自在黑暗里分手走了。

大约是一天跑路跑得太多了的缘故吧，回旅馆来一睡，居然身也不翻一个，好好儿的睡着了。约莫到了残宵二三点钟的光景，槛外的不知从哪一个庙里来的钟磬，尽是当当当当的在那里慢击。

雄鸡一声天下白

本图选自民国初年的《南风报》，图中竹叶构成繁体的『民族主义』四字。

我起初梦醒，以为是附近报火的钟声，但披衣起来，到室外廊前去一看，不但火光看不出来，就是火烧场中老有的那一种叫噪的人号狗吠之声也一些儿听它不出。庭外如云如雾，静浸着一庭残月的清光。满屋沉沉，只充满着一种遥夜酣眠的呼吸。我为这钟声所诱，不知不觉，竟扣上了衣裳，步出了庭前，将我的孤零的一身，浸入了仿佛是要粘上衣来的月光海里。夜雾从太湖里蒸发起来了，附近的空中，只是白茫茫的一片。叉桠的梅树林中，望过去仿佛是有人立在那里的样子。我又慢慢的从饭店的后门，步上了那个梅园最高处的招鹤坪上。南望太湖，也辨不出什么形状来，不过只觉得那面的一块空阔的地方，仿佛是由千千万万的银丝织就似的，有月光下照的清辉，有湖波返射的银箭，还有如无却有，似薄还浓，一半透明，一半粘湿的湖雾湖烟，假如你把身子用力的朝南一跳，那这一层透明的白网，必能悠扬地牵举你起来，把你举送到王母娘娘的后宫深处去似的。这是我当初看了那湖天一角的景象的时候的感想，但当万籁无声的这一个月明的深夜，幽幽地慢慢地，被那远寺的钟声，当嗡，当嗡的接连着几回有韵律似的催告，我的知觉幻想，竟觉得渐渐地渐渐地麻木下去了，终至于什么也不想，什么也不干，两只脚柔软地跪坐了下去，眼睛也只同呆了似的盯视住了那悲哀的残月不能动了。宗教的神秘，人性的幽幻，大约是指这样的时候的这一种心理状态而说的吧，我像这样的和耶稣教会的以马内利的圣像似的，被那幽婉的钟声，不知魔伏了许多时，直到钟声停住，木鱼声发，和尚——也许是尼姑——的念经念咒的声音幽幽传到我耳边的时候，方才挺身立起，回到了那旅馆的居室里来，这时候大约去天明总也已经不远了吧？

回房不知又睡着了几个钟头，等第二次醒来的时候，前窗的帷幕缝中却漏入了几行太阳的光线来。大约时候总也已不早了，急忙起来预备了一下，吃了一点点心，我就出发到太湖湖上去。天上虽处处飞散着云层，但晴空的缺处，看起来仍可以看得到底的，所以我知道天气总还有几日好晴。不过太阳光太猛了一点，空气里似乎有多量的水蒸汽含着，若要登高处去望远景，那像这一种天气是不行的，因为晴而不爽，你不能从厚层的空气里辨出远处的寒鸦林树来，可是只要看看湖上的风光，那像这样的晴天，也已经是尽够的了。并且昨晚上的落日没有看成，我今天却打算牺牲它一天的时日，来试试太湖里的远征，去找出些前人所未见的岛中僻景来，这是当走出园门，打杨庄的后门经过，向南走入野田，在走上太湖边上去的时候的决意。

太阳升高了，整洁的野田里已有早起的农夫在辟土了。行经过一块桑园地的时候，我且看见了两位很修媚的姑娘，头上罩着了一块白布，在用了一根竹竿，打下树上的已经黄枯了的桑叶来。听她们说这也是蚕妇的每年秋季的一种工作，因为枯叶在树上悬久了，那老树的养分不免要为枯叶吸几分去，所以打它们下来是很要紧的，并且黄叶干了，还可以拿去生火当柴烧，也是一举两得的事情。

在野田里的那条通至湖滨的泥路，上面铺着的尽是些细碎的介虫壳儿，所以阳光照射下来，有几处虽只放着明亮的白光，但有几处简直是在发虹霓似的彩色。

像这样的有朝阳晒着的野道，像这样的有林树小山围绕着的空间，况且头上又是青色的天，脚底下并且是五彩的地，饱吸着健康的空气，摆行着不急的脚步，朝南的走向太湖边去，真是多么美满的一幅清秋行乐图呀！但是风云莫测，急变就起来了，因为我走到了管社山脚，正要沿了那条山脚下新辟的步道走向太湖旁的一小湾，俗名五里湖滨的时候，在山道上朝着东面的五里湖心却有两位着武装背皮带的同志和一位穿长袍马褂的先生立在那里看湖面的扁舟。太阳光直射在他们的身上，皮带上的镀镍的金属，在放异样的闪光。我毫不留意地走近前去，而听了我的脚步声将头掉转来的他们中间的武装者的一位，突然叫了我一声，吃了一惊，我张开了大眼向他一看，原来是一位当我在某地教书的时候的从前的学生。

他在学校里的时候本来就是很会出风头的，这几年来际会风云，已经步步高升成了党国的要人了，他的名字我也曾在报上看见过几多次的，现在突然的在这一个地方被他那么的一叫，我真骇得颜面都变成了土色了，因为两三年来，流落江湖，不敢出头露面的结果，我每遇见一个熟人的时候，心里总要怦怦的惊跳。尤其是在最近被几位满含恶意的新闻记者大书了一阵我的叛党叛国的记载以后，我更是不敢向朋友亲戚那里去走动了。而今天的这一位同志，却是党国的要人，现任的中央机关里的常务委员，若论起罪来，是要从他的手中发落的，冤家路窄，这一关叫我如何的偷逃过去呢？我先发了一阵抖，立住了脚呆木了一下，既而一想，横竖逃也逃不脱了，还是大着胆子迎上去吧，于是就立定主意保持着若无其事的态度，前进了几步，和他握了握手。

"啊！怎么你也会在这里！"我很惊喜似地装着笑脸问他。
"真想不到在这里会见到先生的，近来身体怎么样！脸色很不好
哩！"他也是很欢喜地问我。看了他这样态度，我的胆子放大
了，于是就造了一篇很圆满的历史出来报告给他听。

我说因为身体不好，到太湖边上来养病已经有二年多了，自
从去年夏天起，并且因为闲空不过，就在这里聚拢了几个小学生来
在教他们的书，今天是礼拜，所以才出来走走，但吃中饭的时候却
非要回去不可的，书房是在城外××桥××巷的第××号，我并且
要请他上书房去坐坐，好细谈谈别后的闲天。我这大胆的谎语原也
已经听见了他这一番来锡的任务之后才敢说的，因为他说他是来查
勘一件重大党务的，在这太湖边上一转，午后还要上苏州去，等下
次再有来无锡的机会的时候再来拜访，这是他的遁辞。

他为我介绍了那另外的两位同志，我们就一同的上了万顷
堂，上了管社山，我等不到一碗清茶泡淡的时候，就设辞和他们
告别了。这样的我在惊恐和疑惧里，总算访过了太湖，游尽了无
锡，因为中午十二点的时候我已同逃狱囚似的伏在上行车的一角
里在喝压惊的"苦配"啤酒了。这一次游无锡的回味，实在也同
这啤酒的味儿差仿不多。

一九二八年十一月作者在途中记

饮食男女在福州

福州的食品，向来就很为外省人所赏识；前十余年在北平，说起私家的厨子，我们总同声一致的赞成刘崧生先生和林宗孟先生家里的蔬菜的可口。当时宣武门外的忠信堂正在流行，而这忠信堂的主人，就系旧日刘家的厨子，曾经做过清室的御厨房的。上海的小有天以及现在早已歇业了的消闲别墅，在粤菜还没有征服上海之先，也曾盛行过一时。面食里的伊府面，听说还是汀州伊墨聊太守的创作；太守住扬州日久，与袁子才也时相往来，可惜他没有像随园老人那么的好事，留下一本食谱来，教给我们以烹调之法；否则，这一个福建萨伐郎（Savarin）的荣誉，也早就可以驰名海外了。

福建菜的所以会这样著名，而实际上却也实在是丰盛不过的原因，第一，当然是由于天然物产的富足。福建全省，东南并海，西北多山，所以山珍海味，一例的都贱如泥沙。听说沿海的居民，不必忧虑饥饿，大海潮回，只消上海滨去走走，就可以拾一篮海货来充作食品。又加以地气温暖，土质腴厚，森林蔬菜，随处都可以培植，随时都可以采撷。一年四季，笋类菜类，常是不断；野菜的味道，吃起来又比别处的来得鲜甜。福建既有了这样丰富的天产，再加上以在外省各地游宦营商者的数目的众多，作料采从本地，烹制学自外方，五味调和，百珍并列，于是乎闽菜

《金山寺》┃ 英国┃ 约翰・汤姆逊摄于福州┃ 1871–1872 年

之名，就喧传在饕餮家的口上了。清初周亮工著的《闽小纪》两卷，记述食品处独多，按理原也是应该的。

福州海味，在春三二月间，最流行而最肥美的，要算来自长乐的蚌肉，与海滨一带多有的砺房。《闽小纪》里所说的西施舌，不知是否指蚌肉而言；色白而腴，味脆且鲜，以鸡汤煮得适宜，长圆的蚌肉，实在是色香味俱佳的神品。听说从前有一位海军当局者，老母病剧，颇思乡味；远在千里外，欲得一蚌肉，以解死前一刻的渴慕，部长纯孝，就以飞机运蚌肉至都。从这一件轶事看来，也可想见这蚌肉的风味了；我这一回赶上福州，正及蚌肉上市的时候，所以红烧白煮，吃尽了几百个蚌，总算也是此生的豪举，特笔记此，聊志口福。

蛎房并不是福州独有的特产，但福建的蛎房，却比江浙沿海一带所产的，特别的肥嫩清洁。正二三月间，沿路的摊头店里，到处都堆满着这淡蓝色的水包肉；价钱的廉，味道的鲜，比到东坡在岭南所贪食的蚝，当然只会得超过。可惜苏公不曾到闽海去谪居，否则，阳羡之田，可以不买，苏氏子孙，或将永寓在三山二塔之下，也说不定。福州人叫蛎房作"地衣"，略带"挨"字的尾声，写起字来，我想只有"蚳"字，可以当得。

在清初的时候，江瑶柱似乎还没有现在那么的通行，所以周亮工再三的称道，誉为逸品。在目下的福州，江瑶柱却并没有人提起了，鱼翅席上，缺少不得的，倒是一种类似宁波横脚蟹的蟳蟹，福州人叫作"新恩"，《闽小纪》里所说的虎蟳，大约就是此物。据福州人说，蟳肉最滋补，也最容易消化，所以产妇病人以及体弱的人，往往爱吃。但由对蟹类素无好感的我看来，却仍赞成周亮工之言，终觉得质粗味劣，远不及蚌与蛎房或香螺的来得干脆。

　　福州海味的种类，除上述的三种以外，原也很多很多；但是别地方也有，我们平常在上海也常常吃得到的东西，记下来也没有什么价值，所以不说。至于与海错相对的山珍哩，却更是可以干制，可以输出的东西，益发的没有记述的必要了，所以在这里只想说一说叫作肉燕的那一种奇异的包皮。

　　初到福州，打从大街小巷里走过，看见好些店家，都有一个大砧头摆在店中；一两位壮强的男子，拿了木锥，只在对着砧上的一大块猪肉，一下一下的死劲地敲。把猪肉这样的乱敲乱打，究竟算什么回事？我每次看见，总觉得奇怪；后来向福州的朋友一打听，才知道这就是制肉燕的原料了。所谓肉燕者，就是将猪肉打得粉烂，和入面粉，然后再制成皮子，如包馄饨的外皮一样，用以来包制菜蔬的东西。听说这物事在福建，也只是福州独有的特产。

　　福州食品的味道，大抵重糖；有几家真正福州馆子里烧出来的鸡鸭四件，简直是同蜜饯的罐头一样，不杂入一粒盐花。因此福州人的牙齿，十人九坏。有一次去看三赛乐的闽剧，看见台上演戏的人，个个都是满口金黄；回头更向左右的观众一看，妇女子的嘴里也大半镶着全副的金色牙齿。于是天黄黄，地黄黄，弄得我这一向就痛恨金牙齿的偏执狂者，几乎想放声大哭，以为福州人故意在和我捣乱。

　　将这些脱嫌糖重的食味除起，若论到酒，则福州的那一种土黄酒，也还勉强可以喝得。周亮工所记的玉带春、梨花白、蓝家酒、碧霞酒、莲须白、河清、双夹、西施红、状元红等，我都不曾喝过，所以不敢品评。只有会城各处在卖的鸡老（酪）酒，颜色却和绍酒一样的红似琥珀，味道略苦，喝多了觉得头痛。听说这是以一生鸡，悬之酒中，等鸡肉鸡骨都化了，然后开坛饮用的酒，自然也是越陈越好。福州酒店外面，都写酒库两字，发卖叫发扛，也是新奇得很的名称。以红糟酿的甜酒，味道有点像上海的甜白酒，不过颜色桃红，当是西施红等名目出处的由来。莆田的荔枝酒，颜色深红带黑，味甘甜如西班牙的宝德红葡萄，虽则名贵，但我却终不喜欢。福州一般宴客，喝的总还是绍兴花雕，价钱极贵，斤量又不足，而酒味也淡似沪杭各地，我觉得建庄终究不及京庄。

福州的水果花木，终年不断；橙柑、福橘、佛手、荔枝、龙眼、甘蔗、香蕉，以及茉莉、兰花、橄榄等等，都是全国闻名的品物；好事者且各有谱牒之著，我在这里，自然可以不说。

闽茶半出武夷，就是不是武夷之产，也往往借这名山为号召。铁罗汉、铁观音的两种，为茶中柳下惠，非红非绿，略带赭色；酒醉之后，喝它三杯两盏，头脑倒真能清醒一下。其他若龙团玉乳，大约名目总也不少，我不恋茶娇，终是俗客，深恐品评失当，贻笑大方，在这里只好轻轻放过。

从《闽小纪》中的记载看来，番薯似乎还是福建人开始从南洋运来的代食品；其后因种植的便利，食味的甘美，就流传到内地去了；这植物传播到中国来的时代，只在三百年前，是明末清初的时候，因亮工所记如此，不晓得究竟是否确实。不过福建的米麦，向来说不足，现在也须仰给于外省或台湾，但田稻倒又可以一年两植。而福州正式的酒席，大抵总不吃饭散场，因为菜太丰盛了，吃到后来，总已个个饱满，用不着再以饭颗来充腹之故。

饮食处的有名处所，城内为树春园、南轩、河上酒家、可然亭等。味和小吃，亦佳且廉；仓前的鸭面，南门兜的素菜与牛肉馆，鼓楼西的水饺子铺，都是各有长处的小吃处；久吃了自然不对，偶尔去一试，倒也别有风味。城外在南台的西菜馆，有嘉宾、西宴台、法大、西来，以及前临闽江，内设戏台的广聚楼等。洪山桥畔的义心楼，以吃形同比目鱼的贴沙鱼著名；仓前山的快乐林，以吃小盘西洋菜见称，这些当然又是菜馆中的别调。至如我所寄寓的青年会食堂，地方精洁宽广，中西菜也可以吃吃，只是不同耶稣的飨宴十二门徒一样，不许顾客醉饮葡萄酒浆，所以正式请客，大感不便。

此外则福建特有的温泉浴场，如汤门外的百合、福龙泉，飞机场的乐天泉等，也备有饮撰供客；浴客往往在这些浴场里可以鬼混一天，不必出外去买酒买食，却也便利。从前听说更可以在个人池内男女同浴，则饮食男女，就不必分求，一举竟可以两得了。

要说福州的女子，先得说一说福建的人种。大约福建土著的最初老百姓，为南洋近边的海岛人种；所以面貌习俗，与日本的九州一带，有点相像。其后汉族南下，与这些土人杂婚，就成了无诸种族，系在春秋战国，吴越争霸之后。到得唐朝，大兵入境；相传当时曾杀尽了福建的男子，只留下女人，以配光身的兵士；故而直至现在，福州人还呼丈夫为"唐哺人"，哺者系日暮袭来的意思，同时女人的"诸娘仔"之名，也出来了。还有现在东门外北门外的许多工女农妇，头上仍带着三把银刀似的簪为发饰，俗称她们作三把刀，据说犹是当时的遗制。因为她们的父亲丈夫儿子，都被外来的征服者杀了；她们誓死不肯从敌，故而时时带着三把刀在身边，预备复仇。只今台湾的福建籍妓女，听说也是一样；亡国到了现在，也已经有好多年了，而她们却仍不肯与日本的嫖客同宿。若有人破此旧习，而与日本嫖客同宿一宵者，同人中就视作禽兽，耻不与伍，这又是多么悲壮的一幕惨剧！谁说犹唱后庭花处，商女都不知家国的兴亡哩！试看汉奸到处卖国，而妓女乃不肯辱身，其间相去，又岂只泾渭的不同？这一种古代的人种，与唐人杂婚之后，一部分不完全唐化，仍保留着他们固有的生活习惯，宗教仪式的，就是现在仍旧退居在北门外万山深处的畲民。此外的一族，以水上为家，明清以后，一向被视为贱民，不时受汉人的蹂躏的，相传其祖先系蒙古人。自元亡后，遂贬为疍户，俗呼科蹄。科蹄实为曲蹄之别音，因他们常常曲膝盘坐在船舱之内，两脚弯曲，故有此称。串通倭寇，骚扰沿海一带的居民，古时在泉州叫作泉郎的，就是这一种人种的旁支。

因为福州人种的血统，有这种种的沿革，所以福建人的面貌，和一般中原的汉族，有点两样。大致广额深眼，鼻子与颧骨高突，两颊深陷成窝，下额部也稍稍尖凸向前。这一种面相，生在男人的身上，倒也并不觉得特别；但一生在女人的身上，高突部为嫩白的皮肉所调和，看起来却个个都是线条刻划分明，像是希腊古代的雕塑人形了。福州女子的另一特点，是在她们的皮色的细白。生长在深闺中的宦家小姐，不见天日，白腻原也应该；最奇怪的，却是那些住在城外的工农佣妇，也一例地有着那种嫩白微红，像刚施过脂粉似的皮肤。大约日夕灌溉的温泉浴是一种关系，吃的闽江江水，总也是一种关系。

我们从前没有居住过福建，心目中总只以为福建人种，是一种蛮族。后来到了那里，和他们的文化一接触，才晓得他们虽则开化得较迟，但进步得却很快；又因为东南是海港的关系，中西文化的交流，也比中原僻地为频繁，所以闽南的有些都市，简直繁华摩登得可以同上海来争甲乙。及至观察稍深，一移目到了福

《**贞洁牌坊**》┃ 英国 ┃ 约翰·汤姆逊摄于福建 ┃ 1870–1871 年

州的女性，更觉得她们的美的水准，比苏杭的女子要高好几倍；而装饰的入时，身体的康健，比到苏州的小型女子，又得高强数倍都不止。

"天生丽质难自弃"，表露欲，装饰欲，原是女性的特嗜；而福州女子所有的这一种显示本能，似乎比什么地方的人还要强一点。因而天晴气爽，或岁时伏腊，有迎神赛会的关头，南大街，仓前山一带，完全是美妇人披露的画廊。眼睛个个是灵敏深黑的，鼻梁个个是细长高突的，皮肤个个是柔嫩雪白的；此外还要加上以最摩登的衣饰，与来自巴黎纽约的化妆品的香雾与红霞，你说这幅福州晴天午后的全景，美丽不美丽？迷人不迷人？

亦唯因此之故，所以也影响到了社会，影响到了风俗。国民经济破产，是全国到处都一样的事实；而这些妇女子们，又大半是不生产的中流以下的阶级。衣食不足，礼义廉耻之凋伤，原是自然的结果，故而在福州住不上几月，就时时有暗娼流行的风说，传到耳边上来。都市集中人口以后，这实在也是一种不可避免而急待解决的社会大问题。

说及了娼妓，自然不得不说一说福州的官娼。从前邵武诗人张亨甫，曾著过一部《南浦秋波录》，是专记南台一带的烟花韵事的；现在世业凋零，景气全落，这些乐户人家，完全没有旧日的豪奢影子了。福州最上流的官娼，叫作白面处，是同上海的长三一样的款式。听几位久住福州的朋友说，白面处近来门可罗雀，早已掉在没落的深渊里了；其次还勉强在维持市面的，是以卖嘴不卖身光标榜的清唱堂，无论何人，只须花三元法币，就能进去听三出戏。就是这一时号称极盛的清唱堂，现在也一家一家的废了业，只剩了田墩的三五家人家。自此以下，则完全是惨无人道的下等娼妓，与野鸡款式的无名密贩了，数目之多，求售之切，到了骇人听闻的地步。至于城内的暗娼，包月妇，零售处之类，只听见公安维持者等谈起过几次，报纸上见到过许多回，内容虽则无从调查，但演绎起来，旁证以社会的萧条，产业的不振，国步的艰难，与夫人口的过剩，总也不难举一反三，晓得她们的大概。

总之，福州的饮食男女，虽比别处稍觉得奢侈，而福州的社会状态，比别处也并不见得十分的堕落。说到两性的纵弛，人欲的横流，则与风土气候有关，次热带的境内，自然要比温带寒带为剧烈。而食品的丰富，女子一般娇美与健康，却是我们不曾到过福建的人所意想不到的发现。

一九三六年六月二日

雁荡山的秋月

古人并称上天台、雁荡；而宋范成大序《桂海岩洞志》，亦以为天下同称的奇秀山峰，莫如池之九华，歙之黄山，括之仙都，温之雁荡，夔之巫峡。大约范成大，没有到过关中，故终南华山，不曾提及。我们南游三日，将天台东北部的高山飞瀑（西部寒岸、明岩未去），略一飞游——并非坐了飞机去游，是开特快车游山之意——之后，急欲去雁荡，一赏鬼工镌雕的怪石奇岩，与夫龙湫大瀑，十月二十七日在天台国清寺门前上车，早晨还只有七点。

自天台去雁荡山所在的乐清县北，要经过临海、黄岩、温岭等县。到临海（旧章安城）的东南角巾山山下，还要渡过灵江，汽车方能南驶，现在公路局筑桥未竣，过渡要候午潮；所以我们到了临海之后，倒得了两三个钟头的空，去东湖拜了忠逸樵夫之祠，上巾山的双塔下，看了华胥洞，黄华丹井——巾山之得名，盖因黄华升仙，落帻于此——等古迹，到十二点钟左右，才乘潮渡过江去。临海的山容水貌，也很秀丽，不过还不及富春江的高山大水，可以令人悠然忘了人世。自临海到黄岩，要经过括苍山脉东头的一条大岭，岭头有一个仙人桥站；自后徐经仙人桥至大道地的三站中间，汽车尽在山上曲折旋绕，路线有点像昱岭关外与仙霞岭南的样子；据开车的司机说这一条岭共有八十四弯，形势的险峻，也可想而知。

　　黄岩县城北，也有一条永江要渡，桥也尚未筑成；不过此处水深，不必候潮，所以车子一到，就渡了过去。县城的东北，江水的那边，三江口上，更有一枝亭山在俯瞰县城；半山中有一簇树，一个白墙头的庙，在阳光里吐气，想来总又是黄岩县的名胜了，遥望而过。黄岩一县内，多桔子树园；树并不高，而金黄的桔实，都结得累累欲坠，在返射斜阳，车驰过处，风味倒也异样，很像我年轻的时候，在日本纪州各处旅行时的光景。

　　自黄岩经温岭到乐清县的离大荆城南五里路的地方，村名叫作水积（或名积水，不知是哪二个字？），前临大海，海中有岛，后峙双旗冈峰，峰中也有叠嶂一排，在暗示着雁荡的奇峰怪石，游人到此，已经有点心痒难熬的样子了，因为隔一条溪，隔一重山，在夕阳下，早就看得出谢公岭外老僧送客之类的奇形怪状的石岩阴影；北来自大溪镇到此，约有三十余里的行程。

　　在雁荡第一重口外，再渡过那条自石门潭流下来的清溪，西驰七八里，过白溪，到响岭头，就是雁荡东外谷的口子，汽车路筑到此地为止，雁荡到了。

　　在口外下车，远望进去，只看见了几个的巉岏石峰尖。太阳已经快下山了，我们是由东向西而入谷的，所以初走进去的时候，一眼并不看见什么。但走了半里多上灵岩寺去的石砌路后，渡过石桥，忽而一变，千千万万的奇异石壁，都同天上刚掉下去似的，直立在我们的四周；一条很大很大的溪水，穿在这些绝壁的中间，在向东缓流出来。壁来得太高太陡，天只剩下了狭狭的一条缝，日已下山，光线不似日间的充足。石壁的颜色，又都灰黑，壁缝里的树木，也生得屈曲有一种怪相；我们从东外谷走入内谷的七八里地路上，举头向前后左右望望，几乎被胁得连口都不敢开了。山谷的奇突，大与寻常习见的样子不同，叫人不得不想起诗圣但丁的《神曲》，疑心我们已经跟了那位罗马诗人，入了别一个境界。

在龙王庙前折向了北去，头脑里对于一路上所见的峰嶂的名目，如猴披衣、蓼花嶂、响嵩门、霞嶂洞、听诗叟、双鲤峰之类，还没有整理得清楚，景色一变，眼前又呈出了一幅更清幽、更奇怪、更伟大的画本。原来这东内谷里的向北去灵岩寺谷里的一区，是雁荡的中心，也是雁荡山杰作里的顶点。初入是一条清溪，许多树木与竹林。再进，劈面就是一排很高很长，像罗马古迹似的展旗嶂，崛起在天边，直挂向地下，后方再高处又是一排屏霞嶂，这屏霞嶂前，左右环抱，尽是一枝一枝的千万丈高的大石柱，高可以不必说，面积之大周围也不知有多少里；而最奇的，是这些大柱的头和脚，大小是一样的，所以都是绝壁，都是圆柱。小龙湫瀑布，也就在灵岩寺西北的一大石峰上，从顶点直泻下来的奇景。灵岩寺，看过去很小很小，隐藏在这屏霞嶂脚，顶珠峰、展旗峰、石屏风（全在寺东）与天柱峰、双鸾峰、卷图峰、独秀峰、卓笔峰（全在寺西）等的中间；地位的好，峰岩的多而且奇，只有永康方岩的五峰书院，可以与它比比；但方岩只是伟大了一点，紧凑却还不及这里。

《神曲》插图┃法国┃古斯塔夫·多雷

本图是多雷为但丁的《神曲》所作的插图，表现的是但丁游历地狱第八圈第六沟的情形。图中被钉在地上受熬煎的，是那个唆使法利赛人钉死基督的家伙。

灵岩寺的开辟，在宋太平兴国四年，僧行亮神昭为其始祖，后屡废屡兴；现在的寺，却是数年前，由护法者蒋叔南、潘耀庭诸君所募建。蒋君今年夏季去世，潘君现任雁荡山风景区整理委员，住在寺中；当家僧名成圆，亦由蒋潘诸君自宁波去迎来者，人很能干，具有实际办事的手腕。

在灵岩寺的西楼住下之后，天已经黑了。先去请教也住在寺中、率领黄岩中学学生来雁荡旅行的两位先生，问我们在雁荡，将如何的游法？因为他们已经在灵岩寺住了三日，打算于明晨出发回黄岩去了。饭后又去请了潘委员来，打听了一番雁荡山大概的情形。

雁荡山的总括，可以约略的先在此地说一说：第一，山在乐清县东北九十里，系亘立东西的一排连山，东起石门潭，西迄白岩六十里；北自甸岭，南至斤竹涧口四十里；自东向西，历来分成东外谷、东内谷、西内谷、西外谷的四部，以马鞍岭为界而分东西。全山周围，合外境有四百二十里。雁山北部，更有南阁谷、北阁谷二区，以溪分界；南阁南至石柱北至北屏山二里，东至马屿，西至会仙峰十六里；北阁村南北二里，东西五里，西北极甸岭山，为雁荡北址。

雁山开山者相传为晋诺讵那尊者，凡百有二峰，六十一岩，四十六洞，十八刹，十六亭，十七潭，十三瀑。入游之路线，有四条。（一）东路从白溪经响岭头自东南入谷，就是我们所经之路线。（二）北路由大荆越谢公岭自东北入谷至岭峰。（三）南路由小芙蓉经四十九盘岭自南入谷至能仁寺，从乐清来者率由此。（四）西路从大芙蓉自西南经本觉寺至梅雨潭。

峰之最高者为百冈尖，高一万一千五百公尺，雁湖在西外谷连霄岭上，高九千公尺[1]。

这雁荡山的梗概，是根据潘委员的口述，和《广雁荡山志》及《雁山全图》而摘录下来的；我们因为走马游山，前后只有三日工夫好费，还要包括出发和到着的日期在内，所以许多风景，都只能割爱；晚上就和潘委员在灯下拟定明日只看西石梁的大瀑布，大龙湫瀑，梅雨潭，回至能仁寺午餐。略游斤竹涧就回灵岩寺宿；出发之日（即第三日），午前一游净名寺，至灵峰略看看观音洞北斗洞等，就出向头岭由原路出发回去。北部的绝景，中央的百冈尖当然是不能够去，就如显胜门、龙溜等处，一则因无时间，二则因无大路无宿处，也只能等下次再来了。这样拟定了游程之后，预期着明天的一天劳顿，我们就老早的爬上了床去。

约莫是午前的三四点钟，正梦见了许多岩壁，在四面移走拢来，几乎要把我的渺渺五尺之躯，压成粉碎的时候，忽而耳边一阵喇叭声，一阵嘈杂声起来了。先以为是山寺里起了火，急起披衣，踏上了西楼后面的露台去一看：既不见火，又不见人，周围上下，只是同海水似的月光，月光下又只是同神话中的巨人似的石壁，天色苍苍，只余一线，四围岑寂，远远地也听得见些断续的人声。奇异，神秘，幽寂，诡怪，当时的那一种感觉，我真不知道要用些什么字来才形容得出！起初我以为还在连续着做梦，这些月光，这些山影，仍旧是梦里的畸形；但摸摸石栏，看看那枝谁也要被它威胁压倒的天柱石峰与峰头的一片残月，觉得又太明晰，太正确，绝不像似梦里的神情。呆立了一会，对这雁荡山中的秋月顶礼了十来分钟，又是一阵喇叭声，一阵整队出发报名

1　此处数据疑有误。百冈尖海拔为1150米，雁湖冈海拔为1064米。

数的号令声传过来了，到此我才明白，原来我并不是在做梦，是那一批黄岩中学的学生要出发赶上大溪去坐轮船去了！这一批学生的叫唤，这一批青年的大胆行为，既救了我梦里的危急，又指示给我了这一幅清极奇极的雁山夜月的好画图，我的心里，竟莫名其妙的感激起来了，跑下楼去，就对他们的两位临走的教师热烈地热烈地握了一回手；送他们出了寺门以后，我并且还在月光下立着，目送他们一个个小影子渐渐地被月光岩壁吞没了下去。

雁荡山中的秋月！天柱峰头的月亮！我想就是今天明天，一处也不游，便尔回去，也尽可以交代得过去，说一声"不虚此行"了，另外还更希望什么呢？所以等那些学生们走后，我竟像疯子一样一个人在后面楼外的露台上呆对着月光峰影，坐到了天明，坐到了日出，这一天正是旧历九月二十的晚上廿一的清晨。

等同去的文伯，及偶然在路上遇着成一伙的奥伦斯登、科伯尔厂经理毕士敦Mr. H. H. Bernstein与戴君起来，一齐上轿，到大龙湫的时候，太阳已经升得很高，似在巳午之间了。一路上经下灵岩村、三宫殿、上灵岩村，过马鞍岭。在左右手看了些五指峰、纱帽峰、老鼠峰、猫峰、观音峰、莲台蟑、祥云峰、小剪刀峰之类，形状都很像，峰头都很奇；但因为太多了，到后来几乎想向在说明的轿夫讨饶，请他不要再说，怕看得太多，眼睛里脑里要起消化不良之症。

大龙湫的瀑布，在江南瀑布当中真可以称霸，因为石壁的高，瀑身的大，潭影的清而且深，实在是江浙皖几省的瀑布中所少有的。我们到雁荡之先，已经是旱得很久了。故而一条瀑布，直喷下来，在上面就成了点点的珠玉。一幅真珠帘，自上至地，有三四千丈高，百余尺阔；岩头系突出的，帘后可以通人，立在

《九龙潭图》｜清代｜梅清

与日光斜射之处，无论何时，都看得出一条虹影。凉风的飒爽，潭水的清澄，和四围山岭的重叠，是当然的事情了，在大龙湫瀑布近旁，这些点景的余文，都似乎丧失了它们的价值，瀑布近旁的摩崖石刻，很多很多，然而无一语，能写得出这大龙湫的真景。《广雁荡山志》上，虽则也载了不少的诗词歌赋，来咏叹此景，但是身到了此间，哪里还看得起这些秀才的文章呢？至于画画，我想也一定不能把它的全神传写出来的，因为画纸决没有这么长，而溅珠也决没有这样的匀而且细。

出大龙湫，经瑞鹿峰、剪刀峰（侧看是一帆峰）下，沿大锦溪过华严岭罗汉寺前，能在石壁的半空中看得出一座石刻的罗汉像。斧凿的工巧有艺术味，就是由我这不懂雕刻的野人看来，也觉得佩服之至。从此经竹林，过一条很高很长的东岭，遥望着芙蓉峰、观音岩等（雁湖的一峰是在东岭岭上可以看见的）。绕骆驼洞下面至西石梁的大瀑布。

西石梁是一块因风化而中空下坠的大石梁，下有一个老尼在住的庵，西面就是大瀑布。这瀑布的高大，与大龙湫瀑布等，但不同之处，是在它的自成一景，在石壁中流。一块数千丈的石壁，经过了几千万年的冲击，中间成了一个圆形大柱式的空洞，两面围抱突出，中间是一数丈宽数千丈高的圆洞，瀑布就从上面沿壁在这空圆洞里直泻下来。下面的潭，四壁的石，和草树清溪，都同大龙湫差仿不多。但西面连山，雁荡山的西尽头，差不多就快到了，而这瀑布之上，山顶平处，却又是一大村落；山上复有山，世外是桃源的情景，正和天台山的桐柏乡，曲异而工同。

从西石梁瀑布顺原路回来，路上又去看了梅雨潭及潭前的一座含珠峰，仍过东岭，到了自芙蓉南来经四十九盘岭可到的能仁寺里。

这能仁寺在西内谷丹芳岭下，系宋咸平二年僧全了所建。本来是雁荡山中的最大的丛林，有一宋时的大铁锅在可以作证，现在却萧条之至，大殿禅房，还都在准备建筑中。寺前有燕尾瀑，顺溪南流，成斤竹涧，绕四十九盘岭，可至小芙蓉；这一路路上风景的清幽绝俗，当为雁山全景之冠，可惜我们没有时间，只领略了一个大概，就赶回了灵岩寺来宿。

这一天的傍晚，本拟上寺右的天窗洞，寺左的龙鼻水去拜观灵岩寺的二奇的，但因白天跑了一天，太辛苦了，大家不想再动。我并且还忘不了今晨似的山中的残月，提议明朝也于三时起床，踏月东下，先去看了灵峰近旁的洞石，然后去响岭头就行出发，所以老早就吃了夜饭，老早就上了床。

然而胜地不常，盛筵难再，第二日早晨，虽则大家也忍着寒，抛着睡，于午前三点起了身，可是淡云蔽月，光线不明；我们真如在梦里似地走了七八里路，月亮才兹露面。而玩月光玩得不久，走到灵峰谷外朝阳洞下的时候，太阳却早已出了海，将月光的世界散文化了。

不过在残月下，晨曦里的灵峰山景，也着实可观，着实不错；比起灵岩的紧凑来，只稍稍觉得疏散一点而已。

灵峰寺是在东谷口内向北两三里地的地方，东越谢公岭可达大荆。近旁有五老峰、斗鸡峰、幞头峰、灵芝峰、犀角峰、果盒岩、船岩、观音洞、北斗洞、苦竹洞、将军洞、长春洞、响板洞诸名胜，顺鸣玉溪北上，三里可达真际寺。寺为宋天圣元年僧文吉所建，本在灵峰峰下，不知几百年前，这峰因风化倒了，寺屋尽毁。现在在这到灵峰下的一块隙地上，方在构木新筑灵峰寺。我们先在果盒岩的溪亭上坐了一会，就攀援上去，到观音洞去吃早餐。

　　两岩侧向，中成一洞，洞高二三百丈；最上一层，人迹所不能到，但洞中生有大树一株，系数百年物，枝叶茂盛，从远处望来，了了可见。下一层是观音洞的选物场，洞中宽广，建有大殿，并五百应真的石刻。东面一水下滴成池，叫作洗心泉，旁有明刻宋刻的题名记事碑无数。自此处一层一层的下去，有四五层楼三四百石级的高度；洞的高广，在雁荡山当中，以此为最。最奇怪的，是在第三层右手壁上的一个石佛，人立右手洞底，向东南洞口远望出去，俨然是一座地藏菩萨的侧面形，但跑近前去一看，则什么也没有了，只一块突出的方石。上一层的右手壁上还有一个一指物，形状也极像，不过小得很。

　　看了灵岩灵峰近边的峰势，看了观音洞（亦名合掌洞）里的建筑及大龙湫等，我们以为雁荡的山峰岩洞溪瀑等，也已经大略可以想象得出了，所以旁的地方，也不想再去走，只到北斗洞去打了一个电话，叫汽车的司机早点预备，等我们一出谷口，就好出发。

　　总之，雁荡本是海底的奇岩，出海年月，比黄山要新，所以峰岩峻削，还有一点锐气，如山东劳山的诸峰。今年春间，欲去黄山而未果，但看到了黄山前卫的齐云、白岳，觉得神气也有点和灵峰一带的山岩相像。在迎着太阳走出谷来，上汽车去的路上，我和文伯，更在坚订后约，打算于明年以两个月的工夫，去歙县游遍黄山，北下太平，上青阳南面的九华。然后出长江，息匡庐，溯江而上，经巫峡，下峨嵋，再东下沿汉水而西入关中，登太华以笑韩愈，入终南而学长生，此行若果，那么我们的志愿也毕，可以永永老死在蓬窗陋巷之中了。

一九三四年十一月

超山的梅花

凡到杭州来游的人，因为交通的便利，和时间的经济的关系，总只在西湖一带，登山望水，漫游两三日，便买些土产，如竹篮纸伞之类，匆匆回去；以为雅兴已尽，尘土已经涤去，杭州的山水佳处，都曾享受过了。所以古往今来，一般人只知道三竺六桥，九溪十八涧，或西湖十景，苏小岳王；而离杭城三五十里稍东偏北的一带山水，现在简直是很少有人去玩，并且也不大有人提起的样子。

在古代可不同；至少至少，在清朝的乾嘉道光，去今百余年前，杭州人的好游的，总没有一个不留恋西溪，也没有一个不披蓑戴笠去看半山（即皋亭山）的桃花，超山的香雪的。原因是因为那时候杭州的外埠的交通，所取的路径都是水道；从嘉兴上海等处来往杭州，运河是必经之路。舟入塘栖，两岸就看得到山影；到这里，自去他处的人，渐有离乡去国之感，自外埠到杭州来的人，方看得到山明水秀的一个外廓；因而塘栖镇，和超山、独山等处，便成了一般旅游之人对杭州的记忆的中心。

超山是在塘栖镇南，旧日仁和县（现在并入杭县）东北六十里的永和乡的，据说高有五十余丈，周二十里（咸淳《临安志》作三十七丈），因其山超然出于皋亭、黄鹤之外，故名。

从前去游超山，是要从湖墅或拱宸桥下船，向东向北向西向南，曲折回环，冲破菱荇水藻而去的；现在汽车路已经开通，自清泰门向东直驶，至乔司站落北更向西，抄过临平镇，由临平山西北，再驰十余里，就可以到了；"小红唱曲我吹箫"的船行雅入，现在虽则要被汽车的机器油破坏得丝缕无余，但坐船和坐汽车的时间的比例，却有五与一的大差。

汽车走过的临平镇，是以释道潜的一首"风蒲猎猎弄轻柔，欲立蜻蜓不自由，五月临平山下路，藕花无数满汀洲"绝句出名；而超山北面的塘栖镇，又以南宋的隐士，明末清初的田园别墅出名；介与塘栖与超山之间的丁山湖，更以水光山色，鱼虾果木出名；也无怪乎从前的文人骚客，都要向杭州的东面路，而超山皋亭山的名字每散见于诸名士的歌咏里了。

超山脚下，塘栖附近的居民，因为住近水乡，阡陌不广之故，所靠以谋生的完全是果木的栽培。自春历夏，以及秋冬，梅子、樱桃、枇杷、杏子、甘蔗之类的出产，一年总有百万元内外。所以超山一带的梅林，成千成万；由我们过路的外乡看来，只以为是乡民趣味的高尚，个个都在学林和靖的终身不娶，殊不知实际上他们却是正靠此而养活妻孥的哩！

超山的梅花，向来是开在立春前后的；梅干极粗极大，枝叉离披四散，五步一丛，十步一坂，每个梅林，总有千株内外，一株的花朵，又有万颗左右；故而开的时候，香气远到十里之外的临平山麓，登高而远望下来，自然自成一个雪海；近年来虽说梅株减少了一点，但我想比到罗浮的仙境，总也只有过之，不会不及。

从杭州到超山去的汽车路上，过临平山后，两旁已经有一处一处的梅林在迎送了，而汇聚得最多，游人所必到的看梅胜地，大抵总在汽车站西面，超山东北麓，报慈寺大明堂（亦称大明寺）前头，梅花丛里有一个周梦坡筑的宋梅亭在那里的周围五六

《墨梅》| 清代 | 项奎

里地的一圈地方。

报慈寺里的大殿（大约就是大明堂了吧？）前几年被寺的仇人毁坏了，当时还烧死了一位当家和尚在殿东一块石碑之下。但殿后的一块刻有吴道子画的大士像的石碑，还好好地镶在壁里，丝毫也没有动。去年我去的时候，寺僧刚在募化重修大殿；殿外面的东头，并且已经盖好了三间厢房在作客室。后面高一段的三间后殿，火烧时也不曾烧去，和尚手指着立在殿后壁里的那一块石刻大士像碑说："这都是这位大慈大悲救苦救难广大灵感观世音菩萨的福佑！"

在何春渚删成的《塘栖志略》里，说大明寺前有一口井，井水甘洌！旁树石碣，刻有"一人堂堂，二曜重光，泉深尺一，点去冰旁；二人相连，不欠一边，三梁四柱烈火然，添却双钩两日全"之碑铭，不识何意等语。但我去大明堂（寺）的时候，却既不见井，也不见碑；而这条碑铭，我从前是曾在一部笔记叫作《桂苑丛谈》的书里看到过一次的。这书记载着："令狐相公出镇淮海日，支使班蒙，与从事诸人，俱游大明寺之西廊，忽睹前壁，题有此铭，诸宾皆莫能辨，独班支使曰'得非大明寺水，天下无比八字乎？'众皆恍然。"从此看来，《塘栖志略》里所说的大明寺井碑，应是抄来的文章，而编者所谓不识何意者，还是他在故弄玄虚。当然，寺在山麓，地又近水，寺前寺后，井是当然有一口的；井里的泉，也当然是清洌的；不过些碑此铭，却总有点儿可疑。

大明寺前的所谓宋梅，是一棵曲屈苍老，根脚边只剩了两条树皮围拱，中间空心，上面枝干四叉的梅树。因为怕有人折，树外面全部是用一铁线网罩住的。树当然是一株老树，起码也要比我的年纪大一两倍，但究竟是不是宋梅，我却不敢断定。去年

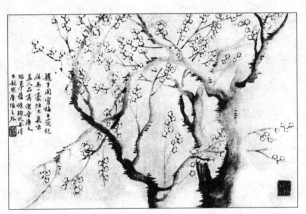

《梅花》 | 清代 | 程曾煜

秋天，曾在天台山国清寺的伽蓝殿前，看见过一株所谓隋梅；前年冬天，也曾在临平山下安隐寺里看见过一枝所谓唐梅。但所谓隋，所谓唐，所谓宋等等，我想也不过"所谓"而已，究竟如何，还得去问问植物考古的专家才行。

出大明堂，从梅花林里穿过，西面从吴昌硕的坟旁一条石砌路上攀登上去，是上超山顶去的大路了。一路上有许多同梦也似的疏林，一株两株如被遗忘了似的红白梅花，不少的坟园，在招你上山，到了半山的竹林边的真武殿（俗称中圣殿）外，超山之所以为超，就有点感觉得到了；从这里向东西北的三面望去，是汪洋的湖水，曲折的河身，无数的果树，不断的低岗，还有塘的两面的点点的人家；这便算是塘栖一带的水乡全景的鸟瞰。

从中圣殿再沿石级上去，走过黑龙潭，更走二里，就可以到山顶，第一要使你骇一跳的，是没有到上圣殿之先的那一座天然石筑的天门。到了这里，你才晓得超山的奇特，才晓得志上所说的"山有石鱼石笋等，他石多异形，如人兽状。"诸记载的不虚。实实在在，超山的好处，是在山头一堆石，山下万梅花，至若东瞻大海，南眺钱江，田畴如井，河道如肠，桑麻遍地，云树连天等形容词，则凡在杭州东面的高处，如临平山黄鹤峰上都用得着的，并非是超山独一无二的绝景。

你若到了超山之后，则北去超山七里地外的塘栖镇上，不可不去一到。在那些河流里坐坐船，果树下跑跑路，趣味实在是好不过。两岸人家，中夹一水；走过丁山湖时，向西面看看独山，向东首看看马鞍龟背，想象想象南宋垂亡，福王在庄（至今其地还叫作福王庄）上所过的醉生梦死脂香粉腻的生涯，以及明清之际，诸大老的园亭别墅，台榭楼堂，或康熙乾隆等数度的临幸，包管你会起一种像读《芜城赋》似的感慨。

又说到了南宋，关于塘栖，还有好几宗故事，值得一提。第一，卓氏家乘《唐栖考》里说："唐栖者，唐隐士所栖也；隐士名珏，字玉潜，宋末会稽人。少孤，以明经教授乡里子弟而养其母，至元戊寅，浮图总统杨连真伽，利宋攒宫金玉，故为妖言惑主听，发掘之。珏怀愤，乃货家具，召诸恶少，收他骨易遗骸，瘗兰亭山后，而树冬青树识焉。珏后隐居唐栖，人义之，遂名其地为唐栖。"这镇名的来历说，原是人各不同的，但这也岂不是一件极有趣的故实么？还有塘栖西龙河圩，相传有宋宫人墓；昔有士子，秋夜凭栏对月，忽闻有环珮之声，不寐听之，歌一绝云："淡淡春山抹未浓，偶然还记旧行踪，自从一入朱门去，便隔人间几万重。"闻之酸鼻。这当然也是一篇绝哀艳的鬼国文章。

塘栖镇跨在一条水的两岸，水南属杭州，水北属德清；商市的繁盛，酒家的众多，虽说只是一个小小的镇集，但比起有些县城来，怕还要闹热几分。所以游过超山，不愿在山上吃冷豆腐黄米饭的人，尽可以上塘栖镇上去痛饮大嚼；从山脚下走回汽车路去坐汽车上塘栖，原也很便，但这一段路，总以走走路坐坐船更为合适。

一九三五年一月九日

钓台的春昼

因为近在咫尺，以为什么时候要去就可以去，我们对于本乡本土的名区胜景，反而往往没有机会去玩，或不容易下一个决心去玩的。正唯其是如此，我对于富春江上的严陵，二十年来，心里虽每在记着，但脚却从没有向这一方面走过。一九三一，岁在辛未，暮春三月，春服未成，而中央党帝，似乎又想玩一个秦始皇所玩过的把戏了。我接到了警告，就仓皇离去了寓居。先在江浙附近的穷乡里，游息了几天，偶尔看见了一家扫墓的行舟，乡愁一动，就定下了归计。绕了一个大弯，赶到故乡，却正好还在清明寒食的节前。和家人等去上了几处坟，与许久不曾见过面的亲戚朋友，来往热闹了几天，一种乡居的倦怠，忽而袭上心来了，于是乎我就决心上钓台去访一访严子陵的幽居。

钓台去桐庐县城二十余里，桐庐去富阳县治九十里不足，自富阳溯江而上，坐小火轮三小时可达桐庐，再上则须坐帆船了。

我去的那一天，记得是阴晴欲雨的养花天，并且系坐晚班轮去的，船到桐庐，已经是灯火微明的黄昏时候了，不得已就只得在码头近边的一家旅馆的高楼上借了一宵宿。

桐庐县城，大约有三里路长，三千多烟灶，一二万居民，地在富春江西北岸，从前是皖浙交通的要道，现在杭江铁路一开，似乎没有一二十年前的繁华热闹了。尤其要使旅客感到萧条的，却是桐君山脚下的那一队花船的失去了踪影。说起桐君山，原是桐庐县的一个接近城市的灵山胜地，山虽不高，但因有仙，自然是灵了。以形势来论，这桐君山，也的确是可以产生出许多口音生硬、别具风韵的桐严嫂来的生龙活脉；地处在桐溪东岸，正当桐溪和富春江合流之所，依依一水，西岸便瞰视着桐庐县市的人家烟树。南面对江，便是十里长洲；唐诗人方干的故居，就在这十里桐洲九里花的花田深处。向西越过桐庐县城，更遥遥对着一排高低不定的青峦，这就是富春山的山子山孙了。东北面山下，是一片桑麻沃地，有一条长蛇似的官道，隐而复现，出没盘曲在桃花杨柳洋槐榆树的中间；绕过一支小岭，便是富阳县的境界，大约去程明道的墓地程坟，总也不过一二十里地的间隔。我的去拜谒桐君，瞻仰道观，就在那一天到桐庐的晚上，是淡云微月，正在作雨的时候。

鱼梁渡头，因为夜渡无人，渡船停在东岸的桐君山下。我从旅馆踱了出来，先在离轮埠不远的渡口停立了几分钟，后来向一位来渡口洗夜饭米的年轻少妇，弓身请问了一回，才得到了渡江的秘诀。她说："你只须高喊两三声，船自会来的。"先谢了她教我的好意，然后以两手围成了播音的喇叭，"喂，喂，船渡请摇过来！"地纵声一喊，果然在半江的黑影当中，船身摇动

《仿黄公望富春山居图》│ 清代 │ 王原祁

了。渐摇渐近，五分钟后，我在渡口，却终于听出了咿呀柔橹的声音。时间似乎已经入了酉时的下刻，小市里的群动，这时候都已经静息；自从渡口的那位少妇，在微茫的夜色里，藏去了她那张白团团的面影之后，我独立在江边，不知不觉心里头却兀自感到了一种他乡日暮的悲哀。渡船到岸，船头上起了几声微微的水浪清音，又铜东的一响，我早已跳上了船，渡船也已经掉过头来了。坐在黑沉沉的舱里，我起先只在静听着柔橹划水的声音，然后却在黑影里看出了一星船家在吸着的长烟管头上的烟火，最后因为被沉默压迫不过，我只好开口说话了："船家！你这样的渡我过去，该给你几个船钱？"我问。"随你先生把几个就是。"船家的说话冗慢幽长，似乎已经带着些睡意了，我就向袋里摸出了两角钱来。"这两角钱，就算是我的渡船钱，请你候我一会，上去烧一次夜香，我是依旧要渡过江来的。"船家的回答，只是嗯嗯、呜呜，幽幽同牛叫似的一种鼻音，然而从继这鼻音而起的两三声轻快的咳声听来，他却已经在感到满足了，因为我也知道，乡间的义渡，船钱最多也不过是两三枚铜子而已。

到了桐君山下，在山影和树影交掩着的崎岖道上，我上岸走不上几步，就被一块乱石绊倒，滑跌了一次。船家似乎也动了恻隐之心了，一句话也不发，跑将上来，他却突然交给了我一盒火柴。我于感谢了一番他的盛意之后，重整步武，再摸上山去，先是必须点一枝火柴走三五步路的，但到得半山，路既就了规律，而微云堆里的半规月色，也朦胧地现出一痕银线来了，所以手里还存着的半盒火柴，就被我藏入了袋里。路是从山的西北，盘曲而上；渐走渐高，半山一到，天也开朗了一点，桐庐县市上的灯火，也星星可数了。更纵目向江心望去，富春江两岸的船上和桐溪合流口停泊着的船尾船头，也看得出一点一点的火来。走过半山，桐君观里的晚祷钟鼓，似乎还没有息尽，耳朵里仿佛听见了几丝木鱼钲钹的残声。走上山顶，先在半途遇着了一道道观外围的女墙，这女墙的栅门，却已经掩上了。在栅门外徘徊了一刻，觉得已经到了此门而不进去，终于是不能满足我这一次暗夜冒险的好奇怪癖的。所以细想了几次，还是决心进去，非进去不可，轻轻用手往里面一推，栅门却呀的一声，早已退向了后方开开了，这门原来是虚掩在那里的。进了栅门，踏着为淡月所映照的石砌平路，向东向南的前走了五六十步，居然走到了道观的大门之外，这两扇朱红漆的大门，不消说是紧闭在那里的。到了此地，我却不想再破门进去了，因为这大门是朝南向着大江开的。门外头是一条一丈来宽的石砌步道，步道的一旁是道观的墙，一旁便是山坡，靠山坡的一面，并且还有一道二尺来高的石墙筑在那里，大约是代替栏杆，防人倾跌下山去的用意；石墙之上，铺的是二三尺宽的青石，在这似石栏又似石凳的墙上，尽可以坐卧游息，饱看桐江和对岸的风景，就是在这里坐它一晚，也很可以，我又何必去打开门来，惊起那些老道的恶梦呢！

空旷的天空里，流涨着的只是些灰白的云，云层缺处，原也看得出半角的天，和一点两点的星，但看起来最饶风趣的，却仍是欲藏还露，将见仍无的那半规月影。这时候江面上似乎起了风，云脚的迁移，更来得迅速了，而低头向江心一看，几多散乱着的船里的灯光，也忽明忽灭地变换了一变换位置。

这道观大门外的景色，真神奇极了。我当十几年前，在放浪的游程里，曾向瓜州京口一带，消磨过不少的时日，那时觉得果然名不虚传的，确是甘露寺外的江山，而现在到了桐庐，昏夜上这桐君山来一看，又觉得这江山的秀而且静，风景的整而不散，却非那天下第一江山的北固山所可与比拟的了。真也难怪得严子陵，难怪得戴徽士，倘使我若能在这样的地方结屋读书，以养天年，那还要什么的高官厚禄，还要什么的浮名虚誉哩？一个人在这桐君观前的石凳上，看看山，看看水，看看城中的灯火和天上的星云，更做做浩无边际的无聊的幻梦，我竟忘记了时刻，忘记了自身，直等到隔江的击柝声传来，向西一看，忽而觉得城中的灯影微茫地减了，才跑也似地走下了山来，渡江奔回了客舍。

第二日清晨，觉得昨天在桐君观前做过的残梦正还没有续完的时候，窗外面忽而传来了一阵吹角的声音。好梦虽被打破，但因这同吹筚篥似的商音哀咽，却很含着些荒凉的古意，并且晓风残月，杨柳岸边，也正好候船待发，上严陵去；所以心里纵怀着了些儿怨恨，但脸上却只现出了一痕微笑，起来梳洗更衣，叫茶房去雇船去。雇好了一只双桨的渔舟，买就了些酒菜鱼米，就在旅馆前面的码头上上了船。轻轻向江心摇出去的时候，东方的云幕中间，已现出了几丝红韵，有八点多钟了；舟师急得厉害，只在埋怨旅馆的茶房，为什么昨晚上不预先告诉，好早一点出发。因为此去就是七里滩头，无风七里，有风七十里，上钓台去玩一趟回来，路程虽则有限，但这几日风雨无常，说不定要走夜路，才回来得了的。

过了桐庐，江心狭窄，浅滩果然多起来了。路上遇着的来往的行舟，数目也是很少，因为早晨吹的角，就是往建德去的快班船的信号，快班船一开，来往于两岸之间的船就不十分多了。两岸全是青青的山，中间是一条清浅的水，有时候过一个沙洲，洲上的桃花菜花，还有许多不晓得名字的白色的花，正在喧闹着春暮，吸引着蜂蝶。我在船头上一口一口的喝着严东关的药酒，指东话西地问着船家，这是什么山？那是什么港？惊叹了半天，称颂了半天，人也觉得倦了，不晓得什么时候，身子却走上了一家水边的酒楼，在和数年不见的几位已经做了党官的朋友高谈阔论。谈论之余，还背诵了一首两三年前曾在同一的情形之下做成的歪诗：

> 不是尊前爱惜身，佯狂难免假成真，
> 曾因酒醉鞭名马，生怕情多累美人。
> 劫数东南天作孽，鸡鸣风雨海扬尘，
> 悲歌痛哭终何补，义士纷纷说帝秦。

直到盛筵将散，我酒也不想再喝了，和几位朋友闹得心里各自难堪，连对旁边坐着的两位陪酒的名花都不愿意开口。正在这上下不得的苦闷关头，船家却大声的叫了起来说：

"先生，罗芷过了，钓台就在前面，你醒醒吧，好上山去烧饭吃去。"

擦擦眼睛，整了一整衣服，抬起头来一看，四面的水光山色又忽而变了样子了。清清的一条浅水，比前又窄了几分，四围的山包得格外的紧了，仿佛是前无去路的样子。并且山容峻削，看去觉得格外的瘦格外的高。向天上地下四围看看，只寂寂的看不见一个人类。双桨的摇响，到此似乎也不敢放肆了，钩的一声过后，要好半天才来一个幽幽的回响，静，静，静，身边水上，山下岩头，只沉浸着太古的静，死灭的静，山峡里连飞鸟的影子也看不见半只。前面的所谓钓台山上，只看得见两个大石垒，一间歪斜的亭子，许多纵横芜杂的草木。山腰里的那座祠堂，也只露着些废垣残瓦，屋上面连炊烟都没有一丝半缕，像是好久好久没有人住了的样子。并且天气又来得阴森，早晨曾经露一露脸过的太阳，这时候早已深藏在云堆里了，余下来的只是时有时无从侧面吹来的阴飕飕的半箭儿山风。船靠了山脚，跟着前面背着酒菜鱼米的船夫，走上严先生祠堂去的时候，我心里真有点害怕，怕在这荒山里要遇见一个干枯苍老得同丝瓜筋似的严先生的鬼魂。

在祠堂西院的客厅里坐定，和严先生的不知第几代的裔孙谈了几句关于年岁水旱的话后，我的心跳，也渐渐儿的镇静下去了，嘱托了他以煮饭烧菜的杂务，我和船家就从断碑乱石中间爬上了钓台。

东西两石垒，高各有二三百尺，离江面约两里来远，东西台相去，只有一二百步，但其间却夹着一条深谷，立在东台，可以看得出罗芷的人家，回头展望来路，风景似乎散漫一点，而一上谢氏的西台，向西望去，则幽谷里的清景，却绝对的不像是在人间了。我虽则没有到过瑞士，但到了西台，朝西一看，立时就想起了曾在照片上看见过的威廉退儿的祠堂。这四山的幽静，这江水的青蓝，简直同在画片上的珂罗版色彩，一色也没有两样；所不同的，就是在这儿的变化更多一点，周围的环境更芜杂不整齐一点而已，但这却是好处，这正是足以代表东方民族性的颓废荒凉的美。

从钓台下来，回到严先生的祠堂——记得这是洪杨以后严州知府戴槃重建的祠堂——西院里饱啖了一顿酒肉，我觉得有点酩酊微醉了。手拿着以火柴柄制成的牙签，走到东面供着严先生神像的龛前，向四面的破壁上一看，翠墨淋漓，题在那里的，竟多是些俗而不雅的过路高官的手笔。最后到了南面的一块白墙头

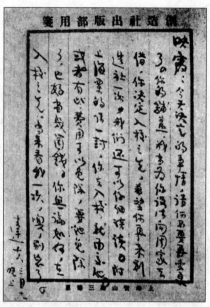

郁达夫给王映霞的情书

上，在离屋檐不远的一角高处，却看到了我们的一位新近去世的同乡夏灵峰先生的四句似邵尧夫而又略带感慨的诗句。夏灵峰先生虽则只知崇古，不善处今，但是五十年来，像他那样的顽固自尊的亡清遗老，也的确是没有第二个人。比较起现在的那些官迷财迷的南满尚书和东洋宦婢来，他的经术言行，姑且不必去论它，就是以骨头来称称，我想也要比什么罗三郎郑太郎辈，重到好几百倍。慕贤的心一动，醺人的臭技自然是难熬了，堆起了几张桌椅，借得了一支破笔，我也在高墙上在夏灵峰先生的脚后放上了一个陈屁，就是在船舱的梦里，也曾微吟过的那一首歪诗。

从墙头上跳将下来，又向龛前天井去走了一圈，觉得酒后的喉咙，有点渴痒了，所以就又走回到了西院，静坐着喝了两碗清茶。在这四大无声，只听见我自己的啾啾喝水的舌音冲击到那座破院的败壁上去的寂静中间，同惊雷似的一响，院后的竹园里却忽而飞出了一声闲长而又有节奏似的鸡啼的声来。同时在门外面歇着的船家，也走进了院门，高声的对我说：

"先生，我们回去罢，已经是吃点心的时候了，你不听见那只公鸡在后山啼么？我们回去吧！"

一九三二年八月在上海写

《太和殿近景》

第
五
辑

悲剧的出生——自传之一

"丙申年，庚子月，甲午日，甲子时"，这是因为近年来时运不佳，东奔西走，往往断炊，室人于绝望之余，皆我去批来的命单上的八字。开口就说年庚，倘被精神异状的有些女作家看见，难免得又是一顿痛骂，说："你这丑小子，你也想学起张君瑞来了么？下流，下流！"但我的目的呢，倒并不是在求爱，不过想大书特书地说一声，在光绪二十二年十一月初三的夜半，一出结构并不很好而尚未完成的悲剧出生了。

光绪的二十二年（西历一八九六）丙申，是中国正和日本战败后的第三年；朝廷日日在那里下罪己诏，办官书局，修铁路，讲时务，和各国缔订条约。东方的睡狮，受了这当头的一棒，似乎要醒转来了；可是在酣梦的中间，消化不良的内脏，早经发生了腐溃，任你是如何的国手，也有点儿不容易下药的征兆，却久已流布在上下各地的施设之中。败战后的国民——尤其是初出生的小国民，当然是畸形，是有恐怖狂，是神经质的。

儿时的回忆，谁也在说，是最完美的一章，但我的回忆，却尽是些空洞。第一，我所经验到的最初的感觉，便是饥饿；对于饥饿的恐怖，到现在还在紧逼着我。

生到了末子，大约母体总也已经是亏损到了不堪再育了，乳汁的稀薄，原是当然的事情。而一个小县城里的书香世家，在洪

中国龙

杨之后，不曾发迹过的一家破落乡绅的家里，雇乳母可真不是一件细事。

四十年前的中国国民经济，比到现在，虽然也并不见得凋敝，但当时的物质享乐，却大家都在压制，压制得比英国清教徒治世的革命时代还要严刻。所以在一家小县城里的中产之家，非但雇乳母是一件不可容许的罪恶，就是一切家事的操作，也要主妇上场，亲自去做的。像这样的一位奶水不足的母亲，而又喂乳不能按时，杂食不加限制，养出来的小孩，哪里能够强健？我还长不到十二个月，就因营养的不良患起肠胃病来了。一病年余，由衰弱而发热，由发热而痉挛；家中上下，竟被一条小生命而累得精疲力尽；到了我出生后第三年的春夏之交，父亲也因此以病以死；在这里总算是悲剧的序幕结束了，此后便只是孤儿寡妇的正剧的上场。

几日西北风一刮，天上的鳞云，都被吹扫到东海里去了。太阳虽则消失了几分热力，但一碧的长天，却开大了笑口。富春江两样的乌桕树、槭树、枫树，振脱了许多病叶，显出了更疏匀更红艳的秋社后的浓妆；稻田割起了之后的那一种和平的气象，那一种洁净沉寂，欢欣干燥的农村气象，就是立在县城这面的江上，远远望去，也感觉得出来。那一条流绕在县城东南的大江哩，虽因无潮而杀了水势，比起春夏时候的水量来，要浅到丈把高的高度，但水色却澄清了，澄清得可以照见浮在水面上的鸭嘴的斑纹。从上江开下来的运货船只，这时候特别的多，风帆也格外的饱；狭长的白点，水面上一条，水底下一条，似飞云也似白象，以青红的山，深蓝的天和水做了背景，悠闲地无声地在江面上滑走。水边上在那里看船行，摸鱼虾，采被水冲洗得很光洁的白石，挖泥沙造城池的小孩们，都拖着了小小的影子，在这一个午饭之前的几刻钟里，鼓动他们的四肢，竭尽他们的气力。

离南门码头不远的一块水边大石条上，这时候也坐着一个五六岁的小孩，头上养着了一圈罗汉发，身上穿了青粗布的棉袍子，在太阳里张着眼望江中间来往的帆樯。就在他的前面，在贴近水际的一块青石上，有一位十五六岁像是人家的使婢模样的女子，跪着在那里淘米洗菜。这相貌清瘦的孩子，既不下来和其他的同年辈的小孩们去同玩，也不愿意说话似地只沉默着在看远处。等那女子洗完菜后，站起来要走，她才笑着问了他一声说："你肚皮饿了没有？"他一边在石条上立起，预备着走，一边还在凝视着远处默默地摇了摇头。倒是这女子，看得他有点可怜起来了，就走近去握着了他的小手，弯腰轻轻地向他耳边说："你在惦记着你的娘么？她是明后天就快回来了！"这小孩才回转了头，仰起来向她露了一脸很悲凉很寂寞的苦笑。

这相差十岁左右，看去又像姐弟又像主仆的两个人，慢慢走上了码头，走进了城埭；沿城向西走了一段，便在一条南向大江的小弄里走进去了。他们的住宅，就在这条小弄中的一条支弄里头，是一间旧式三开间的楼房。大门内的大院子里，长着些杂色的花木，也有几只大金鱼缸沿墙摆在那里。时间将近正午了，太阳从院子里晒上了向南的阶檐。这小孩一进大门，就跑步走到了正中的那间厅上，向坐在上面念经的一位五六十岁的老婆婆问说：

"奶奶，娘就快回来了么？翠花说，不是明天，后天总可以回来的，是真的么？"

老婆婆仍在继续着念经，并不开口说话，只把头点了两点。

356

小孩子似乎是满足了，歪了头向他祖母的扁嘴看了一息，看看这一篇她在念着的经正还没有到一段落，祖母的开口说话，是还有几分钟好等的样子，他就又跑入厨下，去和翠花作伴去了。

午饭吃后，祖母仍在念她的经，翠花在厨下收拾食器；随时有几声洗锅子泼水碗相击的声音传过来外，这座三开间的大楼和大楼外的大院子里，静得同在坟墓里一样。太阳晒满了东面的半个院子，有几匹寒蜂和耐得起冷的蝇子，在花木里微鸣蠢动。靠阶檐的一间南房内，也照进了太阳光，那小孩只静悄悄地在一张铺着被的藤榻上坐着，翻看几本刘永福镇台湾，日本蛮子桦山总督被擒的石印小画本。

等翠花收拾完毕，一盆衣服洗好，想叫了他再一道的上江边去敲濯的时候，他却早在藤榻的被上，和衣睡着了。

这是我所记得的儿时生活。两位哥哥，因为年纪和我差得太远，早就上离家很远的书塾去念书了，所以没有一道玩的可能。守了数十年寡的祖母，也已将人生看穿了，自我有记忆以来，总只看见她在动着那张没有牙齿的扁嘴念佛念经。自父亲死后，母亲要身兼父职了，入秋以后，老是不在家里；上乡间去收租谷是她，将谷托人去砻成米也是她，雇了船，连柴带米，一道运回城里来也是她。

在我这孤独的童年里，日日和我在一处，有时候也讲些故事给我听，有时候也因我脾气的古怪而和我闹，可是结果终究是非常痛爱我的，却是那一位忠心的使婢翠花。她上我们家里来的时候，年纪正小得很，听母亲说，那时候连她的大小便，吃饭穿衣，都还要大人来侍候她的。父亲死后，两位哥哥要上学去，母

《小民备尝之疾苦》┃马星驰┃选自一九〇九年《神州日报》

亲要带了长工到乡下去料理一切，家中的大小操作，全赖着当时只有十几岁的她一双手。

只有孤儿寡妇的人家，受邻居亲戚们的一点欺凌，是免不了的；凡我们家里的田地盗卖了，堆在乡下的租谷等被窃去了，或祖坟山的坟树被砍了的时候，母亲去争夺不转来，最后的出气，就只是在父亲像前的一场痛哭。母亲哭了，我是当然也只有哭，而将我抱入怀里，时用柔和的话来慰抚我的翠花，总也要泪流得满面，恨死了那些无赖的亲戚邻居。

我记得有一次，也是将近吃中饭的时候了，母亲不在家，祖母在厅上念佛，我一个人从花坛边的石阶上，站了起来，在看大缸里的金鱼。太阳光漏过了院子里的树叶，一丝一丝的射进了水，照得缸里的水藻与游动的金鱼，和平时完全变了样子。我于惊叹之余，就伸手到了缸里，想将一丝一丝的日光捉起，看它一个痛快。上半身用力过猛，两只脚浮起来了，心里一慌，头部胸部就颠倒浸入到了缸里的水藻之中。我想叫，但叫不出声来，将身体挣扎了半天，以后就没有了知觉。等我从梦里醒转来的时候，已经是晚上了，一睁开眼，我只看见两眼哭得红肿的翠花的脸伏在我的脸上。我叫了一声"翠花！"她带着鼻音，轻轻的问我："你看见我了么？你看得见我了么？要不要水喝？"我只觉得身上头上像有火在烧，叫她快点把盖在那里的棉被掀开。她又轻轻的止住我说："不，不，野猫要来的！"我举目向煤油灯下一看，眼睛里起了花，一个一个的物体黑影，都变了相，真以为是身入了野猫的世界，就哗的一声大哭了起来。祖母、母亲，听见了我的哭声，也赶到房里来了，我只听见母亲吩咐翠花说："你去吃夜饭去，阿官由我来陪他！"

翠花后来嫁给了一位我小学里的先生去做填房，生了儿女，做了主母，现在也已经有了白发，成了寡妇了。前几年，我回家去，看见她刚从乡下挑了一担老玉米之类的土产来我们家里探望我的老母。和她已经有二十几年不见了，她突然看见了我，先笑了一阵，后来就哭了起来。我问她的儿子，就是我的外甥有没有和她一起进城来玩，她一边擦着眼泪，一边还向布裙袋里摸出了一个烤白芋来给我吃。我笑着接过来了，边上的人也大笑了起来，大约我在她的眼里，总还只是五六岁的一个孤独的孩子。

我的梦，我的青春！——自传之二

　　不晓得是在哪一本俄国作家的作品里，曾经看到过一段写一个小村落的文字，他说："譬如有许多纸折起来的房子，摆在一段高的地方，被大风一吹，这些房子就歪歪斜斜地飞落到了谷里，紧挤在一道了。"前面有一条富春江绕着，东西北的三面尽是些小山包住的富阳县城，也的确可以借了这一段文字来形容。

　　虽则是一个行政中心的县城，可是人家不满三千，商店不过百数；一般居民，全不晓得做什么手工业，或其他新式的生产事业，所靠以度日的，有几家自然是祖遗的一点田产，有几家则专以小房子出租，在吃两元三元一月的租金；而大多数的百姓，却还是既无恒产，又无恒业，没有目的，没有计划，只同蟑螂似的在那里出生，死亡，繁殖下去。

　　这些蟑螂的密集之区，总不外乎两处地方；一处是三个铜子一碗的茶店，一处是六个铜子一碗的小酒馆。他们在那里从早晨坐起，一直可以坐到晚上上排门的时候；讨论柴米油盐的价格，传播东邻西舍的新闻，为了一点不相干的细事，譬如说罢，甲以为李德泰的煤油只卖三个铜子一提，乙以为是五个铜子两提的话，双方就会得争论起来；此外的人，也马上分成甲党或乙党提出证据，互相论辩；弄到后来，也许相打起来，打得头破血流，还不能够解决。

因此，在这么小的一个县城里，茶店酒馆，竟也有五六十家之多；于是大部分的蟑螂，就家里可以不备面盆手巾，桌椅板凳，饭锅碗筷等日常用具，而悠悠地生活过去了。离我们家里不远的大江边上，就有这样的两处蟑螂之窗。

在我们的左面，住有一家砍砍柴，卖卖菜，人家死人或娶亲，去帮帮忙跑跑腿的人家。他们的一族，男女老小的人数很多很多，而住的那一间屋，却只比牛栏马槽大了一点。他们家里的顶小的一位苗裔年纪比我大一岁，名字叫阿千，冬天穿的是同伞似的一堆破絮，夏天，大半身是光光地裸着的；因而皮肤黝黑，臂膀粗大，脸上也像是生落地之后，只洗了一次的样子。他虽只比我大了一岁，但是跟了他们屋里的大人，茶店酒馆日日去上，婚丧的人家，也老在进出；打起架吵起嘴来，尤其勇猛。我每天见他从我们的门口走过，心里老在羡慕，以为他又上茶店酒馆去了，我要到什么时候，才可以同他一样的和大人去夹在一道呢！而他的出去和回来，不管是在清早或深夜，我总没有一次不注意到的，因为他的喉音很大，有时候一边走着，一边在绝叫着和大人谈天，若只他一个人的时候哩，总在噜苏地唱戏。

当一天的工作完了，他跟了他们家里的大人，一道上酒店去的时候，看见我欣羡地立在门口，他原也曾邀约过我；但一则怕母亲要骂，二则胆子终于太小，经不起那些大人的盘问笑说，我总是微笑着摇摇头，就跑进屋里去躲开了，为的是上茶酒店去的诱惑性，实在强不过。

有一天春天的早晨，母亲上父亲的坟头去扫墓去了，祖母也一清早上了一座远在三四里路外的庙里去念佛。翠花在灶下收拾早餐的碗筷，我只一个人立在门口，看有淡云浮着的青天。忽而阿千唱着戏，背着钩刀和小扁担绳索之类，从他的家里出来，看了我的那种没精打采的神气，他就立了下来和我谈天，并且说：

"鹳山后面的盘龙山上，映山红开得多着哩；并且还有乌米饭（是一种小黑果子），彤管子（也是一种刺果），刺莓等等，你跟了我来吧，我可以采一大堆给你。你们奶奶，不也在北面山脚下的真觉寺里念佛么？等我砍好了柴，我就可以送你上寺里去吃饭去。"

阿千本来是我所崇拜的英雄，而这一回又只有他一个人去砍柴，天气那么的好，今天清早祖母出去念佛的时候，我本是嚷着要同去的，但她因为怕我走不动，就把我留下了。现在一听到了这一个提议，自然是心里急跳了起来，两只脚便也很轻松地跟他出发了，并且还只怕翠花要出来阻挠，跑路跑得比平时只有得快些。出了弄堂，向东沿着江，一口气跑出了县城之后，天地宽广起来了，我的对于这一次冒险的惊惧之心就马上被大自然的威力所压倒。这样问问，那样谈谈，阿千真像是一部小小的自然界的百科大辞典，而到盘龙山脚去的一段野路，便成了我最初学自然科学的模范小课本。

麦已经长得有好几尺高了，麦田里的桑树，也都发出了绒样的叶芽。晴天里舒叔叔的一声飞鸣过去的，是老鹰在觅食；树枝头吱吱喳喳，似在打架又像是在谈天的，大半是麻雀之类；远处的竹林丛里，既有抑扬，又带余韵，在那里歌唱的，才是深山的画眉。

上山的路旁，一拳一拳像小孩子的拳头似的小草，长得很多；拳的左右上下，满长着些绛黄的绒毛，仿佛是野生的虫

《竹雀图》｜南宋｜吴炳

类，我起初看了，只在害怕，走路的时候，若遇到一丛，总要绕一个弯，让开它们，但阿千却笑起来了，他说：

"这是薇蕨，摘了去，把下面的粗干切了，炒起来吃，味道是很好的哩！"

渐走渐高了，山上的青红杂色，迷乱了我的眼目。日光直射在山坡上，从草木泥土里蒸发出来的一种气息，使我呼吸感到了困难；阿千也走得热起来了，把他的一件破夹袄一脱，丢向了地下。教我在一块大石上坐下息着，他一个人穿了一件小衫唱着戏去砍柴采野果去了；我回身立在石上，向大江一看，又深深地深深地得到了一种新的惊异。

这世界真大呀！那宽广的水面！那澄碧的天空！那些上下的船只，究竟是从哪里来，上哪里去的呢？

我一个人立在半山的大石上，近看看有一层阳炎在颤动着的绿野桑田，远看看天和水以及淡淡的青山，渐听得阿千的唱戏声音幽下去远下去了，心里就莫名其妙的起了一种渴望与愁思。我要到什么时候才能大起来呢？我要到什么时候才可以到这像在天边似的远处去呢？到了天边，那么我的家呢？我的家里人呢？同时感到了对远处的遥念与对乡井的离愁，眼角里便自然而然地涌出了热泪。到后来，脑子也昏乱了，眼睛也模糊了，我只呆呆的立在那块大石上的太阳里做幻梦。我梦见有一只揩擦得很洁净的船，船上面张着了一面很大很饱满的白帆，我和祖母、母亲、翠花、阿千等都在船上，吃着东西，唱着戏，顺流下去，到了一处不相识的地方。我又梦见城里的茶店酒馆，都搬上山来了，我和阿千便在这山上的酒馆里大喝大嚷，旁边的许多大人，都在那里惊奇仰视。

这一种接连不断的白日之梦，不知做了多少时候，阿千却背了一捆小小的草柴，和一包刺莓、映山红、乌米饭之类的野果，回到我立在那里的大石边来了；他脱下了小衫，光着了脊肋，那些野果就系包在他的小衫里面的。

他提议说，时候不早了，他还要砍一捆柴，且让我们吃着野果，先从山腰走向后山去吧，因为前山的草柴，已经被人砍完，第二捆不容易采刮拢来了。

慢慢地走到了山后，山下的那个真觉寺的钟鼓声音，早就从春空里传送到了我们的耳边，并且一条青烟，也刚从寺后的厨房里透出了屋顶。向寺里看了一眼，阿千就放下了那捆柴，对我说："他们在烧中饭了，大约离吃饭的时候也不很远，我还是先送你到寺里去吧！"

我们到了寺里，祖母和许多同伴者的念佛婆婆，都张大了眼睛，惊异了起来。阿千走后，她们就开始问我这一次冒险的经过，我也感到了一种得意，将如何出城，如何和阿千上山采集野果的情形，说得格外的详细。后来坐上桌去吃饭的时候，有一位老婆婆问我："你大了，打算去做些什么？"我就毫不迟疑地回答她说："我愿意去砍柴！"

故乡的茶店酒馆，到现在还在风行热闹，而这一位茶店酒馆里的小英雄，初次带我上山去冒险的阿千，却在一年涨大水的时候，喝醉了酒，淹死了。他们的家族，也一个个地死的死，散的散，现在没有生存者了；他们的那一座牛栏似的房屋，已经换过了两三个主人。时间是不饶人的，盛衰起灭也绝对地无常的：阿千之死，同时也带去了我的梦，我的青春！

书塾与学堂——自传之三

从前我们学英文的时候，中国自己还没有教科书，用的是一册英国人编了预备给印度人读的同纳氏文法是一路的读本。这读本里，有一篇说中国人读书的故事。插画中画着一位年老背曲拿烟管戴眼镜拖辫子的老先生坐在那里听学生背书，立在这先生前面背书的，也是一位拖着长辫的小后生。不晓为什么原因，这一课的故事，对我印象特别的深，到现在我还约略谙诵得出来。里面曾说到中国人读书的奇习，说："他们无论读书背书时，总要把身体东摇西扫，摇动得像一个自鸣钟的摆。"这一种读书背书时摇摆身体的作用与快乐，大约是没有在从前的中国书塾里读过书的人所永不能了解的。

我的初上书塾去念书的年龄，却说不清楚了，大约总在七八岁的样子；只记得有一年冬天的深夜，在烧年纸的时候，我已经有点朦胧想睡了，尽在擦眼睛，打呵欠，忽而门外来了一位提着灯笼的老先生，说是来替我开笔的。我跟着他上了香，对孔子的神位行了三跪九叩之礼；立起来就在香案前面的一张桌上写了一张"上大人"的红字，念了四句"人之初，性本善"的《三字经》。第二年的春天，我就夹着绿布书包，拖着红丝小辫，摇摆着身体，成了那册英文读本里的小学生的样子了。

经过了三十余年的岁月，把当时的苦痛，一层层地摩擦干

《孔子像》

净，现在回想起来，这书塾里的生活，实在是快活得很。因为要早晨坐起一直坐到晚的缘故，可以助消化，健身体的运动，自然只有身体的死劲摇摆与放大喉咙的高叫了。大小便，是学生们监禁中暂时的解放，故而厕所就变作了乐园。我们同学中间的一位最淘气的，是学官陈老师的儿子，名叫陈方；书塾就系附设在学官里面的。陈方每天早晨，总要大小便十二三次，后来弄得先生没法，就设下了一支令签，凡须出塾上厕所的人，一定要持签而出；于是两人同去，在厕所里捣鬼的弊端革去了，但这令签的争夺，又成了一般学生们的唯一的娱乐。

陈方比我大四岁，是书塾里的头脑；像春香闹学似的把戏，总是由他发起，由许多虾兵蟹将来演出的，因而先生的挞伐，也以落在他一个人的头上者居多。不过同学中间的有几位狡滑的人，委过于他，使他冤枉被打的事情也着实不少；他明知道辩不清的，每次替人受过之后，总只张大了两眼，滴落几滴大泪点，摸摸头上的痛处就了事。我后来进了当时由书院改建的新式的学堂，而陈方也因他父亲的去职而他迁，一直到现在，还不曾和他有第二次见面的机会；这机会大约是永也不会再来了，因为国共分家的当日，在香港仿佛曾听见人说起过他，说他的那一种惨死的样子，简直和杜格纳夫所描写的卢亭，完全是一样。

由书塾而到学堂！这一个转变，在当时的我的心里，比从天上飞到地上，还要来得大而且奇。其中的最奇之处，是我一个人，在全校的学生当中，身体年龄，都属最小的一点。

当时的学堂，是一般人的崇拜和惊异的目标。将书院的旧考棚撤去了几排，一间像鸟笼似的中国式洋房造成功的时候，甚至

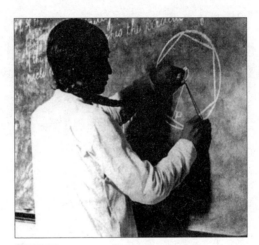

辫绳的妙用

本图摄于二十世纪初，在图中，清朝的一位老师以辫子上的绳子作为教学工具，堪称一大创举。

离城有五六十里路远的乡下人，都成群结队，带了饭包雨伞，走进城来挤看新鲜。在校舍改造成功的半年之中，"洋学堂"的三个字，成了茶店酒馆，乡村城市里的谈话的中心；而穿着奇形怪状的黑斜纹布制服的学堂生，似乎都是万能的张天师，人家也在侧目而视，自家也在暗鸣得意。

一县里唯一的这县立高等小学堂的堂长，更是了不得的一位大人物，进进出出，用的是蓝呢小轿；知县请客，总少不了他。每月第四个礼拜六下午作文课的时候，县官若来监课，学生们特别有两个肉馒头好吃；有些住在离城十余里的乡下的学生，于文课作完后回家的包裹里，往往将这两个肉馒头包得好好，带回乡下去送给邻里尊长，并非想学颍考叔的纯孝，却因为这肉馒头是学堂里的东西，而又出于知县官之所赐，吃了是可以驱邪启智的。

实际上我的那一班学堂里的同学，确有几位是进过学的秀才，年龄都在三十左右；他们穿起制服来，因为背形微驼，样子有点不大雅观，但穿了袍子马褂，摇摇摆摆走回乡下去的态度，却另有着一种堂皇严肃的威仪。

初进县立高等小学堂的那一年年底，因为我的平均成绩，超出了八十分以上，突然受了堂长和知县的提拔，令我和四位其他的同学跳过了一班，升入了高两年的级里；这一件极平常的事情，在县城里居然也耸动了视听，而在我们的家庭里，却引起了一场很不小的风波。

是第二年春天开学的时候了，我们的那位寡母，辛辛苦苦，调集了几块大洋的学费书籍费缴进学堂去后，我向她又提出了一个无理的要求，硬要她去为我买一双皮鞋来穿。在当时的我的无邪的眼里，觉得在制服下穿上一双皮鞋，挺胸伸脚，得得得得地在石板路走去，就是世界上最光荣的事情；跳过了一班，升进了一级的我，非要如此打扮，才能够压服许多比我大一半年龄的同学的心。为凑集学费之类，已经罗掘得精光的我那位母亲，自然是再也没有两块大洋的余钱替我去买皮鞋了，不得已就只好老了面皮，带着了我，上大街上的洋广货店里去赊去；当时的皮鞋，是由上海运来，在洋广货店里寄售的。

一家，两家，三家，我跟了母亲，从下街走起，一直走到了上街尽处的那一家隆兴字号。店里的人，看我们进去，先都非常客气，摸摸我的头，一双一双的皮鞋拿出来替我试脚；但一听到了要赊欠的时候，却同样地都白了眼，作一脸苦笑，说要去问账房先生的。而各个账房先生，又都一样地板起了脸，放大了喉咙，说是赊欠不来。到了最后那一家隆兴里，惨遭拒绝赊欠的一瞬间，母亲非但涨红了脸，我看见她的眼睛，也有点红起来了。不得已只好默默地旋转了身，走出了店；我也并无言语，跟在她的后面走回家来。到了家里，她先掀着鼻涕，上楼去了半天；后来终于带了一大包衣服，走下楼来了，我晓得她是将从后门走出，上当铺去以衣服抵押现钱的；这时候，我心酸极了，哭着喊着，赶上了后门边把她拖住，就绝命的叫说：

"娘，娘！您别去吧！我不要了，我不要皮鞋穿了！那些店家！那些可恶的店家！"

我拖住了她跪向了地下，她也呜呜地放声哭了起来。两人的对泣，惊动了四邻，大家都以为是我得罪了母亲，走拢来相劝。我愈听愈觉得悲哀，母亲也愈哭愈是厉害，结果还是我重赔了不是，由间壁的大伯伯带走，走上了他们的家里。

自从这一次的风波以后，我非但皮鞋不着，就是衣服用具，都不想用新的了。拼命的读书，拼命的和同学中的贫苦者相往来，对有钱的人，经商的人仇视等，也是从这时候而起的。当时虽还只有十一二岁的我，经了这一番波折，居然有起老成人的样子来了，直到现在，觉得这一种怪癖的性格，还是改不转来。

到了我十三岁的那一年冬天，是光绪三十四年，皇帝死了；小小的这富阳县里，也来了哀诏，发生了许多议论。熊成基的安徽起义，无知幼弱的溥仪的入嗣，帝室的荒淫，种族的歧异等等，都从几位看报的教员的口里，传入了我们的耳朵。而对于我印象最深的，是一位国文教员拿给我们看的报纸上的一张青年军官的半身肖像。他说，这一位革命义士，在哈尔滨被捕，在吉林被满清的大员及汉族的卖国奴等生生地杀掉了；我们要复仇，我们要努力用功。所谓种族，所谓革命，所谓国家等等的概念，到这时候，才隐约地在我脑里生了一点儿根。

水样的春愁——自传之四[1]

　　洋学堂里的特殊科目之一，自然是伊利哇拉的英文。现在回想起来，虽不免有点觉得好笑，但在当时，杂在各年长的同学当中，和他们一样地曲着背，耸着肩，摇摆着身体，用了读《古文辞类纂》的腔调，高声朗诵着皮衣啤，皮哀排的精神，却真是一点儿含糊苟且之处都没有的。初学会写字母之后，大家所急于想一试的，是自己的名字的外国写法；于是教英文的先生，在课余之暇就又多了一门专为学生拼英文名字的工作。有几位想走捷径的同学，并且还去问过先生，外国百家姓和外国三字经有没有得买的？先生笑着回答说，外国百家姓和三字经，就只有你们在读的那一本泼剌玛的时候，同学们于失望之余，反更是皮哀排，皮衣啤地叫得起劲。当然是不用说的，学英文还没有到一个礼拜，几本当教科书用的《十三经注疏》，《御批通鉴辑览》的黄封面上，大家都各自用墨水笔题上了英文拼的歪斜的名字。又进一步；便是用了异样的发音，操英文说着"你是一只狗"。"我是你的父亲"之类的话，大家互讨便宜的混战；而实际上，有几位乡下的同学，却已经真的是两三个小孩子的父亲了。

　　因为一班之中，我的年龄算最小，所以自修室里，当监课的

先生走后，另外的同学们在密语着哄笑着的关于男女的问题，我简直一点儿也感不到兴趣。从性知识发育落后的一点上说，我确不得不承认自己是一个最低能的人。又因自小就习于孤独，困于家境的结果，怕羞的心，畏缩的性，更使我的胆量，变得异常的小。在课堂上，坐在我左边的一位同学，年纪只比我大了一岁，他家里有几位相貌长得和他一样美的姊妹，并且住得也和学堂很近很近。因此，在校里，他就是被同学们苦缠得最厉害的一个；而礼拜天或假日，他的家里，就成了同学们的聚集的地方。当课余之暇，或放假期里，他原也恳切地邀过我几次，邀我上他家里去玩去；但形秽之感，终于把我的向往之心压住，曾有好几次想决心跟了他上他家去，可是到了他们的门口，却又同罪犯似的逃了。他以他的美貌，以他的财富和姊妹，不但在学堂里博得了绝大的声势，就是在我们那小小的县城里，也赢得了一般的好誉。而尤其使我羡慕的，是他的那一种对同我们是同年辈的异性们的周旋才略，当时我们县城里的几位相貌比较艳丽一点的女性，个个是和他要好的，但他也实在真胆大，真会取巧。

当时同我们是同年辈的女性，装饰入时，态度豁达，为大家所称道的，有三个。一个是一位在上海开店，富甲一邑的商人赵某的侄女；她住得和我最近。还有两个，也是比较富有的中产人家的女儿，在交通不便的当时，已经各跟了她们家里的亲戚，到杭州上海等地方去跑跑了；她们俩，却都是我那位同学的邻居。这三个女性的门前，当傍晚的时候，或月明的中夜，老有一个一个的黑影在徘徊；这些黑影的当中，有不少却是我们的同学。因为每到礼拜一的早晨，没有上课之先，我老听见有同学们在操场上笑说在一道，并且时时还高声地用着英文作了隐语，如"我看

55. - Femme Chinoise — *Chinese woman*

清末的女郎

见她了！""我听见她在读书"之类。而无论在什么地方于什么时候的凡关于这一类的谈话的中心人物，总是课堂上坐在我的左边，年龄只比我大一岁的那一位天之骄子。

赵家的那位少女，皮色实在细白不过，脸形是瓜子脸；更因为她家里有了几个钱，而又时常上上海她叔父那里去走动的缘故，衣服式样的新异，自然可以不必说，就是做衣服的材料之类，也都是当时未开通的我们所不曾见过的。她们家里，只有一位寡母和一个年轻的女仆，而住的房子却很大很大。门前是一排柳树，柳树下还杂种着些鲜花；对面的一带红墙，是学官的泮水围墙，泮池上的大树，枝叶垂到了墙外，红绿便映成着一色。当浓春将过，首夏初来的春三四月，脚踏着日光下石砌路上的树影，手捉着扑面飞舞的杨花，到这一条路上去走走，就是没有什么另外的奢望，也很有点像梦里的游行，更何况楼头窗里，时常会有那一张少女的粉脸出来向你抛一眼两眼的低眉斜视呢！

此外的两个女性，相貌更是完整，衣饰也尽够美丽，并且因为她俩的住址接近，出来总在一道，平时在家，也老在一处，所以胆子也大，认识的人也多。她们在二十余年前的当时，已经是开放得很，有点像现代的自由女子了，因而上她们家里去鬼混，或到她们门前去守望的青年，数目特别的多，种类也自然要杂。

我虽则胆量很小，性知识完全没有，并且也有点过分的矜持，以为成日地和女孩子们混在一道，是读书人的大耻，是没出息的行为；但到底还是一个亚当的后裔，喉头的苹果，怎么也吐它不出咽它不下，同北方厚雪地下的细草萌芽一样，到得冬来，自然也难免得有些望春之意；老实说将出来，我偶尔在路上遇见她们中间的无论哪一个，或凑巧在她们门前走过一次的时候，心里也着实有点儿难受。

住在我那同学邻近的两位，因为距离的关系，更因为她们的处世知识比我长进，人生经验比我老成得多，和我那位同学当然是早已有过纠葛，就是和许多不是学生的青年男子，也各已有了种种的风说，对于我虽像是一种含有毒汁的妖艳的花，诱惑性或许格外的强烈，但明知我自己决不是她们的对手，平时不过于遇见的时候有点难以为情的样子，此外倒也没有什么了不得的思慕，可是那一位赵家的少女，却整整地恼乱了我两年的童心。

我和她的住处比较得近，故而三日两头，总有着见面的机会。见面的时候，她或许是无心，只同对于其他的同年辈的男孩子打招呼一样，对我微笑一下，点一点头，但在我却感得同犯了大罪被人发觉了的样子，和她见面一次，马上要变得头昏耳热，胸腔里的一颗心突突地总有半个钟头好跳。因此，我上学去或下课回来，以及平时在家或出外去的时候，总无时无刻不在留心，想避去和她的相见。但遇到了她，等她走过去后，或用功用得很疲乏把眼睛从书本子举起的一瞬间，心里又老在盼望，盼望着她再来一次，再上我的眼面前来立着对我微笑一脸。

有时候从家中进出的人的口里传来，听说"她和她母亲又上上海去了，不知要什么时候回来？"我心里会同时感到一种像释重负又像失去了什么似的忧虑，生怕她从此一去，将永久地不回来了。

同芭蕉叶似的重重包裹着的我这一颗无邪的心，不知在什么地方，透露了消息，终于被课堂上坐在我左边的那位同学看穿了。一个礼拜六的下午，落课之后，他轻轻地拉着了我的手对我说："今天下午，赵家的那个小丫头，要上倩儿家去，你愿不愿意和我同去一道玩儿？”这里所说的倩儿，就是那两位他邻居的女孩子之中的一个的名字。我听了他的这一句密语，立时就涨红了脸，喘急了气，嗫嚅着说不出一句话来回答他，尽在拼命的摇头，表示我不愿意去，同时眼睛里也水汪汪地想哭出来的样子；而他却似乎已经看破了我的隐衷，得着了我的同意似的用强力把我拖出了校门。

到了倩儿她们的门口，当然又是一番争执，但经他大声的一喊，门里的三个女孩，却同时笑着跑出来了；已经到了她们的面前，我也没有什么别的办法了，自然只好俯着首，红着脸，同被绑赴刑场的死刑囚似的跟她们到了室内。经我那位同学带了滑稽的声调将如何把我拖来的情节说了一遍之后，她们接着就是一阵大笑。我心里有点气起来了，以为她们和他在侮辱我，所以于羞愧之上，又加了一层怒意。但是奇怪得很，两只脚却软落来了，心里虽在想一溜跑走，而腿神经终于不听命令。跟她们再到客房里去坐下，看他们四人捏起了骨牌，我连想跑的心思也早已忘掉，坐将在我那位同学的背后，眼睛虽则时时在注视着牌，但间或得着机会，也着实向她们的脸部偷看了许多次数。等她们的输赢赌完，一餐东道的夜饭吃过，我也居然和她们伴熟，有说有笑。临走的时候，倩儿的母亲还派了我一个差使，点上灯笼，要我把赵家的女孩送回家去。自从这一回后，我也居然入了我那同学的伙，不时上赵家和另外的两女孩家去进出了；可是生来胆小，又加以毕业考试的将次到来，我的和她们的来往，终没有像我那位同学似的繁密。

正当我十四岁的那一年春天（一九○九，宣统元年己酉），是旧历正月十三的晚上，学堂里于白天给与了我以毕业文凭及增

大清國宣統皇陛下及監國攝政醇親王殿下御真像

年幼的宣统皇帝溥仪与其父亲

生执照之后，就在大厅上摆起了五桌送别毕业生的酒宴。这一晚的月亮好得很，天气也温暖得像二三月的样子。满城的爆竹，是在庆祝新年的上灯佳节，我于喝了几杯酒后，心里也感到了一种不能抑制的欢欣。出了校门，踏着月亮，我的双脚，便自然而然地走向了赵家。她们的女仆陪她母亲上街去买蜡烛水果等过元宵的物品去了，推门进去，我只见她一个人拖着了一条长长的辫子，坐在大厅上的桌子边上洋灯底下练习写字，听见了我的脚步声音，她头也不朝转来，只曼声地问了一声"是谁？"我故意屏着声，提着脚，轻轻地走上了她的背后，一使劲一口就把她面前的那盏洋灯吹灭了。月光如潮水似的浸满了这一座朝南的大厅，她于一声高叫之后，马上就把头朝了转来。我在月光里看见了她那张大理石似的嫩脸，和黑水晶似的眼睛，觉得怎么也熬忍不住了，顺势就伸出了两只手去，捏住了她的手臂。两人的中间，她也不发一语，我也并无一言，她是扭转了身坐着，我是向她立着的。她只微笑着看看我看看月亮，我也只微笑着看看她看看中庭的空处，虽然此处的动作，轻薄的邪念，明显的表示，一点儿也没有，但不晓怎样一般满足，深沉，陶醉的感觉，竟同四周的月光一样，包满了我的全身。

两人这样的在月光里沉默着相对，不知过了多久，终于她轻轻地开始说话了："今晚上你在喝酒？""是的，是在学堂里喝的。"到这里我才放开了两手，向她边上的一张椅子里坐了下去。"明天你就要上杭州去考中学去么？"停了一会，她又轻轻地问了一声。"嗳，是的，明朝坐快班船去。"两人又沉默着，不知坐了几多时候，忽听见门外头她母亲和女仆说话的声音渐渐儿的近了，她于是就忙着立起来擦洋火，点上了洋灯。

她母亲进到了厅上，放下了买来的物品，先向我说了些道贺的话，我也告诉了她，明天将离开故乡到杭州去；谈不上半点钟的闲话，我就匆匆告辞出来了。在柳树影里披了月光走回家来，我一边回味着刚才在月光里和她两人相对时的沉醉似的恍惚，一边在心的底里，忽儿又感到了一点极淡极淡，同水一样的春愁。

一月五日